KB236053

맥베스

The RSC Shakespeare

Edited by Jonathan Bate and Eric Rasmussen
Chief Associate Editor: Héloïse Sénéchal
Associate Editors: Trey Jansen, Eleanor Lowe, Lucy Munro,
Dee Anna Phares, Jan Sewell

Macbeth

Introduction and Shakespeare's Career in the Theater: Jonathan Bate
Scene-by-Scene Analysis: Esme Miskimmin
In Performance: Karin Brown(RSC stagings), Jan Sewell(overview),
The Director's Cut(interviews by Jonathan Bate and Kevin Wright):
 Trevor Nunn, Gregory Doran, Rupert Goold

Korean Translation Copyright © 2012 Sigongsa Co., Ltd.
Published by arrangement with Modern Library, an imprint of the Random House
Publishing Group, a division of Random House, Inc.

Macbeth
맥베스

월리엄 셰익스피어
이원주 옮김

시공사

일러두기

1. 이 책은 1606년경 집필된 윌리엄 셰익스피어(William Shakespeare)의 희곡《맥베스
   (Macbeth)》를 우리말로 옮긴 것이다.
2. 번역은 '로열 셰익스피어 컴퍼니(The Royal Shakespeare Company)'가 편집한 '셰익스
   피어 전집(William Shakespeare: Complete Works)'의《맥베스》(랜덤하우스 모던라이
   브러리, 2009)를 대본으로 삼았다.
3. 본문의 주는 대본으로 삼은 원서의 주를 그대로 싣거나 경우에 따라 축약 정리해 실었다.
   옮긴이가 새롭게 추가한 주에는 괄호 안에 '옮긴이'라고 표시해 밝혔다.
4. 꺾쇠의 쓰임은 다음과 같이 구분했다.
   겹꺾쇠《 》: 판본으로서의 '맥베스'
   홑꺾쇠〈 〉: 연극으로서의 '맥베스'

2012년 런던 올림픽은 윌리엄 셰익스피어(William Shakespeare, 1564~1616)와 함께 시작되었다. 그의 마지막 작품인 《템페스트》(1611)*의 등장인물 칼리반이 섬의 경이로운 아름다움에 대해 찬미한 대사에서 영감을 받은 "경이로운 섬"이라는 구절이 새겨진 27톤의 거대한 종이 울리면서 올림픽이 개막했던 것이다. 개막식의 총감독을 맡은 대니 보일은 이렇게 '경이로운 섬' 영국을 세계적인 대문호 셰익스피어를 배출한 오래된 문화 강국으로 알리고자 했을 것이다. 더 나아가 그는 셰익스피어 무대에서처럼 런던 올림픽 경기에서도 빈부, 귀천, 남녀, 노소의 차이를 넘어서 모든 사람들이 함께 관람의 기쁨을 만끽하기

---

*《템페스트》이후의 작품들 《헨리 8세》(1613)와 《두 귀족 친척》(1614)은 셰익스피어가 존 플레처(John Fletcher, 1570~1625)와 공동으로 집필한 극이다. 플레처는 셰익스피어의 뒤를 이은 '국왕 극단'의 상주 극작가였다.

를 원했을 것이다. 그러나 한때 '로열 셰익스피어 컴퍼니'(Royal Shakespeare Company, 이하 RSC)에서 셰익스피어의 작품을 연출했던 보일은 무엇보다 "수백 년 동안" 울려왔던 셰익스피어의 경이로운 종소리를 지금의 세대들도, 또 영국을 넘어 세계의 모든 사람들까지 모두 들을 수 있기를 소망했다.* 칼리반의 '경이로운 섬'만큼이나 셰익스피어의 작품 세계가 경이롭기 때문이리라.

1590년부터 1616년까지 37편의 드라마(10편의 비극, 17편의 희극, 10편의 역사극)와 2편의 장시와 시집 《소네트》를 집필한 윌리엄 셰익스피어는 그 문학적 탁월함과 연극적 천재성—살아 숨 쉬는 유머와 말장난, 아름답고 신비로운 상징적 표현과 시적 향기, 맥박의 울림 같은 극적 전개, 무한한 상상력에 기반을 둔 무대 예술, 시공을 초월하여 모든 사람을 공감시키는 보편성, 거의 모든 삶의 영역에 대한 진지한 성찰, 세상사의 양면성을 객관적으로 바라보는 균형감 등—으로, 살아생전 인기를 누렸을 뿐만 아니라 오늘날까지 450여 년 동안 전 세계인의 사랑을 받아왔다. 특히 셰익스피어의 드라마는 그리스, 로마 고전 드라마와 함께 서양 드라마 역사의 거대한 양 축을 형성하며, "그는 한 시대가 아닌 모든 시대의 시인"이라는 벤 존슨(Ben Jonson, 1572~1637)의 평가를 입증이라도 하듯, 최근에도 세계 각지에서 새롭고 다양한 시각으로 재해석되어 지속적

*http://www.bbc.co.uk/news/uk-16747032

으로 무대에 오르고 있다.

4세기 반이 넘는 셰익스피어 극의 역사에 비출 때 1920년부터 소개되기 시작한 국내 셰익스피어 극의 역사는 길다고 할 수 없다. 하지만 1950년대 직업 극단들이 생기면서부터 꾸준히 셰익스피어 극이 무대에 오르기 시작했고 오늘날에 이르기까지 셰익스피어의 다양한 작품들은 줄곧 국내 연극인들과 관객에게 관심과 사랑의 대상이 되어왔다. 특히 1990년대부터 국내 연극계는 매년 10~20여 편의 셰익스피어 극을 공연할 정도로 셰익스피어에 몰입했고, 셰익스피어의 현대적 재해석과 한국적 수정 작업도 상당한 진척을 보이며 관객의 호응을 얻어냈다.

셰익스피어 탄생 400주년이었던 1964년 이후 한국에서 셰익스피어는 무대 위에서뿐 아니라 서가에서도 독자들의 큰 사랑을 받게 되었다. 같은 해 휘문출판사에서 김재남 역의 셰익스피어 전작 40편이 출판되고, 곧 19명의 영문학자들이 정음사에서 4권짜리 셰익스피어 전집을 발간하는 경사가 벌어졌던 것이다. 이후에도 오화섭, 여석기, 신정옥을 비롯한 여러 셰익스피어 학자들이 지속적으로 새로운 셰익스피어 번역서들을 출간해왔다.* 특히 최근 한국 사회에 세차게 불고 있는 인문학

---

*1920년대부터 1997년까지 한국의 셰익스피어 수용사에 대해선 신정옥의 《셰익스피어, 한국에 오다》(백산출판사, 1998)를 참조했다.

과 고전 열풍은 한국 젊은이들의 관심을 셰익스피어로 집중시켰고 이에 부응해 젊은 세대들이 쉽게 읽을 수 있는 현대어 셰익스피어 번역서들도 잇따라 출간되었다.

그렇다면 왜 또다시 셰익스피어인가? 그럴 만한 특별한 이유가 있다. 이번 번역본은 'RSC 셰익스피어 판본'을 소개한다는 점에서 기존 셰익스피어 번역본과는 차별성이 있다. 셰익스피어의 작품들이 셰익스피어 사후 서지학자들과 편집자들이 정리해 출간해온 텍스트라는 점을 감안한다면(그 과정에서 부분적으로 변형을 거치기도 했다), 셰익스피어의 작품을 읽는 데 판본의 선택은 매우 중요하고 까다로운 문제라고 할 수 있다. 1960년대 이후 국내에 소개된 셰익스피어 작품들이 어떤 판본을 참고로 번역했는지 밝히지 않거나, 영국과 미국에서 발간된 유수의 셰익스피어 편집본들(리버사이드, 아든, 뉴케임브리지 등)을 참조하면서 혼합해 번역했다면, 이번에 새롭게 소개하는 셰익스피어의 5대 비극(《햄릿》,《오셀로》,《리어 왕》,《맥베스》,《로미오와 줄리엣》)은 전적으로 RSC에서 편집한 RSC 셰익스피어 판본만을 기반으로 했다. RSC 판본이 1623년 셰익스피어 전집으로 처음 출간된 '제1이절판'을 기초로 만들어진 만큼 셰익스피어의 원형에 더 가까울 것이라는 판단에서이다.

사절판 텍스트와 이절판 텍스트*는 작품에 따라 상당한 차

---

*이절판(Folio)과 사절판(Quarto)은 종이를 등분한 횟수에 따라, 즉 이절판은 두 번, 사절판은 네 번 등분한 크기의 종이에 활자를 인쇄한 데서 유래한 용어이다.

이를 보이기도 하는데(《리어 왕》의 경우가 그렇다), 기존 편집본들은 이 두 판본 사이를 오가면서 필요한 부분을 선택적으로 고르고 혼합하여 결과적으로 셰익스피어가 쓰지 않았거나 셰익스피어 시대의 실제 공연과는 다른 판본을 만들어내기도 했다. 이에, RSC 셰익스피어 판본은 당시의 실제 극장 공연에 가장 가까운 텍스트를 제공하기 위해 수년 동안 노력을 아끼지 않았던 (셰익스피어의 친구이자 동료인) 존 헤밍스와 헨리 콘델 편집의 '제1이절판'을 토대로 'RSC 셰익스피어 전집'을 출간함으로써 가장 셰익스피어적인 판본을 제공했다는 평가를 받았다.

또한, 기존의 유수 편집본들이 공연사를 수록하긴 했지만 주로 셰익스피어 텍스트에 대한 문학적 이해의 틀을 제공하는 데 더 치중했다면, RSC 셰익스피어 판본은 문학적 이해를 바탕으로 무대 공연의 시각에서 각 작품을 이해할 수 있도록 풍부한 자료들을 제공한다. 셰익스피어의 극작품들이 애초부터 무대 공연을 목적으로 쓰였으며 거듭되는 공연을 통해 수정 과정을 거쳤음을 감안한다면, 무대적 측면에서 바라본 셰익스피어의 극작품 이해 역시 셰익스피어를 온전히 이해하는 데 필수적인 요소라 할 수 있다. RSC 판본에서는 각 작품에 대한 400년 동안의 공연 역사, RSC의 공연 역사, 그리고 RSC 출신으로 연극계에 획을 그은 주요 연출가들과의 대담을 제공함으로써 더욱 깊고 풍요로운 셰익스피어의 작품 세계를 드러내고, 상상의 가능성을 무한대로 열어둔 셰익스피어 극의 유연한 면모를 강조한다. 이러한 연극적 특징을 살리기 위해, RSC 판본은 기존의 셰익스피어 작품집에서는 볼 수 없던 상세한 지문을 추가했다. 우선, 일반적인 막과 장의 표시 외에 작은 글씨로 상단에 진행 중인 공연 장면을 '장면', '장면 계속' 등으로 구분해주었다. 또한 무대 동작과 방백, 청자의 표시 등 무대 위 인물들의 행동을 선명하게 하기 위한 상세한 지문들을 추가함으로써 무대 위의 살아 있는 공연용 텍스트를 제공하고자 노력했다.

이런 의미에서 이번에 새롭게 번역되는 다섯 편의 RSC 셰익스피어 판본은 실제 셰익스피어 극 공연에 가장 가까운 텍스트, 영국 엘리자베스 시대의 영국 대중이 감동을 얻었던 바로 그 텍스트를 처음으로 소개한다는 점에서, 또 셰익스피어 대사들을 무대에서 생동감 있게 들려줄 수 있는 공연 중심의 입체적인 셰익스피어 텍스트를 마련한다는 점에서 의의가 있다.

'RSC 셰익스피어 전집'을 출간한 RSC는 어떤 곳인가? 셰익스피어가 문학과 드라마의 대명사로 자리 잡은 것처럼, RSC는 연극 공연의 대명사로 자리 잡고 있다. 영국인들은 셰익스피어 하면 자연스럽게 RSC를 떠올린다. 국내 독자들에게 RSC가 아직 생소할 수 있겠으나, 우리가 익히 잘 알고 있는 연기파 배우들, 예를 들면 주디 덴치나 제러미 아이언스, 케네스 브래너, 존 길구드, 로렌스 올리비에 등 많은 이들이 RSC 출신이다.

'셰익스피어 공장'으로 비유되는 셰익스피어 관련 연구와 출판에서, RSC는 하나의 거대한 '사업체'이자 '학교'로서 중요한 역할을 하고 있다. RSC가 매년 공연하기로 하는 작품들은 새로이 학계의 조명을 받고 분석의 대상이 되며, RSC가 올리는 셰익스피어 공연은 셰익스피어의 개별 작품처럼 비평가들의 연구와 분석 대상으로 주목받는다. 세계적으로 저명한 셰익스피어 학술지 《셰익스피어 서베이(Shakespeare Survey)》의 상당한 논문들이 RSC의 연출과 배우들의 연기를 연구한 것임도 그 단적인 예라 하겠다.

RSC의 역사는 1875년 '셰익스피어 기념 극장'과 더불어 시작되는 것으로 알려졌지만, 오늘날의 형태로 셰익스피어 작품을 지속적으로 공연하는 상임 극장과 극단의 형태를 취한 것은 반백 년 정도 된다. '셰익스피어 기념 극장'이 현재의 이름인 '로열 셰익스피어 극장(Royal Shakespeare Theatre)'으로 그리고 극단이 '로열 셰익스피어 컴퍼니'로 공식적으로 왕가에 의해 선포되며 출범을 시작한 것은 1961년 3월이다. RSC는 셰익스피어의 고향인 스트랫퍼드어폰에이번을 활동 거점으로 삼고, 대표적 극장인 로열 셰익스피어 극장과 스완 극장, 런던의 글로브 극장 등을 중심으로 정기적으로 공연하고 있다. 최근에는 보다 많은 관객에게 다가가기 위해 옥스퍼드에서도 공연을 하는 등 영국 전역과 세계를 돌며 순회공연을 하기도 한다. 약 700명의 제작진들이 RSC에 소속되어 있으며 1년에 20편 정도의 공연을 무대에 올리고 있다. 또한 RSC는 공연만이 아니라 연극 교육을 위한 다양한 프로그램도 운영하고 있는데, 이 중에는 젊은이들에게 셰익스피어에 대한 관심을 불러일으키기 위해 일선 교사들과 작업하는 프로그램도 있다. RSC는 정통 셰익스피어 극단이라는 권위를 지닌 존재이기도 하지만, 이들의 공연은 온갖 다양한 자유로운 해석과 틀을 벗어난 예술적인 시도를 담고 있다.

"버나드 쇼의 작품을 잘못 번역하면 용서할 수 없는 일이지만, 셰익스피어 작품의 오역은 용서가 된다"는 말이 있다.* 이는 셰익스피어 작품을 번역한다는 일이 그만큼 난해하다는 뜻인데, 때로 번역이 난해한 정도를 넘어 아예 불가능한 경우도 있다. 이번 번역 작업을 하면서도 역자들 역시 이런 경우에 종종 봉착했고 그 대안을 찾아야만 했다. 즉 생략을 포함하여 여러 가지 수정 작업을 거쳐야만 했다. 수정 작업 중 중요한 것들을 언급하자면 아래와 같다.

먼저 셰익스피어의 다섯 박자 약강오보격 리듬의 운문은 강세와 억양이 없는 우리말과 영어의 구조적 차이로 인해 완벽하게 옮길 수 없었음을 미리 일러두고자 한다. 그러나 셰익스피어가 운문으로 쓴 대사의 경우 영어의 리듬감을 그대로 옮겨오지는 못해도, 그 대사의 의미와 한국어의 리듬을 살릴 수 있는 한도에서 영어 원문의 행수와 우리말 번역문의 행수를 일치시키고자 했다. 또 셰익스피어 언어의 광채와 울림을 우리말로 그대로 담을 수는 없을지라도 그 시적 정신만은 표현하고자 애

*앞의 책, 신정옥, 95쪽.

썼다.

둘째로, 영어 문장에서는 빈번하게 사용되나 우리말에서는 의미를 갖지 못하는 구두점 '콜론(:)'과 '세미콜론(;)'은 그대로 반영하지 않는 대신, 그 의미를 살려 한국어 문법에 맞게 우리말로 풀어 옮겼다. '줄표(—)'의 사용 또한 광범위하게 쓰였는데, 이미 말한 내용을 부연 설명하거나 보충하는 줄표의 기본 쓰임 외에 한 대사 안에서 듣는 이가 바뀔 때에도 줄표를 사용했다. 그 경우, 앞 문장의 마침표 뒤에 한 칸 띄어쓰기를 한 후 줄표를 넣어 청자가 바뀌었음을 표시했다.

셋째로, 'RSC 셰익스피어 전집'이 제공하는 하단 설명 주석을 모두 다 번역하지 않았음을 밝혀두고자 한다. 한국 독자들이 작품을 깊이 있게 이해하는 데 필요하다고 판단되는 경우에만 번역을 했는데, 그중에는 내용을 간추린 것도 있고 일부만 반영하여 번역한 것도 있다. 셰익스피어 시대 고어의 뜻을 설명하는 원서의 주석은 따로 밝히는 대신 본문에 그 내용을 반영하여 우리말에 맞게 번역했다. 그 외 한국 독자들에게 따로 설명이 필요하다고 판단될 경우에는 번역자가 각주를 추가하고, 괄호 안에 '옮긴이'라고 표시했다. 또한 '제1이절판'을 기초로 한 RSC 판본은 이절판과 다른 사절판의 내용들을 별도로 정리해 각 작품의 말미에 부록으로 제시했으나, 한국어판에서는 해당 부분마다 각주 형식으로 본문에 넣어 이절판과 사절판의 차이를 밝혔다. 전문 연구가들이 아닌 일반 독자들에게는 이것이 작품을 이해하는 데 더 유용하다는 판단에서이다.

아무쪼록 이번에 번역 소개되는 RSC 셰익스피어 판본의 5대 비극이 셰익스피어 극작품에 대한 입체적 이해를 촉발시키는 데 공헌하기를 기대한다. 나아가 독서, 교육, 연구, 공연 각 분야에서 다양한 해석들 간의 즐거운 경합을 유도하게 되기를 희망한다. 끝으로 이 번역서들을 읽으면서 한국의 젊은이들이 '오늘, 여기'에서 직면하는 복합적인 문제들의 실타래를 풀고 인생을 배워나갈 수 있게 되기를 진심으로 바란다.

2012년 8월
시공 RSC 셰익스피어 선집
번역자 일동

비극이란 무엇인가?

《맥베스》는 셰익스피어의 가장 짧고 빠른 비극이다. 색깔은 검정과 빨강이다. 이 작품은 어스름과 한밤을, 마침내는 공허한 소리와 분노를 터트리며 거들먹거리듯 걷다가 초조해하는 꺼져버린 촛불과도 같은 삶을 산 가련한 배우를 소환한다. 그러나 그 과정에서 우리는 고귀한 열정, 분에 넘치는 야심, 맺어지고 깨지는 동맹 등을 목격하게 된다. 맥베스는 행동에 있어서는 위대하지만 판단력에 있어서는 그렇지 못하다. 전장에서의 과업을 부여하면 그는 태연히 그 일을 수행할 것이다. 그러나 언질만 주면 그는 쉽게 이끌렸다가는 주저할 것이다. 그의 아내는 이 때문에 그를 꾸짖지만, 아이러니하게도 두 사람이 핏속으로 깊이 걸어 들어가게 되면서 그는 목적을 더욱 확고히 하는 반면, 그녀는 이전 자아의 악몽에 사로잡힌 그림자가 된다.

우리는 신문의 지면에 묘사된 어떤 지방의 "비극"을 매일 본다. 어린이가 익사하고, 자동차가 충돌하고, 어떤 여인이 살해당한다. 비극이라는 단어는 너무 자주 사용되기도 하고, 가끔 전체적인 규모로 보면 너무도 일상적인 불행과 연관되어 사용되기도 해서 원래의 힘이 사라져버렸다. 만약 그 단어가 받아 마땅한 정도로 대접받았다면, 진정으로 끔찍한 세계-역사적 공포에 사용하기 위해 아껴두었다면, "911의 비극적 사건" 같은 어구는 모든 정치인들의 혀에서 내뱉어지는 그저 관용구에 불과한 것이 아니라 진정한 힘을 지닐 수도 있었을 것이다.

셰익스피어의 《리어 왕》의 결말에서 켄트는 "이것이 예언되었던 세상의 종말인가?"라고 묻는다. "아니면 그날의 공포를 형상화해 보여주는 것인가?"라고 에드거는 답한다. 모든 인간의 죽음은 그것을 목격하는 사람들에게는 우리 자신의 예언된 종말의 이미지이지만, 비교적 최근까지 "비극"이라는 단어는 죽음의 통상적인 사이클이나 매시간, 매분, 매초마다 벌어지는 사망과 죽음에는 사용되지 않았다. 셰익스피어의 세계에서는 그 용어를 두 가지 특별한 종류의 재난을 위해 유보해둔다. 하나는 규모가 우주적이고, 세부적으로는 끔찍해서, 만물의 예언된 종말로서 진정으로 묵시의 이미지로 여겨지는 대재앙이다. 잉글랜드 최초의 인쇄업자인 윌리엄 캑스턴이 "비극적 소식"에 관해 썼을 때, 그가 염두에 두고 있었던 종류의 사건은 고대 트로이의 몰락과 같은 전 문명의 종말이자 역사의 전환점이었다.

'비극'이라는 단어의 두 번째 전통적인 의미는 규모에 의해

서가 아니라 구조에 의해서 형성되었다. 영시의 아버지인 제프리 초서는 "오래된 책이 우리에게 기억하게 하듯 비극은 / 엄청난 영화를 누리다가 / 높은 위치에서 떨어져 / 비참하게 몰락해서 처참한 최후를 맞이하는 / 사람에 관한 어떤 이야기를 하는 것"이라고 썼다. 높이 올라갈수록, 더 맹렬히 떨어진다. 비극은 전통적으로 운명의 수레바퀴의 꼭대기로 기어 올라가는 위대한 인물인 영웅과 왕에 관한 것이다. 비극은 아이러니로 흠뻑 적셔진 구조를 지닌다. 등장인물의 위대함의 원천이 되는 바로 그 특징이 그가 몰락하는 원인이기도 한 것이다.

이것이 "비극적 결함"에 관한 논의가 오해를 불러일으키기 쉬운 이유이다. 결함 이론은 고대 그리스 비극에 관한 아리스토텔레스의 영향력 있는 발언을 오해한 데서 생겨난다. 아리스토텔레스에게 있어서 비극을 촉진시키는 요소인 하마르티아(hamartia)는 심리적인 성향이 아니라 어떤 사건이며, 등장인물의 특징이 아니라 운명적인 작용이다. 우리에게 잘 알려진 그리스 비극의 몇 가지 경우에서, 특별한 실수는 정체를 알지 못한 채 혈족을 살해하는 것이다. 셰익스피어의 작품에서도 마찬가지이다. 성격을 결정짓는 것은 행동(혹은, 햄릿의 경우에는 행동하지 않음)이지, 그 반대가 아니다.

셰익스피어의 비극에서 시간은 어긋나 있고, 주인공은 익숙한 역할에서 벗어나 있다. 학자 햄릿은 지적인 퍼즐을 제시하면 행복해하지만, 살해하라는 요구를 받자 어떻게 진행해야 할지 확신하지 못한다. 대조적으로 군인 맥베스는 기꺼이 난폭한 행동을 하지만, 보상을 기다리는 일에 있어서는 안절부절못한다. 햄릿은 신의 섭리의 본질에 대해 곰곰이 생각하는 반면, 맥베스는 운명을 자신의 손으로 취하도록 부추김을 당한다. 햄릿의 상황에 처한 맥베스를 상상해보라. 그는 두 번 부추길 필요가 없었을 것이다. 그는 유령의 이야기를 듣자마자 곧장 성루에서 달려 내려가 클로디어스 왕을 "배꼽에서 턱까지" 단칼에 "잘라내"었을 것이다. 용기와 행동으로 옮기는 그의 능력은 의심할 여지가 없다.

리어 왕은 과거를 놓지 못한다. 맥베스는 미래를 기다리지 못한다. 햄릿은 미래에 관해 걱정하는 걸 멈출 수 없다. 그들 중 누구도 현재를 살아가는 데에 만족하지 못한다. 이것은 개인의 비극적 결함이라기보다는 보편적인 인간의 약점이다. 우리는 시간에 얽매인 존재이지만 항상 다른 시간을 갈망하는 것이다.

맥베스는 첫눈에 보이는 것보다는 햄릿에 가깝다. 그는 양심을 지니고 있다. 변덕스러운 자매들의 예언이 그의 야심을 자극하자, 그는 "별들아, 빛을 감추어라. / 내 시커멓고 깊은 욕망을 보지 못하게 하라"라고 말하며, 그것을 내동댕이치려고 애쓴다. 그리고 자신의 성으로 돌아오자, 그는 모든 면에서 덴마크 왕의 태도로 내세에 관해 독백을 한다. 하지만 햄릿은 근본적으로 외톨이이며, 거트루드가 여성에 대한 믿음을 파괴했기 때문에 오필리아에게 속내를 털어놓지 못하는 반면, 맥베스는 자신을 책임지고 맡아줄 아내가 있다. 그가 양심에 찔린 독백을 마무리 지을 무렵 등장한 그녀는 몇 번의 활기찬 언쟁과 꾸중("과감히 그렇게 말씀하셨을 때, 당신은 사나이셨어요")을 하며 그가 마음을 바꾸어 그 끔찍한 일을 저지르게 만든다.

그의 양심은 국왕 시해 이후에도 여전히 작용하여, "더 이상 잠자지 못하리"라 외치는 목소리가 그를 괴롭힌다. 한편 그의 아내는 침착하고 실질적이다("약간의 물만 있으면 우리가 한 짓이 깨끗이 지워질 거예요"). 그러나 극이 진행되면서, 셰익스피어의 가장 훌륭한 구조상의 움직임을 보여주는 반전이 벌어진다. 더 이상 잠을 이루지 못하는 것은 맥베스 부인이다. 그녀의 마음에서는 살인을 했던 밤을 제외한 모든 것은 비워져 버렸고, 그 피를 씻어낼 수가 없다("아라비아의 향수를 다 부어도 이 작은 손을 향기롭게 만들진 못하겠지"). 대조적으로 맥베스는 너무 멀리 핏속으로 걸어 들어갔기에 돌아오는 것보다는 계속 나아가는 것이 더 쉬워져 버렸다. 그는 뱅쿠오와 플리언스를 살해하려는 계획을 아내에게 말하지 않으며, 4막에서 무고한 맥더프 일가를 학살할 때 그녀는 일시적으로 극의 진행에서 사라진다. 5막이 되면, 그는 "바람아 불어라, 파멸이여 오라. / 짐은 최소한 등에 갑옷을 지고 죽을 것이다"라고 하며 기꺼이 최후의 교전에 임한다. 그의 아내가 고취시킨 마지막 생각은 숙명론적이다. 그녀는 자신의 손으로 운명을 취하라고 부추기며 시작했지만, 삶의 무의미함에 대한 그의 명상을 도발하는 것으로 끝난다.

시간에 얽매여 있지만 항상 다른 시간을 갈망하는 것, 이 딜

레마 앞에서 셰익스피어의 비극은 두 가지 다른 방향으로 나아간다. 현재를 수용하려는 움직임이 있는데, 이는 죽음의 수용을 의미한다. 그리하여 맥베스는 "좀 더 있다 죽어야 했다. / 그런 말이 잘 맞는 때가 있을 것이다"라고 말한다. 그리고 햄릿은 "그것이 지금이라면, 오지 않을 것이다. 만약 오지 않을 것이라면, 그것은 지금이겠지. 지금이 아니라도, 그것은 올 테지. 준비가 전부야"라고 말한다. 《리어 왕》에서 에드거는 "사람은 이 세상에 태어날 때와 마찬가지로 이 세상을 하직할 때도 참아야 해요. 때가 무르익기를 기다리는 것이 가장 중요하지요"라고 말한다. 이는 스토아주의라는 고전철학에서 이끌어낸 일종의 비극적 지식이다. 스토아주의는 인종, 인내, 감정의 억제를 의미했다.

그러나 셰익스피어는 스토아 철학에 대해서도 회의적이었다. 《헛소동》에서 슬퍼하는 아버지가 위로를 거부할 때 그는 스토아 철학을 조롱한다. 레나토는 "나는 살과 피가 되리라, / 하느님의 방식에 대해 어떻게 쓰고, / 우연과 수난에 대해 비웃었건 간에 / 치통을 잘 참아낼 수 있었던 / 그런 철학자는 아직껏 없었으니"라고 말한다. 스토아 철학이 지닌 문제는 추론할 수 있는 능력만큼이나 우리를 인간일 수 있게 해주는, 느낄 수 있는 능력을 무시하는 데에 있다. 셰익스피어 비극에서는 이에 대응하여 그들이 신체로 자신을 표현할 때처럼 감정을 인정하는 방향으로 나아간다. 《리어 왕》에서 글로스터는 눈이 없지만 세상이 어떻게 돌아가는지를 본다. 느끼듯이 보는 것이다.

자신의 가족을 살해한 것에 대해 맥베스에게 복수를 함에 있어서, 맥더프는 남자답게 행동하기 전에 먼저 사람으로서의 자신의 슬픔을 느껴야 한다. 그는 강력한 남성으로 변신하기 전에 눈물을 흘리는 사람이 되어야만 하는 것이다.

새뮤얼 존슨 박사는 셰익스피어에 대한 서문에서 "읽은 희곡은 공연된 희곡처럼 마음에 영향을 미친다"고 말했다. 그렇지가 않다. 공연된 희곡에서 당신이 취하는 것은 배우의 몸이다. 셰익스피어는 배우였으므로 스토아 철학의 신봉자가 아니었다. 배우는 말뿐 아니라 몸으로 일을 한다. 극장에서 몸은 감정을 표현하는 최상의 도구이다.

《트로일러스와 크레시다》라는 셰익스피어의 신랄한 트로이 비극에서 햄릿을 닮은 트로일러스는 "말, 말, 그저 말뿐, 마음에서 나오는 실체는 없구나"라고 말한다. 결국 셰익스피어의 비극에서 문제가 되는 것은 체념과 스토아 철학에 따른 위안과 같은 멋진 말이 아니라 마음이라는 날재료와 몸이라는 견고한 존재이다. 고통에 찬 몸. 생명이 빠져나갔지만 여전히 작별의 키스나 축복의 말을 할 수 있는 몸. 로미오와 줄리엣, 오셀로와 데스데모나의 몸은 포옹 속에 안식을 취한다. 가장 친한 친구인 호레이쇼는 햄릿의 몸에 작별 인사를 하러 그곳에 머문다. 리어는 코딜리아의 죽음을 애도하게 된다. 딸에게 작별 인사를 한 순간 그의 심장은 부서질 참이었다. 《맥베스》는 비극 중에서 가장 외로운 작품이다. 맥베스 부부는 셰익스피어의 어느 작품에서보다 행복하게 결혼한 몇 쌍 중의 하나로 작품을 시작하지만, 사이가 멀어지고 완전히 외로운 상태로 세상을 떠나기 때문이다. 관객을 대신해서 "슬픔의 말을 할" 호레이쇼나 켄트 백작도 없다. 이 작품에서만 셰익스피어는 인생을 걸어 다니는 그림자, 가련한 배우, "아무런 의미 없는 소리와 분노로 가득 찬 / 백치"의 이야기로 묘사할 수 있었다.

왕의 희곡

《맥베스》는 꿈이 어떻게 악몽이 될 수 있는지, 낮이면 둥지를 트는 새들의 유쾌한 자리가 밤이면 음산한 기지가 넘치는 문지기가 문 앞을 지키는 지옥 그 자체로 어떻게 변화하는지에 관한 극이다. 그리고 세상이 얼마나 뒤죽박죽이 될 수 있는지에 관한 극이다. 던컨 왕이 살해된 다음 날 아침에 태양은 떠오르기를 거부하고, 다른 이상한 현상들은 자연 질서의 혼란으로 해석된다.

반면, 잉글랜드 궁정은 피난처이자, 은총과 "축복받은 치료의 능력"이 있는 장소로 제시된다. 잉글랜드에 맬컴이 머무르는 것은 미덕을 교육하는 기능을 한다. 그가 고귀한 잉글랜드 장군 시워드의 도움을 받아 스코틀랜드를 정복하는 것은 자연의 회복처럼 여겨지게 만들며, 버남의 움직이는 나무는 봄과 재생의 상징이 된다. 이 극은 제임스 왕이 스코틀랜드와 잉글랜드의 왕위를 통합한 후 처음 몇 년 사이에 쓰였다. 맥더프가 폭군의 수급을 들고 마지막으로 등장한 후 세상은 해방되었다고 선언하는 것은 처녀 여왕의 통치 기간 말년 동안 수반되었던 그 국가의 미래에 대한 불안감을 끝내려는 희망을 나타낸다.

1603년에 스코틀랜드의 제임스 6세가 잉글랜드의 제임스 1세가 된 후 몇 주 안에 셰익스피어의 극단은 "국왕 극단"이라는 칭호를 부여받았다. 이러한 영예에 대한 보답으로, 극단은 필요할 때면 언제든지 궁정에서 공연할 것으로 기대되었다. 그들은 당연히 왕실의 일이 있을 때 경쟁 극단보다 더 많은 어전 연극의 기회가 있었다. 셰익스피어의 남은 경력 동안 매년 10회에서 20회 정도의 공연을 했다.

즉위 2년 후인 1605년 여름에 제임스 왕은 옥스퍼드 대학교를 방문했다. 세인트존 칼리지의 정문, 담쟁이덩굴로 뒤덮인 나무 그늘에서 고전 시대의 여성 예언자 혹은 "무녀"의 복장을 한 세 명의 학부생이 나타났다. 첫 번째 학생은 그를 스코틀랜드의 국왕이라 경하했고, 두 번째는 잉글랜드의 국왕, 세 번째는 아일랜드의 국왕으로 그를 경하했다. 그들은 그에게 고대 스코틀랜드의 영주인 뱅쿠오가 비록 그 자신은 왕이 되지 못하지만 후손들이 어느 날 불멸의 제국을 통치할 것이라고 말했던 세 명의 예언하는 자매들을 떠올리게 했다. 그 일이 있기 얼마 전에 제임스 자신이 뱅쿠오와 플리언스까지 거슬러 올라가는 스튜어트 가계의 족보를 의뢰했었다. 그 자매들은 이제 그들의 예언을 재확인하는 것이었다.

〈맥베스〉는 덴마크의 국왕이 방문하고 있던 1606년 여름에 국왕 앞에서 공연된 것이 거의 확실하다. 그것이 셰익스피어 작품의 출처인 《연대기》에서는 시작 장면의 전투에서 덴마크

였던 스코틀랜드의 적이 노르웨이로 바뀐 이유를 설명해줄 수 있을 것이다.《맥베스》는 왕위 계승권, 잉글랜드와 스코틀랜드의 관계, 마법의 실체, 군주의 신성한 권리(제임스는 "왕의 병"인 연주창을 치료하기 위해 "손으로 만지는" 고대의 관습을 부활시켰다) 등 새로운 왕의 관심사와 밀접히 연관되어 있다. 그리고 선조의 통치에서 대물림되어 계속된 근심거리도 하나 있었다. 그것은 반역죄와 로마 가톨릭의 음모에 대한 걱정이었다. "모호성"에 관한 문지기의 언급은 종종 잉글랜드의 예수회 공동체의 지도자이자 화약 음모 사건* 음모자들의 고해신부였던 가닛 신부가 1606년 초반에 있었던 재판에서 보여준 언어적 간교함에 대한 인유로 간주된다.

"스스로 왕이 되지는 못해도 왕을 낳으리라"라고 세 번째 마녀는 뱅쿠오에게 말한다. 극의 후반부에서 마녀들을 찾아간 맥베스는 뱅쿠오가 낳은 여러 세대의 환영을 본다. "여덟 왕과 마지막에 뱅쿠오의 모습, 손에 거울을 든 [여덟 번째 왕]"을 본 것이다. 일부 비평가들은 그 거울이 관객 속에 앉아 있는 제임스 왕을 향해 뱅쿠오의 유령이 뒤에서 걸어올 때 왕의 이미지를 반사하는 거울이라 생각한다. 그러나 그것은 미래의 모습을 담고 있는 것으로 여겨지는 마법의 수정공을 나타낼 가능성이 더 높다. 극적인 관점에서 보면, 또 다른 환영, 즉 손잡이가 자신

*1605년 제임스 1세의 가톨릭 박해에 불만을 품은 가톨릭교도들이 의사당 지하실에 화약을 묻어놓고, 의회 개원에 맞춰 국왕 제임스 1세와 왕비 등을 죽이려 한 사건이다.(옮긴이)

을 향한 단검의 환영을 보기 직전의 살육의 밤에 뱅쿠오가 맥베스에게 건넨 다이아몬드에 대한 메아리일 수도 있다. 그 거울의 정확한 속성이 무엇이건 간에, 그 속에서 가정했던 왕이 제임스라는 데에는 의심의 여지가 거의 없다. “두 개의 공”은 스코틀랜드와 잉글랜드의 보주(寶珠)를 상징하고, “세 개의 홀”은 대영제국, 아일랜드와 프랑스의 왕권에 대한 그의 소유권을 나타내는 것이다.

세 명의 마녀들(변덕스러운 자매들)

더욱 어려운 문제는 극을 여는 예언하는 여성들의 정확한 정체이다. 마녀 같은 존재의 실재 여부는 당시에 맹렬한 논쟁이 있었던 주제였다. 〈귀신론〉이라는 글에서 제임스 왕은 그들이 존재한다고 확인했다. 그는 십중팔구 마녀들은 여성들이지만, 얼굴에 난 수염처럼 비정상적으로 남성적인 특징을 지닌 여성들이라 믿었고, 마귀와 연합하고 있으며, 고양이와 두꺼비 등의 모양을 한 익숙한 영혼을 지니고 있다고 믿었다. 또한 그들이 저지르는 가장 위험한 일은 사람들의 이미지를 불러내어 저주를 거는 일로 이루어져 있다고 믿었으며, 여자 악령을 보내서 남자로부터 성적인 생명력을 제거하고, 동물들에게 질병을 일으킨다고 믿었다. 몸을 찔려도 피를 흘리지 않는 증상을 보이는 “마녀의 표식”으로 어떤 여성이 마귀에 사로잡혔는지 아닌지를 판별할 수 있었다. 《베니스의 상인》에서 샤일록이 “당신이 우리를 찔러도, 우리는 피를 흘리지 않나요?”라고 말할 때,

그는 마녀들과는 달리 유대인들이 마귀에 사로잡히지 않았음을 의미하는 것이다. 《맥베스》의 마녀들은 이러한 특징에 대부분 부합한다. 그들은 턱수염이 난 여성들이며, "회색 고양이와 두꺼비를" 불러온다. 한편 "마른 풀처럼 그를 바짝 말려버려야지"와 "돼지 잡고 있었지" 같은 대사들은 여자 악령과 병에 걸린 가축을 가리킨다.

그러나 우리가 반드시 그들을 늙은 노파들, 동화 속의 마녀들로 생각해야만 할까? 《맥베스》의 출처인 홀린셰드의 〈스코틀랜드 연대기〉에서는 그들을 "기묘한 자매들", "요정들", 그리고 "이상하고 거친 옷을 입은, 옛 세상의 존재를 닮은 여인들"이라고 다양한 방식으로 부른다. 홀린셰드의 책에 실린 목판화를 보면 그들은 분명 턱수염이 난 노파가 아니라, 다소 심술궂지만 우아한 옷을 차려입은 숙녀들인 것으로 보인다.

더욱 복잡한 것은 《맥베스》의 유일하게 남아 있는 인쇄본(제1이절판에서 발견)이 제시하는 것이 셰익스피어가 쓴 상태로서의 극이 아니라 좀 더 젊은 극작가였던 토머스 미들턴이 그 후의 공연을 위해 개작한 상태로서의 극으로 보인다는 점이다. 《맥베스》에 있는 노래 두 곡(3막 5장과 4막 1장의 노래)은 미들턴의 극인 《마녀》에도 등장한다. 그 노래들의 원저자는 《마녀》의 나머지 부분의 저자와 동일한 것 같다. 특정한 악마와 관련된 세부 사항은 미들턴의 극에 있어서는 중요한 출처이지만, 셰익스피어의 극에 있어서는 그렇지 않은 레지날드 스콧의 논고 《마법의 발견》에서 차용한 것으로 보인다. 3막 5장 전체와 4막 1장의 헤카테 부분은 셰익스피어의 원고에 미들턴의 것을 삽입했을 가능성이 매우 높다. 삽입된 장면들이 독립적인 완결성을 갖추고 있는 것이다. 그 장면들은 마법 부분을 보강하고 통상적인 노래와 춤을 한두 장면 넣음으로써 극의 맛을 더하기 위해 삽입되었다. 개작된 셰익스피어/미들턴의 마녀와 비교할 만한 가치가 충분한, 주문을 외는 노파들이 등장하는 짧은 텍스트인 벤 존슨의 《여왕들의 가면극》(1609) 이후에 쓰인 것으로 보인다. 사실 4막 1장의 마지막 춤은 존슨의 가면극에서 따온 음악과 안무를 사용했을 것이다.

덧붙인 부분은 새로운 유행에 편승하여 연극 원고를 개작하는 관례의 좋은 예를 보여준다. 그러나 그 변화는 국지적인 정도를 넘어섰을 수 있다. 오래전인 1818년에 새뮤얼 테일러 콜리지는 한 강연에서 매우 흥미로운 발언을 했다. 마법과 점성술의 시대에 살았음에도 불구하고 셰익스피어는 그의 작품에 마녀를 포함시키지 않았다고 말했던 것이다. 그는 "우리는 무대 지시문에 현혹당하지 말아야 하기에"라는 삽입구와도 같은 주석을 덧붙였다. 그가 주목한 점은 그 자매들이 결코 실제로 그들 자신이나 다른 등장인물들에 의해 "마녀들"로 불리지 않았다는 것이다. 그들은 이절판의 무대 지시문에서는 마녀이지만 텍스트에서는 "변덕스러운 자매들"이다. 명시적으로 마녀에 대해 언급하는 사람으로는 1막 3장에서 이야기하는 선원의 아내가 유일하다. 첫 번째 변덕스러운 자매는 그런 호칭에 그리 기뻐하지는 않는 것이 분명하다.

그 변덕스러운 자매들은 아름다운가 아니면 추한가? 홀린셰
드에 따르면 그들은 추하기보다는 아름답다. 점성가 사이먼 포
먼이 1611년 글로브 극장에서 본 〈맥베스〉 공연 회고담에서도
그들은 "요정 혹은 님프"로 묘사되는데, 이는 추하기보다는 아
름다운 것처럼 들린다. 그들이 추하다는 생각은 주로 미들턴의
마녀 장면에서 유래한다. 1막 3장에서의 뱅쿠오의 묘사는 육체
적인 추함을 의미하지만, 주로 자매들의 외모에 대한 그의 언
어는 당혹스러움을 특징으로 한다. 그들은 겉으로는 아름답지
만 실제로는 추한 예언을 하는, 원래는 아름다운 여인들일 수
있을까? 그들의 외모가 어떻든 간에, 그들이 통제하기보다는
예언한다는 것이 중요하다. 셰익스피어의 원래 텍스트에서 자
매들은 신비스럽고 애매한 "유혹", 수수께끼 같은 예언을 말할

"맥베스와 뱅쿠오가 포레스를 향해 여행을 떠났을 때…… 그곳에서 고대 세계의
존재를 닮은, 낯설고 거친 옷을 입은 세 명의 여성을 만난다."(홀린셰드의 〈스코틀
랜드 연대기〉, 1587)

뿐인, 도덕적으로 모호한 존재들일 수 있다. 미들턴은 그들을, 존슨의 《여왕들의 가면극》에 등장했고 《마녀》에서 자신이 쓴 적이 있는, 명백히 사악한 노래를 부르고 주문을 거는 마녀들로 바꾸었을 것이다. 그는 또한 그들의 수를 두 배로 늘렸고 헤카테와 고양이 모습을 지닌 정령을 포함하여 잡다하고 부수적인 정령들을 데려왔다. 흑주술의 서투른 실시자로서 그들은 거의 희극적이라고 할 만큼 모호하지 않다. 이렇게 말했으니, 우리는 미들턴의 기여를 "쓸데없는 가필"로 무시하지는 말아야한다. 그들은 제임스 시대 연극계에서 그 작품이 변화해온 삶의 산물인 것이다.

셰익스피어의 자매들은 표현하기 어려우며 모호하다. 그들은 그 나라의 토착 마녀라기보다는 고전에서의 운명의 여신들에 더 가깝다. 이 시대에 "weird"라는 용어는 특히 운명의 여신들과 예언의 힘을 가리켰다. 이러한 속성을 제시하고 현대 영어에서 "weird"라는 단어가 연상시키는 의미를 피하기 위해서,* 이 책에서는 이절판에 기반을 둔 철자인 "weyard"를 사용하여 "변덕스러운, 변경의"라는 의미를 떠올리게 만들었다. 그 자매들은 가장자리에 놓인 여성들이다. 사회와 황야, 문화와 자연, 국가의 영역과 신관의 신비 사이에 위치하는 것이다.

*현대 영어로 weird는 '기괴한', '괴짜의' 등의 뜻으로 사용된다. (옮긴이)

아이는 몇 명?

제임스 왕은 왜 그토록 마녀에 관심을 가졌던 것일까? 중요한 이유는 왕권에 대한 그의 이념이 선과 악의 우주론과 밀접히 관련되어 있었기 때문이다. 그는 군주가 지상에서의 신의 대리자라고 열렬히 믿었다. 왕은 미덕의 구현체이며, 백성들을 치유하고 우주적 조화를 회복하는 축복받은 능력을 지닌 존재이다. 악마가 마법이라는 어두운 매개체를 통해 세상에서 활발히 활동하고 있다는 생각은 이러한 비전에 필요한 대조적 장치였다. 셰익스피어 희곡의 이미저리는 당시에 만연했던 국가와 우주가 연관되어 있다는 느낌을 만들어낸다. 던컨 왕이 살해되던 날 밤 레녹스와 로스가 이야기하는, 자연 질서가 파괴되는 그런 징후를 보면 알 수 있을 것이다.

제임스의 왕권 이론의 또 다른 결론은 왕위 계승이 경쟁 후보들 사이의 경쟁이나 대중의 투표를 통해서 자의적으로 성취되는 것이 아니라 신에 의해 정해지는 것이라는 생각이었다. 따라서 홀린셰드의 〈스코틀랜드 연대기〉에서 던컨 왕이 자신의 아들인 맬컴을 컴벌랜드의 왕자로 임명하는 것이 스코틀랜드 역사의 전환점이라는 사실은 지극히 중요하다. 이는 장자상속의 원칙이 스코틀랜드에서 확립된 순간이었다. 홀린셰드의 책에서 맥베스는 던컨의 사촌이며, 이 순간까지 그는 맬컴이 성인이 되기 전에 던컨이 죽는 경우에 왕위 계승권을 지니고 있었다.

20세기 중반에 비평가들 사이에는 셰익스피어의 등장인물들을 무대에서 보이는 모습을 넘어선 삶과 과거를 지닌, 마치 실제인물인 것처럼 다루었다는 이유로 빅토리아 시대의 학자인 A. C. 브래들리를 비웃는 경향이 있었다. 이러한 조롱에 대한 약칭으로 사용되는 표현은 "맥베스 부인에게 몇 명의 자식이 있었느냐?"는 브래들리의 질문이었다. 그러나 브래들리는 그를 비판한 사람들보다 더 오래 살아남았다. 사실주의 소설이 만개하기 이전의 어떤 작가들보다 더 셰익스피어는 그의 등장인물들이 내적인 삶을 지니고 있고 그의 플롯에 "뒷이야기"가 있다는 환상을 창조해내는 그런 언어를 실제로 사용했던 것이다. 《맥베스》의 언어는 아이, 출산, 유산 상속과 미래 세대의 이미지로 가득 차 있다. 던컨, 뱅쿠오, 맥더프의 아들들은 극의 진행에 모두 필수적이며, 잉글랜드 군인 시워드의 아들을 위한 효과적인 단역까지 있을 정도이다. 등장인물 중에 그토록 많은 남자아이들이 중요하게 등장하는 셰익스피어의 비극은 없다. 오로지 맥베스만이 아들이 없다. 따라서 그가 손아귀에 메마른 통치권을 쥐고 있고, 그의 잔혹한 행위는 "그들을, 뱅쿠오의 씨앗을 왕으로 만들기 위한" 행위에 불과하다는 섬뜩한 깨달음에 이르는 것이다.

셰익스피어는 보통 결혼한 부부가 파트너로서 같이 일하는 경우를 그리지 않았다. 맥베스 부부 사이에는 유달리 다정한 순간이 있다. 그러나 그들 관계의 핵심에는 공허가 있다. 작품은 불모의 이미지로 상처 입고, 죽은 아이들이 흘깃흘깃 비쳐서 괴롭힌다. 권력은 결국 사랑의 대체물이며, 야심은 그저 아이 없는 슬픔에 대한 보상일 뿐인가? 맥베스 부인이 "젖을 빨려봐서" "내 젖을 빠는 아이가 얼마나 사랑스러운지" 안다고 말할 때 그것이 진심이라고 여겨야 한다. 우리는 맥베스 부부가 아이가 있었고 그 아이를 잃었다고 추측할 수 있을 뿐이다. 아마 그것이 그들의 결혼 생활의 에너지를 권력에 대한 욕망으로 돌린 이유일 것이다.

셰익스피어는 위대한 작가들 중에서 가장 덜 자전적인 작가이다. 하지만 10여 년 전에 그 자신의 유일한 아들이었던 햄넷을 잃은 이후 여러 해 동안 자신의 모든 창조적 역량을 가족이 아닌 작품, 극단, 그리고 궁궐의 연회장 플랫폼에서 대학 교육도 받지 못한 지방의 일개 문법학교 출신인 자신이 만든 대사를 잉글랜드와 스코틀랜드의 국왕이 신하들 모두와 함께 온 정신을 집중해서 듣고 있는 것을 목격하는 그런 특별한 순간의 전율에 쏟아부었던 것이 순전히 우연일 수 있을까?

진홍색이라는 단어

셰익스피어의 운문 형식은 그가 작가로서 성숙해지면서 느슨해지고 더 유연해졌다. 그의 초기극은 운을 맞춘 비율이 더 높았고 리듬도 훨씬 더 규칙적이었으며, 본질적인 형식은 약강오보격(열 개의 음절, 다섯 개의 강세, 그리고 두 번째 음절마다 강세)이었다. 초기극에서 행은 아주 빈번하게 행말을 맺었다. 구두점은 행이 끝날 때에 휴지를 표시했는데, 이는 통사구조(문법적 구성)의 움직임이 운율의 움직임(리듬상의 구성)과 맞아떨어지는 것을 의미했다. 후기극에서는 운을 맞춘 이행연구(가끔 각운은 단지 한 장면이 끝나는 것을 알려주는 표식으로 기능하기도 한다)는 더 적었고, 리듬의 움직임은 훨씬 더 다양하고 자유롭고 유려했다. 완숙기의 셰익스피어의 무운시(운을 맞추지 않은 시)는 전형적으로 완결되지 않고 다음 행으로 이어지는 경우("구 걸치기"로 알려진 특징)가 일반적이었다. 행의 끝에 묵직하게 멈추는 대신, 화자는 서둘러 나아가고, 문법은 지연되는 운율 패턴에 대비되어 생산적인 긴장 속에서 작동하며 의미를 요구하고 전개시킨다. 더 묵직한 휴지는 행의 중간으로 옮겨간다("행중 휴지"로 알려져 있으며, 그 위치는 다양하다). 초기극보다 훨씬 더 빈번하게, 두 화자가 한 행을 공유하기도 한다. 그리고 오보격 자체도 더 섬세한 도구가 된다. 약강의 박자는 깨어지고, 종종 여분의("잉여의") 강세를 받지 않는 열한 번째 음절이 행의 끝에 있는 경우도 있다("여성 행말"로 알려져 있다). 운문과 산문 사이의 변화는 더 빈번하다. 운문은 너무 느슨해서 처음 인쇄했을 때 그 극의 식자공뿐 아니라 전문 학술 텍스트의 현대 편집인들도 원래 의도가 운문인지 산문인지 완전히 확신하지 못하는 경우도 종종 있다. 약강 오보격은 그 리듬과 지속 시간이 영어의 발화 패턴과 자연스레 맞아떨어지기 때문에 영어로 된 극시의 이상적 매체이다. 일상 언어의 다양성과 고양된 시의 정확성을 결합시킬 수 있는 능력으로 인해, 유연하고 완숙한 셰익스피어의 "느슨한 오보격"은 아마 지금껏 배우에게 주어진 것들 중 가장 표현력이 풍부한,

목소리를 활용하는 도구일 것이다.

《맥베스》의 텍스트를 무작위로 펼쳐보면 금세 이 느슨한 오보격의 강력한 예를 확실히 찾을 수 있다. 이러한 주장에 대한 첫 번째 시험을 했더니, 5막 5장 끝부분의 원고가 펼쳐졌다. "Within this three mile may you see it coming: / I say, a moving grove."(삼 마일 이내에서 다가오는 것을 보실 수 있습니다. / 말하자면, 움직이는 숲입니다.) 한 전령이 버남 숲에 관한 소식을 가져온다. 그 알림은 급작스레 반 행으로 끝나고, 맥베스는 나머지 반 행을 말한다.

If thou speak'st false, (만약 거짓을 고했다면,)
Upon the next tree shall thou hang alive (가장 가까운 나무에 산 채로 매달아)
Till famine cling thee. (배고픔이 네게 꽉 달라붙게 하겠다.)

마치 말하는 것을 모방하듯, 셰익스피어는 운문을 행의 말미에 "산 채로 매달아"두는 것이다. 죽어가는 종결 대신, 다음 행으로 곧장 굴러 들어가기 전에 최고의 순간적인 휴지가 있다. 그런 다음 묵직한 휴지가 그 행의 바로 중간에 온다(좀 더 관례적인 네 번째나 여섯 번째가 아닌, 다섯 번째 음절 다음에). 그가 전령에게서 몸을 돌릴 때, 맥베스는 명상 모드로 들어간다. 그는 홀로 있지 않으나 독백을 한다.

I pull in resolution, and begin (결심을 단단히 해야겠다.)

To doubt th'eqivocation of the fiend (마귀의 애매한 말도 의심스러워지기 시작한다,)

워지기 시작한다,)

That lies like truth. (마치 진실인 양 거짓을 말하는.)

그의 생각의 흐름은 "begin / To doubt(시작한다 / 의심스러워지기)"와 "the fiend / That lies(마귀 / 거짓을 말하는)"처럼 이어지는 행에서 생겨난다.

세익스피어의 작품에서는 항상 운율상의 혁명이 언어의 창조와 함께 일어난다. "꽉 달라붙다"는 연인들의 행동으로나 기대되는 것이지 배고픔이 그럴 것으로 여겨지지는 않는다. 직유와 은유는 그의 시를 짓는 기본 재료이다. 맥베스 부인은 "그럼 당신이 지녔던 / 그 희망은 술에 취했던 건가요? …… / 그게 지금 깨어나서는, …… / 핼쑥하고 창백한 낯빛으로 보시나요?" 하고 남편을 꾸짖는다. 깨어나는 이미지는 심한 숙취에 대해 떠오르는 엄청나게 정확한 상상이다. 그 비교의 정교함은 숙취의 신체적 징후와 같은 육체적인 어떤 것을 "희망"이라는 생각처럼 너무나 심리적인 어떤 것에 적용시키는 데에서 생겨난다. 우리는 "옷을 입은"에 의해 쉽게 육체적 상태로 들어갈 수 있다. 의복은 이 극 속에서 사회적 지위를 표시하는 추상 개념을 반복적으로 체현하는 직유 중의 하나이다.

새로운 영예가 그에게 내렸으니,

　　새 옷처럼, 자주 입어서

　　몸에 맞기 전에는 불편한 법이겠지.

그리고

　　지금쯤 그자도 왕의 칭호가

　　난쟁이 같은 도둑이 거인의 옷을 걸친 것처럼

　　축 늘어져 있다고 느낄 겁니다.

은유는 예를 들면 "인생" 자체의 넓이와 "무대 위에서 / 거닐며 초조하게(frets) 자신의 시간을 보내다가 / 더 이상 들리지 않는 가련한(poor) 배우"의 구속처럼 매우 상이한 준거 기준에서 나온 사물을 연결시킬 때에 대체로 매우 강력한 힘을 발휘한다. 이 은유 내에는 복합적인 의미를 지닌 그 이상의 배열을 찾을 수 있다. "poor"는 "그저(mere)", "박봉의(ill-paid)", "솜씨가 없는(unskillful)"이라는 뜻을 동시에 가리킬 수 있고, "frets"는 "갉아먹다(wears out)", "초조해하다(worries his way through)", 그리고 "고함지르다(rants)"라는 뜻을 나타낸다. 그러나 맥베스가 "마귀의 애매한 말"을 의심하기 시작할 때, 이 순간 그는 마지막으로 남은 부하와 함께 있는데, 그 부하는 "세이턴"(사악한 동음이의어로, 그 이름은 "사탄"과 발음이 같다)이라는 이름을 지니고 있다. 맥베스는 "진실인 양 거짓을 말하는"이라는 동일한 준거 체계로부터 나온 사물들을 연결시키는 직유를 사용한다. 동시에 거짓을 말하고 진실을 말하는 것, 그것이 진정한 얼버무림이며, 글자 그대로 동등하고 상반된 것들의 발성인 것이다.

이 작품은 변덕스러운 자매들이 처음 등장할 때부터("전투의 승패가 갈린 다음", "아름다운 것은 추하고, 추한 것은 아름답네") 맥베스가 처음 등장할 때를 거쳐("이렇게 궂고도 좋은 날은 본 적이 없소"), 로스가 시워드의 전사한 아들에 대해 바치는 감동적인 찬사까지("겨우 남자가 될 때까지 살았습니다만, / …… 사나이처럼 목숨을 잃었답니다") 항상 그렇게 한다. 이런 세상에서는 조류학도 이중적인 의미로 얼버무려진다. "빛이 흐려진다 / 까마귀가 시커먼(rooky) 숲 속으로 날갯짓을 한다." 그럴듯한 것과 그럴듯하지 않은 것이 동시에 있다. 까마귀는 짐승의 사체를 먹고 사는 크고 검은 새이며 짝을 지어서 산다(절묘하게도 이 순간 맥베스가 맥베스 부인에게 말을 하고 있다). 반면, 떼까마귀(rook)는 비록 까마귀와 밀접히 연관되어 있지만, 광활한 서식지에서 살아가는 사교적인 새들이다. 맥베스가 다른 영주들과 비슷하면서도 다르듯 까마귀와 떼까마귀는 유사하지만 다르다. 떼까마귀는 숲과 같은 서식지에서 살지만, 형용사 "rooky(시커먼)"는 오래된 방언인 "rawky"나 "roky(안개가 낀)"와 멋지게 놀이하는 셰익스피어가 만들어낸 단어이다. 한 사전에는 "공기가 두껍고 그 결과 빛이 약할 때, 우리는 시커먼 날(rooky day)이라고 한다"고 설명되어 있다.

《맥베스》에서의 언어는 걸쭉해져서 끈적이는 조직이 된다. 마치 응고된 피처럼. 시적 모호성이라 부를 수 있는 또 다른

마치 응고된 피처럼. 시적 모호성이라 부를 수 있는 또 다른 형태의 것은 같은 개념을 두 개의 다른 용어로 재진술하는 것이다.

> 바다의 신 넵투누스의 거대한 바닷물 전체를 쓴다 한들
> 내 손에서 이 피를 씻어낼 수 있을까? 아니야,
> 이 손은 온갖 바다를 진홍색으로(incarnadine) 물들여서
> 푸른 물을 붉게(red) 만들고 말 거야.

마지막 두 행은 같은 내용을 두 번 말한다. 처음에는 박식한 라틴어 어원의 다음절어로(incarnadine), 그런 다음 단순한 단음절의 앵글로색슨 색깔로(red) 말이다. 셰익스피어는 자신의 모국어가 가장 부유하게 팽창한 시기에 영어의 복잡한 언어적 유산을 결합시키는 것이다. 그는 한 행에서 교육받은 고상한 궁정 관객에게 말을 하고, 그다음 행에서는 1페니를 지불한 입석 관객인 평민들에게 말을 한다. 《맥베스》는 무대 위를 피로 흠뻑 적시는 연극이지만, 이 작품의 가장 큰 성취는 삶이라는 뜨거운 피를 시어의 덧없는 숨결로 체화하고 물들인 데에 있다.

셰익스피어는 역사를 거쳐서 지속된다. 그는 자신의 시대뿐 아니라 후대를 계몽한다. 그는 우리가 인간 조건을 이해하도록 돕는다. 그러나 자신의 극작품에 대한 좋은 텍스트 없이 그는 이런 일을 할 수 없다. 판본들이 없었더라면 셰익스피어도 없었을 것이다. 이것이 바로 지난 3세기에 걸쳐서 매 20여 년마다 그의 전집에 대한 주요한 새 판본이 발간되었던 이유이다. 편집의 한 측면은 텍스트를 시대에 맞도록 만드는 과정이다. 즉 철자, 구두점, 활판을 현대화하고(물론 이것은 실제 단어를 현대화하는 것은 아니다), 변화하는 교육 현장의 요구에 맞추어서 상세한 주석을 다는 것이다(한 세대 전에는 누구나 셰익스피어가 사용하는 고전과 성경에 대한 인유들을 대체로 이해하고 있다고 추정했지만 지금은 그렇지 않다).

그러나 셰익스피어가 자신의 극작품들의 출판을 직접 감독하지 않았기 때문에, 편집자들은 초기에 인쇄된 판본들이 어느 정도의 권위를 지니는지에 대해서 결정을 내려야만 한다. 셰익스피어의 전 작품 가운데 절반만이 그의 사후인 1623년, 정교하게 만들어진 제1이절판으로 출판되었다. 이 최초의 "전집"은 누구보다도 셰익스피어의 극작품을 잘 알았던 동료 배우들에 의해서 준비된 것이다. 《맥베스》는 상당히 잘 인쇄된 이절판 텍스트 속에만 존재한다. 그러나 '작품 소개'에서 설명했듯이 다른 비극보다 훨씬 짧은 현존하는 텍스트는 셰익스피어의 은퇴 이후에 아마 토머스 미들턴의 감독하에 개작되었음을 보여준다. 미들턴이 관여한 범위는 학자들 사이에 논란이 있다. 헤카테 장면은 오랫동안 그의 것으로 여겨져 왔지만, 극의 다른 곳에서도 그의 손이 닿은 것을 감지할 가능성은 열렬히 논의되었다. (2007년 옥스퍼드 판 미들턴 전작에는 《맥베스》가 실제로 포함되어 있다.) RSC 셰익스피어 판본에서 편집 원칙은 가능한 부분에서는 어디에서건 제1이절판을 따르는 것이기에, 헤카테 장면을 이절판에 나타나는 대로 노래를 시작하는 말만 제시하며 이 책에 실었다. 미들턴의 《마녀》에 나오는 노래의 전체 텍스트는 극의 마지막에 제시했지만, 정확히 같은 말이 《맥베스》에서 사용되었는지는 확실히 알 수가 없다.

다음은 편집 과정의 다양한 측면을 강조하고 본 책의 편집 원칙을 설명하는 것이다.

등장인물 이절판의 경우 오직 여섯 작품에만 나오며, 《맥베스》

는 이에 포함되지 않는다. 따라서 책에 나온 명단은 편집상 새로 넣은 것이다. 고딕체 굵은 글씨는 대본에서 대화 시작을 알리는 배역의 이름을 가리킨다.

장소 이절판의 경우 오직 두 작품에서만 제시되는데 《맥베스》는 해당되지 않는다. 최초로 상세한 장소를 명기한 이들은 정교하게 사실주의적인 무대장치의 시대에 작업했던 18세기 편집자들이었다. 셰익스피어가 아무런 장치도 없는 빈 무대를 생각하며 극을 썼고, 자주 장소에 대한 부정확한 감각을 지녔다는 전제 하에 하단 주석에 장소 표시를 했다. 그리고 가상의 장소가 바로 전 장면과 다를 경우 장소를 밝혔다.

막과 장의 구분 사절판들에서보다 이절판에서 훨씬 더 정교하게 나타나 있다. 그러나 때때로 막과 장의 표시가 잘못되거나 누락되어 있어서 편집 관례에 의해 수정 및 추가된 부분은 꺾쇠괄호([ ]) 안에 넣어서 표시했다. 5막 구분은 고전적 모델에 기초한 것이며, 막과 막 사이의 휴식 시간은 국왕 극단(King's Men)이 1608년부터 사용해왔던 블랙프라이어스 실내극장에서 촛불을 교체하는 시간이었다. 그러나 셰익스피어는 극 구성을 반드시 5막 구조의 관점에서 생각한 것은 아니다. 이절판의 관례에 의하면 무대가 비는 경우 한 장면이 끝난다. 요즈음, 부분적으로는 영화의 영향으로, 우리는 상상 속의 장소 변화나 내러티브상의 중요한 시간 변화로 끝이 나는 장면을 하나의 극적 단위로 생각하는 경향이 있다. 셰익스피어 극의 유연한 구성은 이러한 관례와 잘 어울린다. 그래서 막과 장의 숫자에 더해 이 책에서는 새로운 장면이 시작되는 부분마다 오른쪽 상단 여백에 '장면' 수를 표시했다. 일시적인 빈 무대로 인해 야기되는 장면 단절의 경우, 장소가 변하거나 추가적인 시간의 흐름이 없을 때에는 '장면 계속'이라는 극적 관행을 썼다. 여기에는 어느 정도 편집상의 판단이 불가피하나, 이 체제는 극이 진행되는 속도를 나타내는 데 매우 유용하다.

화자의 이름 이절판에서는 일관성이 없는 경우가 많다. 이 책에서는 대사 시작 시의 화자 이름을 규칙적으로 통일시켰다. 그러나 이절판의 느낌을 살리기 위해서 등장 지문에 나타나는 의도적인 불일치 부분은 그대로 유지했다.

등장과 퇴장 이절판에서는 꽤 철저하게 표시되었다. 따라서 가능한 한 충실하게 이 표시를 따랐다. 등장인물이 삭제되거나 수정이 필요한 곳에서는 꺾쇠괄호로 표시했다(예, [그리고 수행원들]). '**퇴장**'은 때때로 필요에 따라 '**모두 퇴장**'으로 표준화했고, "남아 있다"의 라틴어 표기는 영어로 바꾸었다.* 이 책은

*원서에서 한 명 퇴장일 때는 'Exit'로, 두 명 이상의 퇴장을 뜻할 때는 라틴어 'Exeunt'로 표기했는데, 이를 각각 '퇴장'과 '모두 퇴장'으로 번역했다. 또한 원서에서는 'Manet'와 같은 라틴어 대신 'remains'가 사용되었는데, 이를 '남아 있다'로 변역했다.(옮긴이)

다른 판본들보다 이절판에 쓰인 등장과 퇴장 위치 표시를 더 많이 따랐다.

편집상 무대 지문 무대 동작과 방백, 청자의 표시 그리고 등장인물의 이층 무대 위치 표시와 같은 것은 오직 이절판에서만 드물게 사용되었다. 다른 판본들은 이런 종류의 지문들과 원본 이절판과 원본 사절판 지문들을 혼합해서 사용하는데, 때로는 원본 이절판과 원본 사절판 지문들을 꺾쇠괄호로 표시해두기도 한다. 이 책에서는 이런 종류의 '연출상' 개입이라 일컬어지는 것을 이절판 양식의 지문(원본이건 혹은 이후에 만들어진 것이건)과 구별시키려는 의도에서, 이를 가는 고딕체로 오른쪽 가장자리에 적어 넣었다. 어떤 지문이 어떤 종류의 것인지를 알아내는 데는 어느 정도 주관이 개입된다. 하지만 이런 과정은 독자와 배우에게 셰익스피어 무대 지문이 오로지 편집자의 추론 자체에만 의존될 뿐 영구적으로 고정되지 않았음을 상기시키기 위해서 의도된 것이다. 이 책에서는 또한 가끔 불확실한 것을 인정한다는 점에서 기존의 편집 관례를 벗어나 다음과 같은 표현을 쓰기도 했다. 이를테면 '방백?'(한 행이 방백인지, 배우가 관객에게 직접 말하는 대사인지 결정하기 어려울 정도로 양쪽 모두가 타당해 보이는 경우가 자주 있는데, 이를 판단하는 일은 각각의 공연이나 독해에 달려 있다), 또는 '퇴장일 수도 있다' 등이 그것이다.

저자 이 극의 저자가 셰익스피어라는 것은 의심의 여지가 없지만, 인쇄된 텍스트는 토머스 미들턴에 의해 행해졌을 개작의 표시를 일부 지니고 있을 수도 있다. 특히 헤카테와 관련된 장면은 미들턴이 덧붙인 것으로 보인다.

주요 배역 (대사 행의 백분율/무대 등장 횟수) 맥베스(29%/15), 맥베스 부인(11%/9), 맬컴(9%/8), 맥더프(7%/7), 로스(6%/7), 뱅쿠오(5%/7), 마녀 1(3%/3), 레녹스(3%/6), 던컨(3%/3), 마녀 2(2%/3), 마녀 3(2%/3), 문지기(2%/1), 맥더프 부인(2%/1), 스코틀랜드 의사(2%/2).

언어 형식 운문 95%, 산문 5%.

연대 1606년경. 제임스 1세에 대한 찬사가 여러 번 등장하는 것으로 판단하면, 엘리자베스 시대라기보다는 제임스 시대의 작품으로 보인다. 1611년 4월 글로브 극장에서 공연되었고, 아마 1606년 8월이나 12월에 궁궐에서 공연된 것으로 보인다. "모호성"과 다른 언급은 화약 음모 사건의 재판(1606년 1월~3월)이 있은 지 얼마 지나지 않아서 쓰였음을 암시한다. 1막 3장에서 언급된 배 '타이거'호는 1604년에 동쪽으로 항해를 떠나서 1606년 여름에 끔찍한 항해를 마치고 돌아왔다.

원전 라파엘 홀린셰드의 《잉글랜드, 스코틀랜드 및 아일랜드의 연대기》(1587년 판본) 2권에 있는 〈스코틀랜드 연대기〉에 나오는 던컨과 맥베스의 통치에 관한 이야기에 기반을 두고 있으며, 다른 스코틀랜드의 연대기에 나오는 자료를 일부 활용했다. 스튜어트 왕조가 뱅쿠오로부터 혈통이 이어진다고 주장한 것을 인지하고 있음을 보여준다. 일부 이미저리는 세네카의 비극에 사용된 언어에 영향을 받았다. 헤카테 장면은 토머스 미들턴의 극 《마녀》에 있는 자료를 끼워 넣었다.

텍스트 1623년 이절판은 유일하게 일찍 인쇄된 텍스트이다. 그 텍스트의 간결함은 극장 공연을 위해 잘라내었음을 암시한다. 행 매김에 심각한 문제가 있기는 하지만 인쇄 상태는 좋다.

맥베스의 비극

등장인물

던컨 스코틀랜드의 국왕

맬컴 ⎤
도날베인 ⎦ 던컨 왕의 아들들

부관 던컨 군대의 장교

맥베스 글램즈의 영주, 후에 코도의
영주, 그런 다음 스코틀랜드의 국왕이 됨

맥베스 부인 맥베스의 아내

문지기 맥베스 성의 문지기

세이턴 맥베스의 하인

(스코틀랜드인) 의사

시녀 맥베스 부인의 시중을 듦

3인의 암살자

뱅쿠오 영주

플리언스 뱅쿠오의 아들

맥더프 파이프의 영주

맥더프 부인 맥더프의 아내

맥더프의 아들

레녹스 ⎤
로스 ⎟
앵거스 ⎬ 영주들
케이스네스 ⎟
멘티스 ⎦

노인

시워드 노섬벌랜드 백작

젊은 시워드 시워드의 아들

잉글랜드 궁정 의사

세 마녀 변덕스러운 자매들로
알려져 있음

헤카테 마녀들의 여왕

귀족들, 영주들, 시종들, 하인들,
횃불 든 사람들, 병사들, 고수들,
전령, 환영들(무장한 머리, 피투
성이 아이, 왕관 쓴 아이, 여덟
명의 왕들의 모습)

1막 1장*

번개와 천둥. 세 마녀 등장

마녀 1 우리 셋이 언제 다시 만날까,

　천둥 울릴 때, 번개 칠 때, 아니면 비가 올 때?

마녀 2 난리가 다 끝나고,

　전투의 승패가 갈린 다음.

5　**마녀 3**　그러면 해가 지기 전이겠군.

마녀 1 어디서?

마녀 2 황야가 좋지.

마녀 3　거기서 맥베스를 만나자.

마녀 1 곧 가요, 회색 고양이야.

*장소: 트인 공간.

 마녀 2 두꺼비가 부르는군.

마녀 3 곧 가요.

모두 아름다운 것은 추하고, 추한 것은 아름답네.

안개와 더러운 공기 속을 날아가자.

모두 **퇴장**

1막 2장*

안에서 비상 신호 소리. 던컨 왕, 맬컴, 도날베인, 레녹스가 수행원과 함께
등장하고, 피를 흘리고 있는 부관과 마주친다

던컨 피투성이인 이자는 누구인가?
　몰골을 보아하니 반역자들에 대한
　최신 소식을 보고할 수 있겠군.
맬컴 이자는 제가 잡힐 뻔했을 때
5　정말로 용감하게 맞서 싸운 장교입니다.
　잘 왔소, 용감한 친구여!　　　　　　　　　부관에게
　전장을 막 떠나올 때
　알고 있던 전투 상황을 전하게 아뢰시오.

*장소: 스코틀랜드, 실외, 정확한 장소는 명시되지 않음.

부관 승패는 확실치 않았습니다.

10 헤엄치다 기진맥진해서 뒤엉켜 끌어안고서

함께 물에 빠져 죽으려는 사람들 같았지요.

잔인무도한 맥도널드는 타고난 반역도인지라

천성에 온갖 악업을

한 몸 가득 짊어지고 있는데,

15 서쪽 여러 섬에서 경보병과 기병을 끌어모았지요.

운명의 여신도 그의 저주스러운 싸움에 미소를 지어서

역적의 창부인 듯했습죠. 하지만 이걸로도 역부족이었습니다.

용감한 맥베스가 이름값을 했지요.

운명 따위는 무시하며, 용맹의 총아답게

20 처벌하는 피로 담금질한 칼을 휘두르며

적을 무찌르고 베고 나아가

그 역적 놈과 맞닥뜨렸지요.

맥베스는 악수도 작별 인사도 하지 않은 채

배꼽부터 턱까지 이음매를 잘라내어

25 우리 성벽에 그놈 머리를 걸어놓았사옵니다.

던컨 오, 용감한 사촌! 훌륭한 사나이여!

부관 태양이 떠오르는 바로 그곳에서 배를 난파시키는

폭풍우와 무시무시한 천둥이 일듯이,

평온이 찾아오는 것 같은 바로 그 원천에서

30 불안감이 이는 법입니다.

스코틀랜드의 국왕이시여, 잘 들어주십시오.

정의가 용맹으로 무장하고 적의 경보병들을 쫓아낸 그 순간
기회를 엿보던 노르웨이의 국왕이
무기를 정비하고 인원을 보충해서는
35 다시 공격을 시작했습니다.

던컨 그 때문에 우리 장군들인 맥베스와 뱅쿠오가 당황하지는
않았는가?

부관 종달새가 독수리를, 토끼가 사자를 놀래킬 수는 없습죠.
진실을 말씀드리자면, 이렇게 보고드려야 되겠군요.
폭약을 두 배나 장전한 포탄처럼
그들은 적에게 두 배의 타격을 퍼부었습니다.
40 내뿜는 피로 목욕을 하려는 것인지
또 다른 골고다를 기억하게 만들려는 것인지
저는 잘 모르겠습니다.
아, 아찔해지는군요. 상처가 아파서 못 견디겠습니다.

던컨 그대의 상처만큼이나 그대가 한 말도 훌륭하군.
45 둘 다 명예의 향기를 내뿜고 있소. ―의사에게 데려가라.

[부관, 부축받으며 퇴장]

로스와 앵거스 등장
저기 오는 건 누구냐?

맬컴 로스 영주입니다.

레녹스 참으로 황급한 표정입니다!
심상찮은 말씀을 아뢸 듯합니다.

50 **로스** 전하, 만수무강하소서!

던컨 영주, 어디서 오는 길이오?

로스 전하, 파이프에서 오는 길입니다.

노르웨이 군의 깃발이 하늘을 뒤덮어서

우리 군대를 공포에 몰아넣고 있었습니다.

55 노르웨이 국왕은 엄청나게 많은 군사들을 이끌고

불충한 반역자인 코도 영주의 도움을 받아서

끔찍한 공세를 가해왔지만,

전쟁의 여신 벨로나의 남편이 갑옷을 입고

그에게 당당히 맞섰습니다.

60 반역의 칼끝에는 칼끝을, 무기에 무기를 부딪치며

교만한 적의 기세를 제압했습니다.

마침내 승리는 우리 것이 되었지요.

던컨 정말 기쁜 일이오!

로스 그리하여 이제 노르웨이의 왕 스웨노는

65 휴전을 청하고 있습니다.

우리는 세인트콤 섬에서 포괄적인 배상금으로

그가 일만 달러를 내놓지 않으면

병사들의 장례도 치르지 못하게 할 참이지요.

던컨 코도 영주는 더 이상 짐을 배신치 못하게 하겠소.

70 즉시 그를 사형에 처하도록 명하고

그의 직함을 수여하여 맥베스를 환영하시오.

로스 분부대로 하겠습니다.

던컨 그놈이 잃은 것을 훌륭한 맥베스가 얻었도다.　　　모두 **퇴장**

1막 3장*

천둥소리. 세 마녀 등장

마녀 1 어딜 갔다 왔어, 언니?

마녀 2 돼지 잡고 있었지.

마녀 3 언니는 어디?

마녀 1 어느 선원의 계집이 무르팍에

5   호두를 놓고 어기적어기적 씹더라고.

내가 "나도 좀 줘"라고 말하니까

엉덩이 빵빵한 그 계집이 "꺼져버려, 이 마녀야"라고 소리치

더군.

그 계집의 남편은 '타이거'호의 선장인데 알레포에 있지.

*장소: 황야.

내가 쳇바퀴를 타고 그곳으로 가서

10 꼬리 없는 쥐 모양을 해서

혼내줄 거야, 그럴 거야, 그러고 말 거야.

마녀 2 바람을 하나 주지.

마녀 1 고마워.

마녀 3 나도 다른 바람을 하나 주지.

15 **마녀 1** 나머지 바람을 모두 내가 가지고 있으니,

뱃사람의 해도에 나와 있는

그들이 알고 있는 모든 곳에서

바람이 불어 항구에 들어서지 못하리.

마른 풀처럼 그를 바짝 말려버려야지.

20 밤이건 낮이건 지붕 같은 눈꺼풀에

잠이 걸려 있지 못하게 할 테다.

저주받은 사내로 살게 해야지.

피곤한 일곱 밤을 아홉 번 그리고 아홉 번

쇠약해지고, 수척해지고, 파리해지겠지.

25 그놈의 배가 길을 잃지는 않겠지만

폭풍우에 흔들릴 테지.

이것 좀 봐.

마녀 2 봅시다, 어디 봅시다.

마녀 1 이건 키잡이의 엄지손가락이야.

30 집으로 돌아오다 난파당했지.   안에서 북소리가 들려온다

마녀 3 북소리, 북소리다!

맥베스가 온다.

모두 변덕스러운 우리 자매들, 손을 맞잡고   원을 그리며 춤춘다

바다와 육지를 쏜살같이 내달리며

35   그렇게 돌아다닌다. 그렇게.

네가 세 번, 나도 세 번

다시 세 번, 그래서 아홉 번.

쉿! 이제 주문이 다 걸렸다.

맥베스와 뱅쿠오 등장

맥베스 이렇게 궂고도 좋은 날은 본 적이 없소.

40 **뱅쿠오** 포레스까지는 얼마나 남았소? —이자들은 무엇인가?

이렇게 말라비틀어지고 흐트러진 옷차림을 하고 있는,

땅 위에서 사는 사람 같지 않지만 땅 위에 있는

이들은 누구인가? —살아 있는 존재들인가?   마녀들에게

말을 걸 수 있는 존재들인가? 각자 살갗이 갈라진 손가락을

45   깡마른 입술에 갖다 대는 것을 보니

내 말을 알아듣는 것 같군.

여자가 분명한데, 수염이 나 있으니

그렇게 단정 짓지도 못하겠어.

맥베스 할 수 있으면, 말하라. 너희들은 누구냐?

50 **마녀 1** 맥베스, 만세! 글램즈의 영주, 만세!

마녀 2 맥베스, 만세! 코도의 영주, 만세!

마녀 3 맥베스, 만세! 장차 왕이 되실 분이여, 만세!

뱅쿠오 괜찮으시오, 이렇게 듣기 좋은 말에

왜 그리 놀라시오? 두려우십니까? —정체를 밝혀라.　　마녀들에게

55　너희들은 환영인가, 아니면

겉으로 보이는 그대로의 존재들인가?

그대들은 현재의 직함과 고귀한 행운과 왕위에 오를 희망 같은

멋진 예언을 하며 내 동지를 맞이해서,

그는 어리둥절해하고 있다. 그런데 내겐 아무 말도 하지 않았다.

60　그대들이 시간의 씨앗을 볼 수 있어서

어떤 씨앗이 자라고 어떤 것은 그렇지 못할지 안다면

내게도 그것을 말해다오.

나는 그대들의 호의를 바라지도 증오를 두려워하지도 않는다.

마녀 1 만세!

65　**마녀 2** 만세!

마녀 3 만세!

마녀 1 맥베스보다 못하지만, 더 위대하리라.

마녀 2 그만큼 운은 없지만, 훨씬 더 큰 행운을 누리리라.

마녀 3 스스로 왕이 되지는 못해도 왕을 낳으리라.

70　맥베스와 뱅쿠오 님, 모두 만세!

마녀 1 모두 만세, 맥베스와 뱅쿠오 님!

맥베스 멈춰라. 아리송한 말만 하는 것들아, 더 말해보라.

사이넬*이 돌아가셨으니 글램즈의 영주가 된 것은 알겠다.

---

*맥베스의 아버지.(옮긴이)

그런데 코도의 영주라니? 코도의 영주는 살아 있잖나.

75 시퍼렇게 살아 있는 권세가이신데.

왕이 되는 것은 코도의 영주가 되는 것보다 더

가망 없는 일이다. 말하라.

어디서 이런 정보를 얻었는지.

아니면 왜 이런 적막한 황야에서 그런 예언으로

80 우리의 길을 막는 것인가? 말하라. 명령이다. **마녀들 사라진다**

뱅쿠오 물에 거품이 있듯이, 땅에도 거품이 있는 모양이로군.

이것들이 바로 그렇구나. 어디로 사라졌을까?

맥베스 공기 속으로 사라졌소. 육신을 갖춘 것처럼 보이던 것이

마치 숨결이 바람에 녹듯이 녹아버렸소. 좀 더 머물러 있었으

면 좋으련만!

85 **뱅쿠오** 우리가 이야기하는 그것들이 여기 있긴 했던 것입니까?

아니면 우리가 이성을 마비시키는

미치광이풀 뿌리라도 먹었을까요?

맥베스 장군의 자손들이 왕이 된다는군요.

뱅쿠오 장군이 왕이 된다는군요.

90 **맥베스** 코도의 영주도 된다고, 그렇게 말하지 않았소?

뱅쿠오 그런 가락에 그런 가사였지요. 누구냐?

로스와 앵거스 등장

로스 맥베스 장군, 전하께서는 장군의 승리 소식에

정말로 기뻐하셨습니다. 역도들과의 싸움에서

장군이 보여주신 기개를 아시고는

95 놀라움과 찬사가 서로 다투어 말씀을 잇지 못하셨지요.

이 때문에 조용히 그날의 나머지 일을 살펴보시다가

장군께서 강인한 노르웨이 병사들 사이를

기괴한 죽음의 이미지를 만들면서

조금도 두려워 않고 나아가는 것을 아셨습니다.

100 소식만큼 황급히 잇달아 달려온 전령들이

모두 전하의 왕국을 지키기 위해

장군이 하신 일에 찬사를 품고 와서

전하의 앞에 쏟아냈습니다.

앵거스 전하께서는 우리를 보내셔서

105 장군께 치사를 전하라고 하셨습니다.

장군께 포상을 전하려는 것이 아니라

전하께 모시고 가기 위해서입니다.

로스 더 큰 영예를 내리실 증거로

전하께서는 장군을 코도의 영주로 부르라 하셨습니다.

110 그 칭호로 축하드립니다, 영주님!

그 칭호는 이제 장군의 것입니다.

뱅쿠오 이런, 마녀가 진실을 말했단 말인가?

맥베스 코도 영주는 아직 살아 있소.

왜 나에게 남의 옷을 입히려 하시오?

115 **앵거스** 영주였던 사람이 아직 살아 있긴 합니다.

하지만 엄중한 판결을 받아

이제 목숨을 잃을 처지에 놓여 있습니다.

노르웨이 왕과 연합했는지

아니면 은밀히 도움을 주었는지,

120 아니면 이 두 가지를 다 저질러서

조국의 파멸을 도모했는지, 잘 모르겠습니다.

그러나 대역죄를 이미 자백했고 명백하게 죄가 드러났으니

그는 파멸하고 말았습니다.

맥베스 글램즈, 그리고 코도의 영주라!　　　　　　　　방백

125 가장 큰 것이 남았군. —수고 많았소.　　　　로스와 앵거스에게

—당신 자식이 왕이 될 기대를 하지는 않습니까?　　뱅쿠오에게 방백

내게 코도의 영주가 되리라 예언했던 그들이

당신 자식에게 더 큰 것을 약속했으니 말입니다.

뱅쿠오 그걸, 너무 믿는다면　　　　　　　맥베스에게 방백

130 코도의 영주뿐 아니라 왕관까지 넘볼

희망을 품게 되실 겁니다. 하지만 이상하군요.

흔히 우리에게 해를 입히기 위해

지옥의 앞잡이들이 진실을 말하기도 하지요.

사소한 일에 진실을 말해서 우리 마음을 사서는

135 중요한 일에는 우리를 배신하지요.

—친구들, 얘기 좀 합시다.　　로스와 앵거스에게. 그들은 따로 이야기한다

맥베스 두 개는 진실을 말한 것이었어.　　　　　방백

왕위를 주제로 한 웅대한 연극의

멋진 서막 같군.

　　　　　—여러분, 감사하오.　　　　로스와 앵거스에게

140   이 초자연적인 꼬임은   방백

나쁜 일도, 좋은 일일 리도 없어.

나쁜 일이라면, 왜 내게 진실로 시작해서

성공의 보증을 했겠나? 나는 이미 코도의 영주다.

좋은 일이라면, 내가 왜 그 유혹에 굴복해서,

145   그 끔찍한 모습이 내 머리카락을 곤두서게 하고,

차분한 심장이 자연의 쓰임에 반해서

갈비뼈를 두드릴까? 눈앞의 두려움은

끔찍한 상상보다는 훨씬 하찮은 법이지.

내 생각은 살인을 상상하기만 해도

150   영혼과 하나 된 내 육신을 흔들어

정상적인 기능을 상실해버리고

오직 헛것들만 눈에 보이는구나.

뱅쿠오 저것 보시오, 내 전우는 넋이 나갔소.

맥베스 내가 왕이 될 운명이라면, 그래, 운명이 내게 왕관을 씌

워주겠지.   방백

155   내가 움직이지 않더라도 말이야.

뱅쿠오 새로운 영예가 그에게 내렸으니,

새 옷처럼, 자주 입어서

몸에 맞기 전까지는 불편한 법이겠지.

맥베스 올 테면 오라지.   방백

160   아무리 험한 날에도 시간은 흐르겠지.

뱅쿠오 맥베스 장군, 이제 가시지요.

맥베스 미안하오. 내 우둔한 머리가 정신없이

잊었던 일을 생각하고 있었소.

여러분들, 당신들의 수고는

매일 책장을 넘겨서 읽는 일기장에 기록해두었소.

전하께 갑시다.

—어떤 일이 있었는지 잘 생각해보시오,　　　　　뱅쿠오에게 방백

나중에 서로 허심탄회하게 말해봅시다.

그동안 잘 생각해보시오.

뱅쿠오 그러시지요.

맥베스 그럼, 이만하시지요. —갑시다, 친구들.　　　　　**모두 퇴장**

1막 4장*

팡파르 소리. 국왕[던컨], 맬컴, 도날베인, 레녹스와 시종들 등장

던컨 코도의 처형은 집행되었는가?

  임무를 맡은 자들은 돌아왔느냐?

맬컴 전하,

  아직 돌아오지 않았습니다만,

5 코도가 죽는 것을 지켜본 사람과 이야기를 나누었습니다.

  그 사람에 따르면 코도가 반역죄를 솔직히 털어놓고

  전하의 용서를 간청하고는 깊이 참회했다고 합니다.

  떠나는 순간만큼 그의 삶에서

  멋진 때는 없었답니다.

*장소: 스코틀랜드, 정확한 위치는 명시되지 않음.

10 　마치 죽음을 철저히 준비해온 사람처럼

　자신이 가진 가장 소중한 것을

　마치 보잘것없는 시시한 것인 양 내버렸답니다.

　던컨　얼굴만 봐서는 그 사람의 마음을 확인할

　방법이 없는 법이지.

15 　그는 내가 전적으로 신뢰했던

　사람이었소.

맥베스, 뱅쿠오, 로스와 앵거스 등장

　　　　　오, 장한 나의 사촌!

　망은의 죄가 지금껏 나를 짓누르던 참이오.

　그대가 너무 앞서 나가서

　아무리 빠른 보상의 날개도

20 　그대를 따라잡기에는 느리오. 그대의 공이 조금 작았다면

　고마움과 보상의 비율을 맞출 수 있었을 것을.

　줄 수 있는 모든 것보다 그대의 몫이

　더 크다는 것밖에는 할 말이 없소.

　맥베스　소신의 공로와 충성심은

25 　그 일을 하는 자체가 바로 보상입니다.

　전하께서는 소신들의 의무를 받으시면 됩니다.

　소신들의 도리는 왕위와 국가에는 아이들이고 하인들입니다.

　전하의 사랑과 명예를 지키기 위해

　무슨 일이건 다 하는 것이 마땅합니다.

30 **던컨**　잘 왔소.

이제 막 그대를 땅에 심었으니

그대가 완전히 자랄 수 있도록 힘쓰겠소.

—뱅쿠오 장군, 그대의 공도 못지않소,

누구도 그걸 몰라서는 안 되지.

35 그대를 꼭 껴안아서 내 마음에 간직하리다.   그를 껴안는다

뱅쿠오 전하의 품에서 소신이 자란다면, 수확은 전하 몫입니다.

던컨 내 기쁨이 엄청나서,

너무도 가득 차서 눈물방울 속으로

몸을 숨기려는구나. —아들들, 친척들, 영주들이여,

40 가까이 있는 모든 이들은 들으시오.

이 나라의 왕위 계승자는 장자인 맬컴으로 정하노라.

지금부터 그를 컴벌랜드 공으로 부르도록 할 것이오.

그 영예를 그에게만 주지 않고

영예의 표시가 별처럼

45 모든 공신들을 비추리라.

—자, 이제 인버네스로 가서   맥베스에게

그대에게 폐를 더 끼쳐야 하겠소.

맥베스 쉬는 것은 도리어 전하께 소용이 되지 않는 헛된 노동일

뿐이지요.

신이 선발대가 되어 전하께서 오신다는 소식을 전해

50 아내의 귀를 즐겁게 하겠습니다.

그럼 이만 물러가겠습니다.

던컨 훌륭한 코도여!

70

맥베스 컴벌랜드 공이라니!   방백

내 길 앞에 놓여 있으니 내가 넘어지거나

55 뛰어넘어야 할 단계로군. 별들아, 빛을 감추어라.

내 시커멓고 깊은 욕망을 보지 못하게 하라.

눈은 손을 못 본 척해라. 하지만 저지르고 나면

차마 눈이 두려워 보지 못할 일을 해야 하느니.   **퇴장**

던컨 맞소, 뱅쿠오 장군. 그는 너무도 용맹해서,

60 아무리 칭찬해도 물리지 않는구려.

나한테 그건 진수성찬이오. 그를 따라갑시다.

우리를 환영하기 위한 배려심에서 앞서 갔구려.

비할 데 없이 훌륭한 사람이오.   **팡파르 소리. 모두 퇴장**

1막 5장*

맥베스 부인, 홀로 편지를 읽으면서 등장

맥베스 부인 "그들을 만난 것은 개선하는 날이었소. 읽는다
완벽한 정보에 의해 그들은 인간의 지식을 넘어서는 지식을
지녔음을 알게 되었소. 좀 더 묻고 싶은 마음이 불길 같았지
만, 그들은 스스로 바람이 되어, 공기 속으로 사라졌소. 한동
5 안 놀라움에 멍하니 서 있노라니, 전하가 보내신 전령이 도착
해서 내게 '코도 영주님'이라며 축하를 퍼부었는데, 그 호칭은
그 이전에 이 기괴한 자매들이 내게 예를 표하고, '만세, 왕이
되실 분이여!'라며 나에게 앞으로 올 시간에 대해 언급했던
것이오. 이 사실을 '나의 사랑하는 반려자'인 당신에게 알리는

*장소: 인버네스에 있는 맥베스의 성.

것이 좋겠다고 생각했소. 그러니 그대는 앞으로 얼마나 큰 것
이 약속되어 있는지 몰라서 기뻐해야 마땅한 권리를 잃지 않
으시길. 이 일을 명심하기 바라오. 그럼 이만 줄이오.”
당신은 글램즈 영주이고 코도 영주이시죠.
예언대로 되실 거예요. 하지만 당신의 본성이 걱정이랍니다.
가장 가까운 길을 택하기에는 인정이라는 유약함이
너무도 가득 차 있어요.
당신은 위대하게 되길 바라시죠. 야망도 없지 않아요.
그 일에 필요한 사악함이 없어요. 몹시 원하는 것이 있어도,
고상하게 취하려 들죠. 부정한 짓은 하지 않으려 하면서도
부당한 것을 원하긴 하시지요.
글램즈의 영주님, 당신이 원하시는 바로 그것은
갖고 싶다면, ‘그렇게 해야만 합니다’라고 외칩니다.
당신은 하고 싶지 않은 게 아니라 실행에 옮기기가 두려우신
거예요.
어서 돌아오세요. 당신의 귀에 기운을 불어넣어 드릴게요.
운명과 초자연적인 도움이
당신에게 씌우려는
왕관을 갖지 못하게 막는 것이라면
제 혀의 힘으로 쫓아버리겠어요.

전령 등장

                    —무슨 소식인가?

전령 전하께서 오늘 저녁 이곳에 행차하십니다.

30 **맥베스 부인** 무슨 정신 나간 소리냐!

주인님께서 전하와 함께 계시지 않는가?

그렇다면 준비하라고 미리 알려주셨겠지.

전령 황송하오나, 사실입니다. 영주님께서 오고 계십니다.

동료 중의 한 사람이 영주님을 앞질러 달려와서

35 숨이 끊어질 지경이 되어

겨우 소식을 전할 정도였습니다.

맥베스 부인 잘 보살펴주도록 해라.

중요한 소식을 가져왔다.　　　　　　　　　　　　　　　**전령 퇴장**

갈까마귀조차도 목이 쉬어

40 우리 성벽 아래로 던컨 왕의 운명적인 등장을

까악까악 알려주는구나. 와라,

살인의 계획을 관장하는 정령들이여, 내게서 여성성을 없애라,

정수리부터 발끝까지 무시무시한 잔인함으로 가득 채워라.

내 피를 엉겨 붙게 해서 후회로 이르는 통로를 막아

45 양심의 가책을 부르는 천성이 살아나

내 잔인한 계획을 흔들지 못하게, 내 의도를 달성하지 못한 채

머물러 있지 못하게 하라! 와라,

이 여자의 가슴에서 내 젖을 빨아버리고 쓴 담즙으로 채워다오,

살육을 도와주는 정령들이여,

50 어디서건 눈에 보이지 않는 형체를 한 채

자연의 불행을 돕지 않는가! 어두운 밤이여, 오라,

캄캄한 지옥의 연기로 뒤덮어서

내 날카로운 칼이 만들어내는 상처를 보지 못하게 하고,

하늘이 암흑의 장막 사이로 엿보고서

55 '멈춰, 멈춰!'라고 외치지 못하도록!

맥베스 등장

　　　　　　　　위대하신 글램즈 영주님! 훌륭하신 코도 영주님!

앞으로 둘을 합친 것보다 더 위대하게 되실 분!

당신의 편지가 이 무지한 현재를 넘어

저를 미래로 옮겨놓았어요.

저는 지금 이 순간에 미래를 느껴요.

60 **맥베스** 사랑하는 당신,

오늘 밤에 던컨이 이곳으로 올 거요.

맥베스 부인 언제 떠나시나요?

맥베스 예정대로라면, 내일.

맥베스 부인 오, 결코

65 태양이 그 아침을 보지 못해야 할 텐데!

나의 영주님, 당신의 얼굴은

수상한 일이 쓰인 책과 같아요.

사람들을 속이려면 사람들처럼 보여야 해요.

눈, 손, 혀로 환영하세요. 겉으로는 순진한 꽃처럼 보이세요.

70 하지만 그 아래에서 독사가 되어야 합니다.

오실 손님을 맞기 위해 준비를 해야겠어요.

오늘 밤의 거사는 제가 처리하겠어요.

그러면 다가올 모든 세월 동안

완전한 군주의 통치권을 지니게 되겠죠.

75 **맥베스** 나중에 이야기합시다.

맥베스 부인 그저 밝은 표정을 지으세요.

표정이 바뀌는 건 두려워한다는 뜻입니다.

나머지는 모두 제게 맡기세요.   모두 퇴장

1막 6장*

오보에 소리와 횃불. 던컨, 맬컴, 도날베인, 뱅쿠오, 레녹스, 맥더프, 로스,
앵거스와 수행원들 등장

던컨 이 성은 터 좋은 곳에 자리 잡았군.

공기가 맑고 달콤해서

기분도 상쾌해지는군.

뱅쿠오 이 여름 손님이,

5 사원을 찾아드는 흰털발제비가

이 집에 사랑의 보금자리를 짓는 걸 보면

이곳에서 감미로운 하늘의 숨결을 맡을 수 있겠습니다.

추녀, 서까래, 벽받침, 그 외에도 편리한 구석마다,

*장소: 맥베스 성의 바깥쪽.

이 새는 잠자리를 달아매고 새끼를 기르는 요람을 지었군요.

10   저들이 새끼를 낳고 드나드는 곳은 어디건

공기가 좋은 곳일 것 같습니다.

맥베스 부인 등장

던컨 보시오, 안주인이 오는군!

—가끔은 우리를 귀찮게 쫓아다니는 사랑은 성가시지만,

그래도 사랑이라서 고맙게 여기는 법이라오.

15   지금 나는 그대의 수고에 대해 신께서 짐에게 보상을 내리도

록 어떻게 기도를 해야 하고,

성가신 일에 대해 어떻게 고마워해야 하는지 그대에게 알려

주는 걸세.

맥베스 부인 신들의 봉사는

모든 면에서 두 곱을 하고 다시 또 두 곱을 한다고 해도

빈약하고 형편없는 일이라서

20   전하께서 이 집을 채우시는

깊고 넓은 영광에 비할 수도 없습니다.

예전뿐 아니라 이번에 베푸신 영광까지 더해졌으니,

저희는 항상 전하의 평온을 기원할 따름입니다.

던컨 코도의 영주는 어디 있는가?

25   장군의 뒤를 쫓아 달려가 앞지른 후

먼저 와서 준비를 하려 했는데, 장군이 워낙 말을 잘 달리더군.

그의 큰 사랑이 날카로운 박차가 되어

우리보다 먼저 집에 도착하게 했겠지. 아름답고 고귀한 안주

인이여,

30   오늘은 우리가 폐를 끼쳐야겠소.

맥베스 부인 전하의 충복인 저희들은

저희들의 것, 저희들 자신, 빌려서 가진 저희들의 물건을

전하께서 원하시면 언제라도 돌려드리기 위해

항상 철저히 점검하고 있답니다.

35 **던컨** 자, 손을 주시오.

나를 집주인에게 데려다 주시오. 짐은 장군을 무척 사랑하오.

장군에 대한 사랑은 변치 않을 것이오.

그럼, 부인, 부탁하오.   모두 **퇴장**

1막 7장*

오보에 소리와 횃불. 급사장과 여러 하인들이 접시와 식기를 들고 등장하여
무대를 가로질러 지나간다. 맥베스 등장

맥베스 해치우고 나서 정말 끝난다면,
　빨리 해치우는 게 좋지.
　암살로 그 결과를 모조리 낚아 올릴 수 있다면,
　그의 죽음으로 성공까지 거둘 수 있다면,
5　이 일격이 가장 중요하고 결정적일 수 있으련만.
　허나 여기, 이쪽 세월의 모래톱에서
　내세야 어떻든 뛰어들어 보겠지만,
　이 경우에는 여전히 이곳에서 심판을 받아야 해서

*장소: 맥베스의 성 안.

우리가 그저 피비린내 나는 악행을 가르치면,

10   다시 되돌아와서 가르친 자를 괴롭히는 법.

공정한 정의의 손은 우리 입술에 독주를 들이붓는다.

왕은 나를 이중으로 믿고 이곳에 왔다.

첫째, 나는 그의 친척이자 신하이니,

그런 일을 할 사이가 아니지.

15   다음으로는 집주인이라 오히려 암살자를 막기 위해

문을 닫아야 하니, 내 스스로 칼을 쥘 순 없다.

게다가, 이 던컨 왕은 왕권을 너무나도 인자하게 행사했고,

그 높은 자리에서도 아무런 흠집이 없어서

그의 미덕은 그를 살해하는 대역죄에 대해

20   천사가 부는 나팔처럼 변론을 하겠지.

그래서 세상의 동정심은 폭풍에 올라탄 벌거숭이 갓난아기나

보이지 않는 바람의 심부름꾼을

올라탄 하늘의 천사처럼

끔찍한 악행을 모든 사람의 눈에 불어넣어서

25   사람들이 흘리는 눈물이 바람을 삼켜버리고 말리라.

내게는 이 계획의 양 옆구리를 찔러댈 박차가 없다.

너무 높이 뛰어올라 반대쪽에 내려앉는

분에 넘치는 야망만이 있을 뿐.

[맥베스] 부인 등장

—웬일이오! 무슨 소식이라도 있소?

맥베스 부인 전하께서 거의 식사를 마치셨어요. 당신은 왜 먼저

나오셨어요?

맥베스 나를 찾으셨소?

맥베스 부인 그러신 거 몰랐어요?

맥베스 그 일을 더 이상 진행하지 맙시다.

전하께서는 최근에 내게 영예를 내려주셨소.

나도 모든 사람들로부터 황금 같은 존경을 받고 있어요.

그건 지금 새로 반짝이는 상태로 입어야 합니다.

그렇게 빨리 벗어던질 게 아니오.

맥베스 부인 그럼 당신이 지녔던

그 희망은 술에 취했던 건가요? 그 뒤로 죽 잠들어버렸나요?

그게 지금 깨어나서는, 아까는 취중에 마음껏 하던 일을

핼쑥하고 창백한 낯빛으로 보시나요? 지금 이 순간부터

당신의 사랑을 그런 것으로 여기겠어요.

당신이 품은 욕망만큼 당신 자신의 행동과 용기를

보이는 것이 두려우신가요?

당신은 생의 귀중한 장식품이 될 그것을 갖길 원하시나요,

그러면서 속담 속의 가련한 고양이처럼

'갖고 싶어' 하면서도 '못하겠어'라고 하면서

당신 스스로도 겁쟁이처럼 사실 건가요?

맥베스 제발, 조용히 하시오.

나는 남자로서 걸맞은 일은 모두 하겠소.

도가 지나치게 하면 인간이 아니지.

맥베스 부인 그럼, 이 계획을 제게 털어놓게 만든

그건 어떤 짐승이었나요?

과감히 그렇게 말씀하셨을 때, 당신은 사나이셨어요.

예전보다 더 큰 사람이 되시려 한다면,

그만큼 더 멋진 사나이가 되시겠죠.

그땐 시간도 장소도 맞지 않았지만, 둘을 맞추려 하셨죠.

이제 그것들이 스스로 이렇게 맞아떨어지자

당신이 발을 빼시는군요. 젖을 빨려봐서 알지요.

내 젖을 빠는 아이가 얼마나 사랑스러운지.

당신이 지금 이렇게 한 것처럼 제가 그렇게 맹세를 했다면

그 아이가, 제 얼굴을 보며 미소 짓는 동안에

아이의 말랑한 잇몸에서 제 젖꼭지를 빼내고는

머리를 박살 내버리겠어요.

맥베스 만약 실패한다면?

맥베스 부인 실패한다니요?

그저 용기를 있는 대로 내보세요.

그럼 우린 실패하지 않을 거예요. 던컨이 잠들면—

낮의 고된 여행이 그를 더 빨리

곤히 잠자게 하겠죠—그러면 그의 두 시종을

포도주와 축배로 취하게 만들어서

두뇌의 파수꾼인 기억은 연기처럼 몽롱해지고,

이성의 저장고는 증류관처럼 되겠죠.

그러면 돼지처럼 잠에 빠져서

술에 푹절어 죽은 듯이 잠들어 있을 거예요.

75 당신과 제가 경비병도 없는 던컨에게
무엇이건 못하겠어요?
술에 취한 병사들에게 우리가 저지른 대역죄를
뒤집어씌울 수 있지 않겠어요?

맥베스 당신은 사내아이만 낳아야겠소.

80 그런 불굴의 기질로는 사내밖에 낳지 못할 거요.
침실에서 잠에 빠진 두 사람에게
피를 묻혀두고 칼도 그놈들의 것을 사용한다면
그들이 한 짓이라고
사람들이 받아들이지 않을까?

85 **맥베스 부인** 누가 감히 달리 생각하겠어요?
왕의 죽음에 우리가 슬픔에 빠져
울고불고 아우성을 칠 테니.

맥베스 결심했소. 육신의 모든 힘을
팽팽히 당겨서 이 끔찍한 일을 해내겠소.

90 갑시다. 해맑은 얼굴로 세상 사람들을 속입시다.
거짓된 얼굴로 거짓된 마음이 알고 있는 것을 숨겨야 해요.

모두 퇴장

2막 1장*

뱅쿠오와 횃불을 든 플리언스 등장

뱅쿠오 애야, 밤이 얼마나 깊었느냐?

플리언스 달이 졌고, 시계 소리는 듣지 못했습니다.

뱅쿠오 달은 열두 시에 질 거야.

플리언스 그보다는 늦은 시간일 것 같아요.

5 **뱅쿠오** 잠깐, 내 검 좀 가지고 있어라. 하늘도 절약을 하는가 보
구나.
　　　　　　　　　　　　　　　　　　　　　　검을 건네준다

　　하늘의 초가 모두 꺼졌군. 이것도 가지고 있어라.　외투를 건네준다?

　　잠이 마치 납덩이처럼 무겁게 나를 짓누르지만　다이아몬드?

　　잠을 자고 싶지는 않아. 자비로운 신이시여,

*장소: 맥베스의 성(아마 건물 내의 야외 마당으로 보인다).

편히 쉴 때면 자연히 나타나는

10 흉악한 생각을 억눌러 주십시오.

맥베스와 하인 한 명이 횃불을 들고 등장

검을 다오. ―누구냐?   검을 받는다

맥베스 친구요.

뱅쿠오 이런, 아직 잠들지 않으셨소? 전하께서는 잠자리에 드셨는데.

무척 즐거워하셨고

15 하인들에게 푸짐한 선물을 보내셨소.

장군의 아내에게는 이 다이아몬드를 하사하시며 다이아몬드를 건넨다

극진하게 대접한 안주인에게 고마워하셨지요.

전하는 더할 나위 없이 흡족해하셨소.

맥베스 준비가 되어 있지 않아서

20 마음은 있어도 부족할 수밖에 없었소.

그렇지 않았다면 제대로 준비했을 텐데.

뱅쿠오 모두 잘되었소.

어젯밤에 세 명의 변덕스러운 자매들 꿈을 꾸었지요.

그들이 장군의 일은 꽤 맞히더군요.

25 **맥베스** 그 생각은 못 했군요.

한 시간쯤 시간을 낼 수 있을 때

그 문제에 관해 의논을 하고 싶소.

장군께서 시간을 내주시오.

뱅쿠오 형편 되실 때 뵙지요.

30 **맥베스** 때가 되어 내 편이 되어준다면

　　장군께도 영예로운 일이 될 것이오.

　뱅쿠오 영예를 더하려다가 잃지는 말아야지요.

　　하지만 내 가슴은 죄가 없어야 하고,

　　결백하게 충성심을 지킬 수 있다면,

35　의논을 하겠습니다.

　맥베스 그럼 편히 쉬시오.

　뱅쿠오 고맙소. 장군께서도 편히 쉬십시오!

[플리언스와 횃불 든 사람]과 함께 뱅쿠오 퇴장

　맥베스 가서 안주인에게 전하라, 마실 것이 준비되면

　　벨을 울리라고 하라. 너도 가서 자거라.　　　하인 퇴장

40　내 눈앞에 보이는 이것이 단검인가?

　　손잡이가 내 손을 향하는구나. 자, 한번 쥐어보자.

　　잡히지는 않지만, 여전히 눈에는 보이는구나.

　　불길한 환영아,

　　너는 눈에 보이듯 만져서 느낄 수는 없느냐?

45　아니면 그저 열병에 걸린 머리에서 나오는

　　마음의 칼이며 망상의 산물에 불과한 것인가?

　　아직도 보이는구나. 형체를 보면 지금 내가 뽑는　단검을 뽑는다

　　이 칼만큼이나 만져질 듯하구나.

　　너는 내가 가려던 길로 나를 인도하려는 것인가?

50　내가 쓰려던 것도 바로 이것이었지.

　　내 눈이 다른 감각들의 놀림감이 된 것인가,

아니면 눈만 멀쩡한 것인가. 여전히 보이는군.

너의 날과 손잡이에는 좀 전에는 없던

핏자국이 엉켜 있구나. 아니, 사라졌다.

55 피비린내 나는 짓을 하려니

그런 식으로 눈에 보여주나 보군.

지금 세상의 절반에서 자연은 죽은 듯 조용하고,

장막 속에 들어 있는 잠을 악몽이 어지럽히는구나.

마녀들은 창백한 헤카테에게 제물을 바치고,

60 초췌한 살인자는 파수꾼 늑대의 울음에 행동을 개시한다.

늑대 울음소리가 그의 신호이니, 조심스러운 발걸음으로,

타르퀸*이 겁탈하러 가는 걸음으로 목표물을 향해 귀신처럼
움직인다.

그대 단단하고 견고한 대지여,

내 발걸음이 어디를 향하는지 그 소리를 듣지 마라,

65 그대의 돌들이 내가 있는 곳을 떠벌릴까 두렵다.

그러니 지금 이 시간에 어울리는 무시무시한 적막을 깨트리
지 마라.

내가 이렇게 위협하는 동안은 그가 살아 있다.

말은 행동의 열기에 너무도 차가운 숨결을 주는 법이다.

벨이 울린다

---

*로마의 마지막 왕. 귀족의 아내인 루크레티아를 겁탈했고, 이 일은 로마의 왕정이
끝나는 계기가 되었다.

내가 가면, 일은 끝난다. 종소리가 나를 이끈다.
70 던컨이여, 그 소리를 듣지 마라.
그건 그대를 천당이 아니면 지옥으로 소환하는 조종이니라.

퇴장

2막 2장*

[맥베스] 부인 등장

맥베스 부인 저자들을 취하게 만든 술이 날 대담하게 만들었어.

그들을 잠재운 것이 내게 불을 지폈지. 쉿, 조용!

비명을 지른 것은 죽음의 야경꾼 올빼미로군.

그놈은 죽음의 작별 인사를 하지. 그이는 일하시는 중일 거야.

5　문은 열려 있고 실컷 퍼먹은 하인들은

코를 골며 자신의 임무를 비웃고 있지.

밀크주에 약을 타서 먹였으니 죽음과 삶이

그들이 살지 죽을지를 놓고 서로 차지하려 다투고 있지.

맥베스 등장　　　처음에는 실내나 위 혹은 아내가 못 보는 곳에서 손에 피 묻은 단검을 든 채

---

*장소: 맥베스의 성 내부.

  누구냐? 뭐냐!

10 **맥베스 부인** 이런, 일을 끝내기도 전에

저놈들이 깨어났을까 봐 걱정이군.

시도만 하고 일을 못 하면 우리는 끝장이야. 잘 들어보자!

칼을 잘 놓아두었으니, 실수할 리가 없어. 잠자는 모습이

아버지를 닮지 않았다면 내가 해치웠을 텐데.　　　　맥베스를 본다

—여보!

15 **맥베스** 일을 해치웠소. 시끄러운 소리 듣지 못했소?

맥베스 부인 올빼미의 비명, 귀뚜라미 울음 소리를 들었어요.

당신이 뭐라고 말하지 않으셨어요?

맥베스 언제?

맥베스 부인 지금요?

20 **맥베스** 내려오면서?

맥베스 부인 그래요.

맥베스 들어보시오!

두 번째 방에는 누가 있소?

맥베스 부인 도날베인이에요.

25 **맥베스** 처참한 꼴이군.　　　　　　　　　　　자신의 손을 본다

맥베스 부인 "처참한 꼴"이라 말하다니 바보 같은 생각이군요.

맥베스 한 놈은 잠자다가 웃어댔고, 한 놈은 "살인이다!"라고 소

리치더군.

그래서 서로 깨고 말았지. 서서 잘 들어보았더니,

기도를 하고 채비를 하더니

30   다시 잠을 자더군.

맥베스 부인 두 사람이 함께 자고 있어요.

맥베스 한 놈은 "신의 가호가 있기를!", 다른 놈은 "아멘"이라고
외쳤소.
      마치 사형집행인 같은 내 손을 본 것 같았지.
      그놈들이 두려워서 "신의 가호가 있기를!"이라고 말해도
35   나는 "아멘"이라고 말할 수 없었소.

맥베스 부인 너무 깊이 생각하지 마세요.

맥베스 그런데 왜 내가 "아멘"이라고 말할 수 없었을까?
      정말 축복이 필요한 건 나였는데,
      "아멘" 소리가 내 목구멍에 달라붙고 말았다오.

40 **맥베스 부인** 이 일은 이런 식으로 생각지 마세요.
      그러면 미쳐버리고 말 거예요.

맥베스 "이제 잠은 없어! 맥베스가 잠을 죽였어"라고
      외치는 목소리를 들은 것 같소.
      순진한 잠, 뒤엉킨 근심의 풀솜을 풀어주는 잠,
45   그날그날의 삶의 죽음이자, 힘겨운 노고를 씻어주는 목욕,
      상처받은 마음에 바르는 연고, 대자연이 제공하는 정찬,
      생명의 향연에서 가장 중요한 영양분을 제공하는 잠을.

맥베스 부인 무슨 말씀이세요?

맥베스 "이제 잠은 없어!"라는 소리가 아직도 온 집 안에 울리
고 있군.
50   "글램즈가 잠을 죽여서, 코도는 더 이상 잠들지 못하리.

　　맥베스는 더 이상 잠자지 못하리."

맥베스 부인 누가 그렇게 외쳤나요? 자, 훌륭하신 영주님,

　　일을 그렇게 골치 아프게 생각하시면

　　고귀한 기력이 약해질 뿐이에요.

55　가서 물로 당신 손에서 이 지저분한 증거를 씻어버리세요.

　　이 단검을 왜 가져오셨나요?

　　그건 거기 그대로 있어야 해요.

　　가져가서 잠자는 하인들에게 피를 묻혀두세요.

맥베스 더 이상 못 가겠소.

60　내가 저지른 일을 생각하기도 두려워요.

　　감히 다시 그 광경을 볼 수는 없소.

맥베스 부인 그리 마음이 약해서야!

　　그 칼 이리 주세요.　　　　　　　　　　　　　　　　단검을 받아 쥔다

　　잠자는 사람과 죽은 사람은 모두 그림이나 마찬가지예요.

65　어린애들이나 악마 그림에 겁을 먹는 거죠.

　　피를 흘리고 있으면 그 피를 하인들의 얼굴에 칠해주겠어요.

　　그놈들이 한 짓으로 보여야 하니까요.　　　　　　　　　**퇴장**

안에서 노크 소리

맥베스 어디서 저렇게 문을 두드리는 거지?

　　왜 그럴까? 소리만 나면 깜짝 놀라게 되다니?

70　여기 이 손은 뭐람? 하! 내 눈을 뽑아내는구나.

　　바다의 신 넵튠의 거대한 바닷물 전체를 쓴다 한들

　　내 손에서 이 피를 씻어낼 수 있을까? 아니야,

이 손은 온 바다를 진홍색으로 물들여서

푸른 물을 붉게 만들고 말 거야.

맥베스 부인 등장

75 **맥베스 부인** 제 손도 당신 손과 같은 색깔이에요.

하지만 그리 소심한 심장을 가지면 수치스러울 거예요. **노크 소리**

누가 남쪽 출입문을 두드리고 있어요. 우리 방으로 물러가요.

약간의 물만 있으면 우리가 한 짓이 깨끗이 지워질 거예요.

그러니 얼마나 쉬워요! 당신한테서 용기가 사라졌군요.

80 들어보세요! 또 노크 소리가 들려요.　　　　　　　　　　**노크 소리**

어서 잠옷을 걸치세요. 사람들이 우리를 찾아와서

우리가 깨어 있는 것이 드러나면 큰일이에요.

넋 나간 사람처럼 혼자 멍하니 생각에 빠져 있으면 안 돼요.

맥베스 내가 저지른 일을 안다면, 제정신이 아닌 편이 낫지.

　　　　　　　　　　　　　　　　　　　　　　　　　노크 소리

85 그 노크 소리로 던컨을 깨워라! 그럴 수 있으면 좋으련만!

　　　　　　　　　　　　　　　　　　　　　　　　모두 퇴장

2막 3장

안에서 노크 소리. 문지기 등장

문지기 지겹게도 두드려대는군! 만약 어떤 사람이 지옥문의 문
지기라면, 열쇠 돌리느라 늙어버리고 말 거야.

노크 소리

콩, 콩, 콩! 악마의 이름으로 묻노니, 누구시오? 풍년이 올 것
같아 목을 매단 농부가 왔군. 제때 잘 왔소. 손수건을 충분히
준비하셨겠지. 여기서는 땀을 좀 흘릴 거요.

노크 소리

콩, 콩! 다른 마귀의 이름으로 묻노니, 거기 누구요? 그래, 여
기저기 거짓 맹세를 하며 애매한 말을 늘어놓는 거짓말쟁이
로군. 하느님 핑계를 대며 반역질을 저질렀지만, 천국에는 갈
수가 없었겠지. 자, 들어오시오, 이 거짓말쟁이야.

노크 소리

10   쾅, 쾅, 쾅! 거기 누구요? 이런, 프랑스식 바지에 장난질한 죄
      로 여기로 오는 잉글랜드 재봉사로군. 들어오시오, 재봉사 양
      반. 여기가 다리미를 달구기에 딱 좋소.

노크 소리

      쾅, 쾅, 잠시도 조용하지를 않는구먼! 누구시오? 여기는 지옥
      치고는 너무 추워. 지옥 문지기 노릇은 더 이상 말아야겠군.
15   앵초꽃 길을 지나 영원히 타오르는 지옥불로 향하는 직업을
      가진 사람들을 몇 명 들일 작정이었지.

노크 소리

      잠깐만, 금방 가요! 잊지 말고 이 문지기에게 팁이나 한 푼 주
      시구려.   문을 연다

맥더프와 레녹스 등장

맥더프 꽤 늦게 잠자리에 들었소?
      이렇게 늦게까지 자고 있다니.

20 **문지기** 예, 두 번째 닭이 울 때까지 술을 마셨습죠. 어르신, 술
      이란 놈이 세 가지를 자극하는 데 효험이 있지요.

맥더프 술이 특별히 자극하는 그 세 가지가 무엇인가?

문지기 예, 코 붉히기, 잠, 그리고 소변입죠. 어르신, 색정을 자
      극하기도 하고, 생각을 없애기도 하지요. 욕정은 자극하지만
25   행할 힘은 빼앗아버립니다. 그러니 과음은 색정에겐 혀가 둘
      인 거짓말쟁이인 셈이지요. 색정을 일으켜놓고는 맥을 못 추
      게 하고, 부추겨놓고는 힘을 빼앗아버리고, 설득해놓고는 또

실망시키지요. 일어서게 해놓고 서지 못하게 만듭니다. 결국
드러누워 잠을 자게 만들고는 사라져버리고 말지요.

30 **맥더프** 어젯밤에는 자네도 술 때문에 드러누웠던가 보군.

문지기 그랬습죠, 어르신. 그놈한테 목덜미를 잡혀서는 그만.
하지만 저도 갚아주었습죠. 제가 그놈한테는 좀 강해서, 가
끔 다리가 들리긴 했지만, 결국 그놈을 내동댕이칠 수 있었
답니다.

맥베스 등장

35 **맥더프** 주인어른은 깨어 있으신가?

노크 소리에 잠이 깨셨나 보군. 여기 오시네. 문지기 퇴장

레녹스 편히 주무셨습니까, 영주님.

맥베스 두 분도 잘 주무셨소.

맥더프 전하께서는 깨어 있으십니까, 영주님?

40 **맥베스** 아직 주무시고 계시오.

맥더프 일찍 찾아오라고 하셨는데.
하마터면 늦을 뻔했습니다.

맥베스 전하께 안내해드리지요.

맥더프 나리껜 즐거운 수고이겠지만,

45 그래도 수고는 수고지요.

맥베스 즐거운 수고는 힘들지가 않은 법이지요.
문은 이쪽이오.

맥더프 무엄한 일이지만 들어가 보겠습니다.
제게 시키신 일이니 말입니다. **맥더프 퇴장**

50 **레녹스** 전하께서는 오늘 떠나십니까?

맥베스 그렇소. 그리 말씀하셨으니.

레녹스 지난밤은 사나웠습니다.

저희가 묵은 곳에서는 굴뚝이 바람에 무너졌고,

사람들이 말하기를 하늘에서 곡소리가 들려왔고,

55 기괴한 죽음의 비명 소리, 이 끔찍한 시대에 새로이 생겨날

음산한 소란과 혼란스러운 사건에 대해

끔찍한 어투로 예언이라도 하는 듯

시커먼 새가 밤새 시끄럽게 짖어댔지요.

대지가 열병에 걸려서 몸을 떨었다고도 하더군요.

60 **맥베스** 거친 밤이었소.

레녹스 나이 어린 제 기억에,

이런 밤은 없었던 것 같습니다.

맥더프 등장

맥더프 오, 끔찍한 일이다, 끔찍해라, 끔찍해!

혀로 내뱉을 수도, 생각할 수도 없는 일이 벌어지다니!

65 **맥베스와 레녹스** 무슨 일입니까?

맥더프 재앙이 엄청난 사태를 만들어놓았습니다!

극악무도한 살인이

신성한 신전을 깨부수고,

그 건물에서 생명을 훔쳐가 버렸습니다.

70 **맥베스** 무슨 말이오? 생명이라니?

레녹스 전하 말씀이신가요?

맥더프 침소에 들어가서, 처음 고르곤*을 보듯

눈이 감당할 수 없을 것이오. 내게 말하라고 하지 마시오.

직접 보고 직접 말씀하시오.

맥베스와 레녹스 퇴장

75 일어나시오, 일어나시오!

경종을 울려라. 살인이다, 반역이다!

뱅쿠오와 도날베인! 맬컴! 일어나시오!

죽음의 모조품인 푹신한 잠은 떨쳐버리고.

진짜 죽음을 목격하시오! 일어나시오.

80 최후의 심판 날의 모습을 보시오! 맬컴! 뱅쿠오!

무덤에서처럼 일어나 유령처럼 걸어 나와서

이 끔찍한 광경을 보시오! 경종을 울려라.

벨이 울린다. [맥베스] 부인 등장

맥베스 부인 무슨 일인가요?

왜 이렇게 요란하게 종을 울려 잠자는 사람들을

85 깨우나요? 말하세요, 어서요!

맥더프 오, 부인,

제가 말씀드릴 수 있어도 들으시면 안 됩니다.

부인의 귀에 그 말을 되뇐다면

듣는 순간 죽고 말 겁니다.

뱅쿠오 등장

오, 뱅쿠오, 뱅쿠오,

---

*그리스 신화 속 여자 괴물로 바라보기만 하면 돌로 변하게 된다.

90   우리 전하께서 살해당하셨소!

맥베스 부인 오, 이런!

뭐라고요, 우리 집에서?

뱅쿠오 어디서라도 너무도 끔찍한 일이지요.

맥더프, 제발, 당신이 한 말을 번복하고,

95   그것이 사실이 아니라고 말해주시오.

맥베스와 레녹스 등장   아마 시종들과 함께

맥베스 이 일이 벌어지기 한 시간 전에라도 죽었다면

나도 축복받은 삶을 살았다고 할 수 있으련만.

이제 인생에 귀중한 건 없다.

모든 것이 그저 시시할 뿐. 명예와 은총도 사라졌다.

100   생명의 포도주가 빠져나가고

이 창고에 남아서 뽐내는 건 그저 찌꺼기뿐.

맬컴과 도날베인 등장

도날베인 뭐 잘못된 일이라도 있습니까?

맥베스 왕자님과 관련된 일인데, 아직 모르시는군요.

왕자님들의 피의 샘, 원천, 기원이 멈췄습니다.

105   바로 그 근원이 말라버렸습니다.

맥더프 전하께서 살해당하셨습니다.

맬컴 이런, 범인은 누구입니까?

레녹스 침실에 있던 놈들이 저지른 일로 보입니다.

그놈들의 손과 얼굴은 온통 피로 뒤엉켜 있었습니다.

110   칼도 마찬가지였는데, 닦지도 않은 채로 베개 위에서 발견되

었습니다.

그걸 본 그놈들이 실성한 것 같았습니다.

그놈들한테 사람의 목숨을 맡기지 말아야 했습니다.

맥베스 아, 하지만 내가 너무 격분해서

그놈들을 죽여버린 건 잘못이오.

115 **맥더프** 왜 그러셨습니까?

맥베스 누가 놀란 순간에 현명하고, 놀랐으면서 침착하고,

충성심에 가득 차 있으면서 냉정할 수 있겠소? 아무도 그럴

수는 없소.

전하에 대한 내 맹렬한 사랑이 너무도 빨라서

제어하는 이성을 앞질렀소. 여기 던컨 왕이 누워 계시고,

120 은빛 피부는 황금색 피로 수놓여 있더군요.

헤쳐진 자상들은 무참한 파괴가 헤집고 들어가며

몸에 낸 균열 같아 보였소. 그리고 저기 살인자들이

놈들이 종사하는 직업의 색깔로 덮여 있고,

그놈들의 단검은 엉긴 피가 칼집처럼 뒤덮여 있었소.

125 사랑할 수 있는 심장을 가진 사람이라면, 그리고 그 심장 속에

사랑을 표현할 용기가 있는 자라면 어떻게 참을 수 있겠소?

맥베스 부인 오, 좀 데리고 나가주세요!　　　　기절하거나 기절하는 척한다

맥더프 부인을 돌보시오.

맬컴 왜 우리는 입을 닫고 있을까,　　　　도날베인에게 방백

130 누구보다 할 말이 많은데 말이야.

도날베인 이 상황에 무슨 말을 해요?　　　　맬컴에게 방백

여기, 몰래 숨어 있던 운명이 달려들어 우리를 사로잡을지도
모를 텐데?

달아나요. 아직 눈물도 나오지 않아요.

맬컴 우리의 깊은 슬픔은
135   아직 시작되지도 않았군.

뱅쿠오 부인을 돌봐드리시오.
밤공기에 노출되어 고통스러운

우리의 벌거벗은 연약한 몸을 감춘 뒤에 만나서,

이 끔찍한 일의 진상을 철저히 조사해봅시다.

140   공포와 의혹에 몸서리가 쳐집니다.

나는 신의 큰 손에 나를 맡기고,

거기서 반역을 기도한 악도들의 드러나지 않은 흉계에

과감히 맞서 싸우겠소.

맥더프 저도 그러겠습니다.

145 **모두** 우리 모두 그렇게 하겠습니다.

맥베스 어서 제대로 채비한 다음

홀에서 같이 만납시다.

모두 그렇게 합시다.

맬컴 넌 어찌할 생각이냐? 저 사람들과는 어울리지 말자꾸나.

150   느끼지도 못하는 슬픔을 보이는 건

위선자들이 쉽게 하는 짓이야. 난 잉글랜드로 가겠다.

도날베인 저는 아일랜드로 가겠어요. 따로 운명에 맡기는 게

우리 모두 더 안전할 것 같아요.

이곳에서는 사람들의 미소 속에 칼날이 숨겨져 있어요.

155 핏줄이 가까울수록, 더 잔인하거든요.

맬컴 이 살육의 화살은 쏘아졌지만

아직 떨어지지 않았으니, 가장 안전한 길은

목표가 되지 않게 피하는 것이다. 그러니, 어서 말에 오르자.

거추장스러운 작별 인사 따위에 신경 쓰지 말고 떠나라.

160 생명이 위험할 때에

몰래 그것을 훔치는 것은 죄가 아니다.　　　　　　모두 **퇴장**

2막 4장*

로스와 한 노인 등장

노인 칠십 평생의 일을 잘 기억하고 있습니다.

그 세월 동안 무시무시한 때도 있었고

이상한 일도 많이 봤습니다. 하지만 끔찍했던 지난밤은

옛날에 겪었던 일들을 시시하게 만드는군요.

5 **로스** 허, 그렇군요. 노인 양반,

하늘도 인간의 소행에 마음이 괴로워서

살육의 무대를 위협하고 있군요. 시계로는 낮이지만

컴컴한 밤이 지나가는 태양의 목을 조르고 있습니다.

밤이 드센 것인지, 낮이 부끄러워하는 것인지?

*장소: 인버네스에 있는 맥베스의 성 근처.

10 생생한 빛이 입 맞추어야 할 대지의 얼굴을

저 어둠이 무덤 속처럼 감싸고 있군요.

노인 이상한 일이지요.

이미 저질러진 일이나 다를 바 없습니다. 지난 화요일에는

나선형으로 하늘 높이 솟아오른 매를

15 나지막이 맴돌던 올빼미가 덮쳐서 죽이더군요.

로스 이상하기 이를 데 없으나, 틀림없는 일입니다만,

아름답고 민첩해서, 종족 중에 가장 뛰어난 던컨 왕의 말들이

갑자기 사나워지더니 마구간을 부수고 달려 나가서는

마치 인간과 전쟁이라도 벌이려는 듯

20 말을 듣지 않고 달려들었지요.

노인 서로 먹어치웠다고도 하더군요.

로스 정말로 그랬습니다. 내 눈으로 직접 그걸 목격하고

얼마나 놀랐는지 모릅니다.

맥더프 등장

저기 맥더프 영주가 오시는군요.

—상황은 어떻게 돌아가고 있습니까?

25 **맥더프** 아니, 못 보셨소?

로스 누가 이 끔찍한 짓을 저질렀는지 밝혀졌습니까?

맥더프 맥베스가 살해한 자들의 짓이라오.

로스 이런, 설마!

무엇 때문에 그랬답니까?

30 **맥더프** 사주를 받았다는군요.

전하의 두 아들인 맬컴과 도날베인이

몰래 도망쳐서 사라졌소.

그러니 이 일의 혐의를 받을 수밖에요.

로스 여전히 해괴한 일이군요!

35 어처구니없는 야망이란 놈이

자기 생명의 근원을 먹어치운 겁니다!

그렇다면 왕위는 맥베스 장군에게 돌아가겠군요.

맥더프 이미 지명을 받아서 대관식을 위해

스코운으로 갔소.

40 **로스** 던컨 왕의 시체는 어디 있습니까?

맥더프 콤킬로 운반해 갔소.

선조들을 모신 성스러운 묘지이자

유골을 지키는 곳이지요.

로스 스코운으로 가실 겁니까?

45 **맥더프** 아니요, 나는 파이프로 가겠소.

로스 그럼, 저는 그곳으로 가겠습니다.

맥더프 그럼, 그곳에서 일이 잘되기를 바라오. 안녕히!

우리의 낡은 옷이 새 옷보다 더 편하지는 않아야 할 텐데.

로스 노인장, 잘 가시오.

50 **노인** 신의 축복이 당신과 함께하기를.

악을 선으로 만들고 적을 친구로 만드는 사람들에게도 축복

이 있기를!

모두 퇴장

3막 1장*

뱅쿠오 등장

뱅쿠오 이제 당신은 마녀들이 약속한 대로 모두 손에 넣었소.

　왕, 코도, 글램즈, 모두 다.

　그걸 얻기 위해 정말로 사악한 짓을 저지른 건 아닌지 걱정

이오.

　허나 당신의 후손이 왕위를 물려받지 못하고

5　내가 많은 왕들의 뿌리이자 아버지가 될 것이라고 했으니.

　맥베스, 당신에게 마녀들의 말이 비추듯

　마녀들의 말이 진실이라면

　아니, 당신에게서 확인되었듯이

*장소: 스코틀랜드의 왕궁, 정확한 장소는 명시되지 않음.

그 말은 내 신탁일 수도 있으니

10   내게도 희망이 있지 않겠소? 하지만, 쉿! 그만하자.

나팔 소리. 왕이 된 맥베스와 왕비 맥베스 부인, 레녹스, 로스, 신하들, 귀부

인들과 시종들 등장

맥베스 우리 주빈이 여기 계셨군.

맥베스 부인 이분이 안 오셨다면

중요한 축하연에서 큰 빈자리가 생겨

완전히 흉하게 되고 말았을 거예요.

15   **맥베스** 오늘 밤 연회를 열 테니   뱅쿠오에게

참석해주시기 바라오.

뱅쿠오 전하께서는

명령만 내려주십시오.

제 의무는 풀리지 않는 매듭으로

20   영원히 얽여 있습니다.

맥베스 오늘 오후에 떠나시오?

뱅쿠오 그렇습니다, 전하.

맥베스 그렇지 않다면 오늘 회의에서

자네의 귀한 충고를 들었을 텐데.

25   항상 진중하고 도움이 되니 말이오. 그건 내일 듣도록 하지.

멀리 가셔야 하오?

뱅쿠오 전하, 지금 떠나면 만찬 때

돌아올 수 있는 정도의 거리입니다.

말이 잘 달리지 못한다면 한두 시간

30 밤을 빌려서라도 더 달려야 할 겁니다.

맥베스 연회에 늦지 마시오.

뱅쿠오 그러겠습니다, 전하.

맥베스 잔인한 사촌들이 잉글랜드와 아일랜드에

머무른다는 소식을 들었소.

35 잔인한 존속살해의 대죄는 고백하지 않고, 듣는 이들의 귀를

희한한 유언비어로 채운다고 합니다. 그 이야기는 내일 합시다.

우리가 함께 관심을 기울여야 할

나랏일이 있소. 빨리 말을 타고 떠나시오,

밤에 돌아올 때까지 편안하시오. 플리언스도 함께 떠납니까?

40 **뱅쿠오** 예, 전하. 이제 정말 가야 할 시간입니다.

맥베스 자네들의 말이 빠르고 다리가 튼튼하기를 바라오.

그 말 등에 그대들을 맡기오. 잘 다녀오시오.   **뱅쿠오 퇴장**

지금부터 저녁 일곱 시까지는

모두 각자 자신의 시간의 주인이 되도록 하시오.

45 모임이 더더욱 다정하게 반가운 일이 되도록

저녁 무렵까지는 짐도 홀로 있겠소. 그때까지 편히 쉬시오.

    귀족들 모두 퇴장 [맥베스와 하인 한 명은 남아 있다]

여봐라, 할 말이 있다.

그자들이 짐을 기다리고 있는가?

하인 그렇습니다, 전하. 궁궐 문 밖에서 대기하고 있습니다.

50 **맥베스** 그자들을 짐에게 데려오너라.   **하인 퇴장**

이게 다 무슨 소용이 있나, 안전이 보장되어야 해.

뱅쿠오에 대한 나의 두려움은
가시처럼 깊이 박혀 있지. 그에게 왕족의 성품이
자리하고 있어 두려울 따름이다. 그는 담대하다.
그러한 불굴의 기질뿐 아니라,
자신의 용기를 안전하게 행동하도록
이끄는 지혜도 지니고 있지.
내가 두려워하는 건 뱅쿠오뿐이야.
마크 앤터니가 시저에게 그랬듯
그의 앞에서는 내 수호천사도 힘을 잃고 말지.
마녀들이 처음 나를 왕이라고 부르자 그는 그 마녀들을 꾸짖고
자신에게도 말을 하라고 명령했다.
그러자 예언자처럼 그에게 왕조의 조상이라고 축복했어.
내 머리 위에는 결실 없는 왕관을 씌워놓고
내 손아귀에는 불모의 홀을 쥐여놓았지.
그런 다음 내 후손이 아닌 손에게 빼앗겨서
내 자식은 왕위를 이을 수 없다니.
만약 그렇다면, 뱅쿠오의 후손을 위해 내 마음을 더럽히고,
그놈들을 위해 자애로운 던컨 왕을 살해한 셈이니
내 평온한 마음의 술잔에 원한을 담은 것도
그들을 위한 것이고, 내 영혼을
인간의 공통된 적에게 준 것도
그들을, 뱅쿠오의 씨앗을 왕으로 만들기 위한 것이란 말인가!
그럴 바에는 운명아, 결투장으로 오너라.

75 한번 나와 끝까지 싸워보자꾸나! ─누구냐!

두 명의 암살자와 함께 하인 등장

문가로 가서 부를 때까지 기다려라. 하인에게

하인 퇴장

─우리가 이야기한 것이 어제였던가?

암살자들 그렇습니다, 전하.

맥베스 그래, 그러면 이제 내 말을 생각해보았느냐? 자네들을
80 그처럼 불행하게 만든 것도 아무 죄 없는 짐의 탓이라 생각했
겠지만 바로 그놈이었다는 걸 알겠는가? 지난번에 의논할 때
설명했고, 함께 증거도 확인하지 않았나. 자네들이 어떻게 속
아 넘어갔고, 어떻게 좌절을 겪었는지, 앞잡이들, 누가 그들
을 조종했는지, 그리고 그 밖에 다른 것들을 말이야. 멍청이
85 나 손상된 마음을 지닌 사람조차 '뱅쿠오가 그렇게 했군'이라
고 말할 온갖 것을 확인했지.

암살자 1 전하께서 저희에게 알려주셨지요.

맥베스 그랬지. 그리고 더 할 말이 있는데, 그게 이 두 번째 만
남의 이유다. 자네들은 이 일을 그냥 지나칠 만큼 원래 참을
90 성이 많은가? 이 훌륭한 사람과 그의 자손을 위해 기도할 만
큼 그렇게 믿음이 강한가? 그 악랄한 손이 자네들을 죽도록
못살게 굴고 영원히 자네들 자손은 헐벗게 만들었는데도 말
이야.

암살자 1 저희도 사내입니다, 전하.

95 **맥베스** 그래, 목록으로 보면 자네들은 남자로 분류되겠지.

사냥개와 그레이하운드, 잡종개, 스패니얼, 똥개,
삽살개, 물개, 늑대개도
모두 개라는 이름으로 불리는 법이다.
특징을 기록한 목록에서는
풍요로운 자연이 각각 부여한 재능에 따라서
민첩한 놈, 느린 놈, 명석한 놈,
집 지키는 놈, 사냥개 등으로 구분하지.
그 재능에 특정한 호칭을 받게 되어
모두 동일하게 기록된 명부에서 구별된다.
인간도 마찬가지다. 자네들도 인간 가격표에 자리가 있다면,
인간의 최하 등급에 속하지 않는다면, 말해보아라.
그렇다면 내가 그 일을 자네들에게 은밀히 부탁하겠다.
그 일을 하면 원수를 없애는 일이 될 뿐 아니라,
짐의 신임과 총애도 받게 될 것이다.
그자가 살아 있으면 짐의 건강은 손상되니
그자가 죽어야 짐이 온전해질 것이다.

암살자 2 전하, 저는 사나이입니다.
세상의 온갖 학대와 희롱에
너무도 분통이 터져서, 세상에 대들기 위해서라면
무엇이건 하겠습니다.

암살자 1 저도 사나이입니다.
재앙에 너무 시달리고, 액운에 부대껴서
기회만 있으면 목숨을 걸 작정입니다.

운명을 바꾸지 못하면, 제거당할 뿐이겠지요.

120 **맥베스** 자네 두 사람 모두 뱅쿠오가 적이라는 것을 명심하라.

암살자들 알겠습니다, 전하.

맥베스 내게도 마찬가지다. 그토록 살벌한 거리에 있으니

그가 살아 있는 매 순간이

내 급소를 찌르고 있지.

125 드러내놓고 권력을 써서 내 눈앞에서 그를 쓸어버리고

내 뜻으로 그 일을 정당화할 수도 있겠지만, 그럴 수는 없다.

어떤 이들은 그와 나 모두의 친구들이기도 해서

그들의 사랑을 내가 잃지 않아야 하고,

내가 쓰러뜨린 그의 죽음을 슬퍼해야 한다.

130 그 때문에 내가 그대들의 도움을 구하려는 것이지.

여러 가지 중요한 이유 때문에

사람들의 눈에 띄지 않아야 한다.

암살자 2 그러겠습니다, 전하.

분부대로 하겠습니다.

135 **암살자 1** 비록 목숨을…….

맥베스 자네들의 본심을 알겠노라. 늦어도 한 시간 내에

어디에 잠복해 있을지 알려주지.

정확한 시간을 확인해서 결행할 시간을 알려주겠다.

그 일은 오늘 밤에 궁에서 좀 떨어진 곳에서 해야 하느니

140 내가 연루되지 않도록

깔끔하게 처리해야 함을 항상 명심해라.

이 일에서 약점이나 흠집을 남기지 않으려면

그와 함께 다니는 아들 플리언스를 없애는 것도

그 아버지를 없애는 것만큼이나 중요한 일이니,

145   그자도 암흑의 시간의 운명을 맞이하도록 해야 한다.

가서 마음을 단단히 다지고 있어라.

곧 다시 자네들에게 가겠다.

암살자들 이미 결심했습니다, 전하.

맥베스 즉시 부를 테니, 안에서 기다려라.   [암살자들 퇴장했을 수 있음]

150   ─끝났소. 뱅쿠오, 그대의 영혼이 날아올라

천국을 찾으려면, 오늘 밤 찾아야 할 것이오.   모두 퇴장

3막 2장

맥베스 부인과 하인 등장

맥베스 부인 뱅쿠오가 궁에서 떠났느냐?

하인 예, 마마, 하지만 오늘 밤에 다시 돌아온다고 합니다.

맥베스 부인 전하께 말씀드리게.

드릴 말씀이 있으니 시간 좀 내어달라고 말이야.

5 **하인** 그러겠습니다, 마마.　　　　　　　　　　　　　　퇴장

맥베스 부인 얻은 것도 없이, 힘을 모두 다 써버렸군.

욕망은 달성했지만 만족은 없는 셈이지.

없애버리고도 이렇게 불안한 기쁨 속에 사느니

우리가 없애버리는 그것이 되는 게 차라리 낫겠다.

맥베스 등장

10　아니, 전하! 왜 홀로 계십니까?

슬프디슬픈 공상을 친구 삼으시고,

생각하는 그 사람과 같이 죽었어야 할

그 생각을 좇으시나요? 어쩔 수 없는 일이라면

생각하지 마세요. 이미 벌어진 일은 되돌릴 수 없어요.

15 **맥베스** 뱀에게 상처를 입히긴 했지만, 죽이진 못했소.

상처는 아물어서 온전해질 테지. 어설프게 살상을 한 우리는

옛날의 독이빨에 물릴 위험이 남아 있다오.

밤마다 우리를 뒤흔드는 이 끔찍한 꿈의 고통을 겪으며

두려움 속에 밥을 먹고 잠드느니 차라리

20 만물의 틀이 갈라지고, 양쪽 세상이 모두 고통을 겪는 편이 낫

겠소.

우리가 평화를 얻기 위해 그들을 평화로운 곳으로 보내다니,

마음의 고문 때문에 미칠 듯이 불안하게 사느니

죽은 자들과 함께 있는 것이 더 낫겠구려.

던컨은 무덤 속에 있소.

25 삶의 변덕스러운 열병을 겪고 나서 편히 잠들어 있지.

반역은 형편없는 일을 저지르고 말았소.

검, 독, 내환, 외우, 어떤 것도

이제 더는 그를 건드리지 못해.

맥베스 부인 제발, 그만하세요.

30 사랑하는 당신, 찌푸린 표정을 감추셔야 합니다.

오늘 밤 손님들을 밝고 유쾌하게 접대하세요.

맥베스 그렇게 하겠소, 여보. 제발, 당신도 그렇게 하구려.

뱅쿠오에게 각별히 신경을 써주시오.

눈으로나 말로나 모두 그에게 극진한 대우를 해주시오.

35 당분간은 안심할 수가 없으니,

이 아첨이라는 개울물에 국왕의 명예를 깨끗이 씻고,

얼굴을 마음에 대한 가면으로 만들어

실제 모습을 숨겨야 하오.

맥베스 부인 그런 걱정은 그만하세요.

40 **맥베스** 아, 내 마음은 전갈로 가득 차 있소.

당신도 알다시피 뱅쿠오와 그의 아들 플리언스가 살아 있소.

맥베스 부인 하지만 자연이 그들에게 영원한 수명을 허락하지
는 않지요.

맥베스 그 점이 위안이 되는구려. 그들은 불사신이 아니잖소.

그러니 즐거워하시오. 박쥐가 수도원 안을 날아다니기 전,

45 어둠의 마녀 헤카테의 소환에 따라

분뇨에서 태어난 딱정벌레가 졸린 소리로 윙윙거리며

밤의 하품을 재촉하는 종을 울리기 전에,

끔찍한 큰일이 벌어질 거요.

맥베스 부인 무슨 일이 벌어지나요?

50 **맥베스** 여보, 당신은 모르는 채로 있으시오.

나중에 그 일을 칭찬만 해주시오. 눈을 가리는 밤이여, 오라.

가련한 낮의 부드러운 눈을 감싸버려라.

그대의 잔인하고 보이지 않는 손으로

나를 창백하게 만드는 저 큰 생명의 증서를

55 취소하고 갈기갈기 찢어버려라.

빛이 흐려진다. 까마귀가 시커먼 숲 속으로 날갯짓을 한다.

낮의 선한 것들은 고개를 숙이고 졸기 시작한다.

한편 밤의 시커먼 무리들은 먹잇감을 찾아 날아오르지.

—당신 내 말에 놀라는군. 하지만 진정하시오.

60 악으로 시작한 일은 사악함으로 인해 더 강해지는 법이지.

그러니, 자, 같이 갑시다.   모두 퇴장

118

3막 3장*

세 명의 암살자 등장

암살자 1 누가 당신에게 우리와 합류하라고 했소?

암살자 3 맥베스 전하요.

암살자 2 그를 의심할 필요는 없소.

우리의 임무와 무슨 일을 해야 할지

5 세세하게 알려주는 걸 보니.

암살자 1 그러면 함께 있읍시다.

서쪽 하늘에는 아직 낮의 빛줄기가 약간 남아 어른거리는군.

이제 늦은 여행자는 재빨리 박차를 가해

제시간에 여관에 도착하려고 하겠지.

*장소: 스코틀랜드 왕궁에서 약 일 마일 떨어진 곳.

우리가 기다리는 대상도 가까이 오고 있소.

암살자 3 쉿. 말발굽 소리가 들린다.

뱅쿠오 거기 횃불을 다오, 어이!　　　　　　　　　안에서

암살자 2 그자가 왔다.

초대받은 나머지 사람들은

이미 궁 안에 들어왔으니까.

암살자 1 말이 돌아가는군.

암살자 3 거의 일 마일 남았소. 다른 사람도 모두 그러지만

그자는 보통 여기서부터 궁궐 대문까지는

걸어서 가지.

횃불을 들고 뱅쿠오와 플리언스 등장

암살자 2 횃불이다, 횃불이다!

암살자 3 그자다.

암살자 1 자리를 지켜라.

뱅쿠오 오늘 비가 내리겠군.

암살자 1 내리쳐라.　　　　　　　　　　　　　　　횃불을 끈다

뱅쿠오 오, 암살이다! 도망쳐라, 플리언스, 도망쳐라, 어서, 어서!

복수를 부탁한다. 아 이런!　　　　　　죽는다. 플리언스가 도망친다

암살자 3 누가 불을 껐는가?

암살자 1 그렇게 하는 것 아니었소?

암살자 3 한 명밖에 못 죽였군. 아들놈이 도망쳤소.

암살자 2 더 중요한 일을 망쳐버린 셈이오.

암살자 1 자, 가서 한 일을 그대로 보고합시다.　　　　　　　모두 퇴장

3막 4장*

연회가 준비되어 있다. 맥베스, 맥베스 부인, 로스, 레녹스, 귀족들과 시종들
등장

맥베스 각자 자기 자리를 잘 알 테니, 앉으시오.

처음부터 끝까지 모두 진심으로 환영하오. *앉는다*

귀족들 감사합니다, 전하.

맥베스 짐이 같이 어울리면서

5   미흡하지만 주인 노릇을 하겠소.

안주인은 옥좌를 지키고 있지만, 적당한 시간에

환영의 인사를 해달라고 청하지요.

맥베스 부인 친구들 모두에게 대신 말씀해주세요.

---

*장소: 스코틀랜드 왕궁 안의 연회장.

마음으로 환영하고 있다고 말이에요.

첫 번째 암살자 [문으로] 등장

맥베스 보시오. 진심으로 감사하며 당신을 맞이하고 있소.

양쪽이 숫자가 같으니, 난 여기 가운데 앉겠소.

실컷 웃고 즐기시오. 곧 식탁을 돌며

축배를 돌리겠소. 문 쪽으로 간다

—자네 얼굴에 피가 묻어 있네. 암살자 1에게

암살자 1 그렇다면 뱅쿠오의 피겠지요.

맥베스 자네 얼굴에 묻어 있는 편이 그놈 몸 안에 있는 것보단

낫지.

잘 처리했는가?

암살자 1 목을 따버렸습니다, 전하. 놈에게 그렇게 해주었습니다.

맥베스 자네는 최고의 망나니로군.

하지만 플리언스의 목을 딴 사람도 훌륭해.

그것도 자네가 했다면, 정말 대단해.

암살자 1 그런데 전하……. 플리언스는 도망갔습니다.

맥베스 다시 발작이 도지겠구나. 그렇지 않다면 완벽했을 것을.

대리석만큼이나 단단하고, 바위만큼이나 굳건하고,

주위를 에워싸는 대기만큼이나 자유롭고 활발할 텐데.

하지만 이제 나는 귀찮은 의혹과 공포 속에 갇히고, 옥죄이고,

구속되어,

얽매이고 말겠구나. 그런데 뱅쿠오는 확실히 처리했는가?

암살자 1 예, 전하. 머리에 스무 군데나 칼을 맞은 채로,

시궁창에 안전하게 처박혀 있습니다.

가장 작은 상처조차 치명적일 겁니다.

30 **맥베스** 수고했네.

큰 뱀은 죽었고, 도망친 새끼뱀은

자연히 곧 독을 품겠지만

당장은 독니가 없을 것이다. 가라.

내일 다시 이야기하자. **암살자 퇴장**

35 **맥베스 부인** 전하.

환영의 건배를 하지 않으셨어요. 연회장에서는

환대하며 반기지 않는다면 사 먹는 거나 마찬가지죠.

환영의 말씀을 하세요. 아니면 집에서 먹는 게 제일 낫죠.

집에서 나서면 예법이 고기에 올리는 소스랍니다.

40 그게 없다면 모임도 의미가 없습니다.

뱅쿠오의 유령이 등장하여 맥베스의 자리에 앉는다

맥베스 잘 깨우쳐주셨소, 사랑스러운 사람.

이제, 실컷 드시고 소화도 잘되어,

여러분 모두 건강하시기를.

레녹스 전하, 앉으십시오.

45 **맥베스** 이 나라의 귀족이 모두 한지붕 아래에 모였소.

뱅쿠오가 참석했으면 좋으련만.

불행에 대해 동정하기보다는

매정하게 오지 않은 것을 꾸짖어야 할 거요.

로스 전하, 그가 이 자리에 없는 건

50 　약속을 어기는 일입니다. 전하께서는

저희와 함께하는 영광을 베풀어주십시오.

맥베스 　자리가 다 찼군.

레녹스 　여기 자리를 비워두었습니다, 전하.

맥베스 　어디?

55 **레녹스** 　전하, 여기입니다. 뭣 때문에 그리 놀라십니까?

맥베스 　누가 이런 짓을 했느냐?

영주들 　무슨 말씀이십니까, 전하?

맥베스 　내가 했다고 말하지는 못하겠지.

그 피투성이 머리카락을 내게 흔들어대지 마라.

60 **로스** 　여러분, 일어섭시다. 전하께서 몸이 좋지 않으신가 봅니다.

귀족들이 일어서기 시작한다

맥베스 부인 　앉으세요, 여러분. 전하께서는 종종 이러십니다.

젊었을 때부터 그러셨어요. 제발, 자리에 앉으세요.

발작은 일시적입니다. 잠시 후면

다시 괜찮아지실 거예요. 만약 자꾸 쳐다보시면

65 기분이 상하셔서 병이 더 커질 겁니다.

드세요, 전하는 보지 마시고요.

—당신이 사내이긴 해요? 　맥베스 부인과 맥베스가 방백으로 이야기한다

맥베스 　맞소, 그것도 대담한 사내요. 악마도 깜짝 놀라게 만들

그런 것도 빤히 쳐다보는 사내지.

70 **맥베스 부인** 　아, 참 가관이네요.

이건 당신 두려움이 그려낸 것이에요.

당신을 던컨에게 인도한

공기 중에 그려진 단검과 같아요.

아, 진짜 공포가 아닌 가짜예요.

이런 공포심과 놀람은 겨울철 불가에서 할머니한테 들었다는

그런 여자들 이야기죠. 부끄러운 줄 아세요!

왜 얼굴을 찡그리세요? 다 끝났는데,

당신은 의자만 바라보시는군요.

맥베스 제발, 저기를 보시오! 저것! 저것 좀 보시오! 자, 어떻소?

이런, 뭘 신경을 쓰지? 고개를 끄덕일 수 있다면, 말도 하라.

납골당과 무덤이 우리가 땅에 묻은 자들을 다시

보내야만 한다면, 우리의 무덤은

매의 위가 되고 말 것이야.   [유령 퇴장]

맥베스 부인 이런, 헛것을 보고 질겁을 하시나요?

맥베스 내가 여기 서 있는 거라면, 그가 보이는 것도 확실하오.

맥베스 부인 이런, 부끄러울 데가!

맥베스 오래전에 인간의 법률이 나라를 정화시켜

평온하게 만들기 전, 옛날에도 피는 흘렀지.

그래, 그 후로도, 귀로 듣기에 너무도 끔찍한

살인은 행해져 왔다. 그런 시절이 있었지.

골이 터지면, 그 사람은 죽고,

그걸로 끝이 나는 시절이. 그런데 지금은 되살아나는구나.

정수리에 스무 개의 치명적인 상처를 입고도

짐을 의자에서 몰아내는구나.

95   이것이 그런 살인보다 더 기이하군.

맥베스 부인 전하,

귀한 손님들이 기다립니다.

맥베스 깜빡 잊고 있었소.

놀라지 마시오. 여러분,   큰 소리로

100   짐에게는 이상한 병이 있소, 나를 아는 사람들에겐

별것 아니오. 오시오, 모두에게 사랑과 건강이 함께하기를.

그럼, 좀 앉겠소. ―포도주를 다오, 철철 넘치게 채워라.

하인이 그의 술잔을 채운다

유령이 다시 등장

이 자리에 계신 모두의 기쁨을 위해 축배를 듭시다.

우리가 그리워하는 사랑하는 친구 뱅쿠오를 위해서도.

105   그가 여기 있다면 좋으련만! 모두를 위해, 그리고 그를 위해.

모두에게 만복이 함께하길.

귀족들 전하께 충성을 맹세하며 건배합니다.   귀족들이 술을 마신다

맥베스 물러가라, 내 눈에서 사라져! 땅속으로 꺼지지   귀신을 본다
못할까!

네 뼈는 골수가 없고, 네 피는 차갑다.

110   지금 그렇게 반짝이는 네 눈에는

보는 힘이 없다.

맥베스 부인 여러분, 늘 있는 일입니다.

그 이상은 아니에요.

그냥 이 순간의 흥을 깨버렸군요.

115 **맥베스** 인간이 할 수 있는 일이라면, 나도 한다.

차라리 무시무시한 러시아 곰처럼 덤벼라.

갑옷 입은 코뿔소나 히르카니아*의 호랑이처럼 덤벼라.

그 모습만 빼면 어떤 모습이라도 괜찮다.

그러면 내 굳센 정신은 결코 떨지 않을 것이다.

120 아니면 다시 살아나서, 검을 들고 황야에서 내게 덤벼라.

만약 내가 벌벌 떤다면, 계집애라고 놀려도 좋다.

꺼져라, 끔찍한 그림자여! 헛된 환영이여, 사라져라!

이런, 그래. 사라지기만 하면 [유령 퇴장]

나는 다시 사내가 된다. —자, 가만 앉으시오. 귀족들에게

125 **맥베스 부인** 알량한 정신착란 때문에 흥을 깨고,

좋은 모임을 망쳐버렸군요.

맥베스 그런 것이 존재해서,

여름 구름처럼 우리를 덮친다면

어찌 놀라지 않겠는가?

130 내 뺨은 두려움으로 하얘졌는데

그런 모습을 보고 나서도

뺨이 타고난 루비색을 유지하다니.

여러분은 사내로서의 내 성품조차 낯설게 만드는구려.

로스 어떤 모습 말씀이십니까, 전하?

135 **맥베스 부인** 제발, 아무 말도 하지 마세요. 점점 나빠져요.

---

*고대 페르시아 제국의 한 주.(옮긴이)

128

질문을 하면 더 흥분하십니다. 당장, 안녕히 가세요.

차례를 기다리지 마시고,

당장 떠나주세요.

레녹스 안녕히 주무십시오.

140 전하께서 쾌차하시길!

맥베스 부인 여러분 모두 편히 주무세요!

귀족들 모두 퇴장 [맥베스와 맥베스 부인은 남아 있다]

맥베스 이 일은 피를 부를 거요. 피는 피를 부르는 법.

돌이 움직이고 나무가 말한다고들 하지 않소.

예언과 인과의 이치는

145 까치와 붉은부리까마귀와 떼까마귀가 아무리 꽁꽁 숨은

살인자라도 찾아내거든. 밤은 몇 시나 되었소?

맥베스 부인 아침과 서로 누가 맞는지 싸우기라도 할 참이에요.

맥베스 어떻게 생각하시오, 짐이 그렇게 청해도

맥더프가 참석하지 않은 것을?

150 **맥베스 부인** 그에게 사람을 보내셨나요?

맥베스 다른 사람한테서 들었소. 사람을 보내리다.

내가 뇌물을 주는 하인이 없는 집은

하나도 없지. 내일, 아침 일찍

변덕스러운 자매들을 찾아갈 거요.

155 더 물어봐야겠소. 최악의 수단을 써서

최악의 경우를 얻게 되더라도 이제 알아야겠어.

나 자신의 이익을 위해서 어떤 희생도 감수할 테요.

나는 피에 너무 깊이 잠겨 있어서 더 잠기지 않더라도
나아가는 것만큼 돌아가는 것도 어려워졌다오.
160 내 머릿속에 드는 이상한 생각을 곧장 실행에 옮겨야겠어.
살펴볼 것 없이 저지르고 봐야겠어.
맥베스 부인 당신은 생명을 지켜주는 힘이 되는 잠이 부족해요.
맥베스 자, 가서 잡시다. 괴상한 망상에 휩싸이는 것은
단련하지 않은 풋내기의 두려움이오.
165 우린 그 일을 하는 데에 아직 미숙한가 보오.　　　　　**모두 퇴장**

3막 5장*

천둥소리. 세 마녀가 등장하여 헤카테를 만난다

마녀 1 이런, 어쩌나, 헤카테 님! 화가 나신 것 같군요.

헤카테 충분히 이유가 되지 않나?

　　건방지고 뻔뻔한 노파들 같으니? 감히 어떻게

　　수수께끼와 죽음에 관련된 일로

5　　맥베스와 거래하려 들다니?

　　게다가 너희들의 마법의 주신이고,

　　온갖 해코지를 비밀스레 꾸며대는 내가

　　아무 역할도 맡지 못하고,

*장소: 명시되지 않음. 이 장면은 아마 토머스 미들턴이 쓴 것으로 보이며, 셰익스피어가 은퇴한 이후에 한 공연에 덧붙여진 것이 분명하다.

우리 마술이 얼마나 멋진지 보여주지도 못했다니!

10   더욱 나쁜 것은, 너희들이 한 일은

짓궂고 성질 나쁜 변덕쟁이 아들을 위한 일일 뿐이었다.

다른 놈들과 마찬가지로

당신들이 아닌, 자신의 목적만을 위할 뿐이란 말이야.

그러나 이제부터 마음을 고쳐먹어라. 가거라.

15   아케론의 동굴에서

아침에 만나자.

그가 운명을 알기 위해 거기로 올 테니.

너희들은 그릇과 주문을 준비해라.

그 외에 마법과 모든 것을 준비해.

20   나는 공기 속으로 떠나련다. 오늘 밤은

파괴적이고 치명적인 결말을 위해 보내야겠다.

큰일은 정오 전에 해치워야 하는 법이지.

달의 한 귀퉁이에는

심오한 힘을 지닌 수증기 방울이 매달려 있어.

25   그게 땅에 떨어지기 전에 붙잡아야겠다.

그걸 마법의 힘으로 증류하여

마법의 정령들을 불러내고

그 환영의 힘으로

그놈을 파멸로 이끌 테다.

30   그는 운명에 콧방귀를 뀌고, 죽음을 무시하고,

지혜, 은총과 두려움보다 욕망을 더 위에 두겠지.

132

너희도 알다시피, 과도한 자만심이

인간의 가장 큰 적이야.

음악과 노랫소리

들어봐라. 나를 부르는군. 봐라, 내 꼬마 정령이

35 안개 같은 구름 속에 앉아서 나를 기다리고 있구나.　　　　[퇴장]

'들어와요, 들어와요' 등의 노래가 안에서 들려온다

마녀 1 자, 서두르자. 그녀가 곧 돌아올 거야.　　　　모두 **퇴장**

3막 6장*

레녹스와 다른 귀족 등장

레녹스 좀 전에 말씀드린 것이 당신 생각과 맞아떨어졌으니,
그 뜻은 충분히 알 수 있을 겁니다.
전 그저 일이 이상하게 돌아간다고 말씀드리는 겁니다.
맥베스가 인자하신 던컨 전하를 애도했습니다. 아, 그분이 돌
아가시다니.
5   올곧고 용맹한 뱅쿠오는 너무 늦게 돌아다녔습니다.
생각하기에 따라서는 플리언스가 죽였다고 할 수도 있겠지요.
플리언스가 달아났으니까요. 너무 늦게 돌아다니면 안 됩니다.
맬컴과 도날베인이 인자하신 아버지를 살해하다니

---

*장소: 스코틀랜드, 정확한 장소는 명시되지 않음.

얼마나 기괴한지 모르시겠습니까? 저주받을 짓이지요!

맥베스가 얼마나 비통해했는지! 그는 즉시

충성 어린 분노에 사로잡혀 두 놈의 범죄자들을 찢어놓았지요.

그놈들은 술의 노예가 되어 잠의 포로가 되지 않았던가요?

그건 훌륭한 일이지요? 그래요, 현명한 일이기도 했습니다.

그놈들이 부인하는 소리를 들으면

살아 있는 사람이라면 누구건 분노가 치솟을 테니 말입니다.

그러니 그가 모든 일을 잘 처리한 셈입니다.

제 생각에는, 제발, 그러지 못하길 바라지만,

그가 던컨의 아들들을 손아귀에 넣을 수 있다면,

친아버지를 살해하면 어떻게 되는지 알 수 있겠지요.

플리언스도 마찬가지고요.

하지만, 그만! 맥더프는 말을 함부로 하고

폭군의 연회에 참석하지 않은 걸 보면,

맥더프가 눈 밖에 나 있는 것 같습니다.

그가 어디에 있는지 아십니까?

귀족 던컨 왕의 아들은

이 폭군에게 타고난 권리를 빼앗기고

잉글랜드 궁정에 몸을 의지하고 있습니다.

고결하신 에드워드 왕이 너무도 자애롭게

후대하셔서 흉악한 운명도 그의 존엄을

조금도 손상시키지 못했다는군요.

맥더프는 그곳으로 가서 신성한 왕에게 간청을 하고 그 도움

을 받아

노섬벌랜드와 용맹한 시워드를 일어나게 해서,

물론 하느님께서 그 일을 용납하셔야 하지만,

그들의 도움을 받아서 다시 우리 식탁에도 고기를 주고,

35   우리의 밤에도 잠을 주어야겠지요.

우리의 축제와 연회에서 잔인한 칼을 제거하고

진심으로 충성을 바치고 정당한 영광을 받아야 합니다.

이건 우리가 간절히 바라는 것입니다.

이 소식은 국왕을 격앙케 해서

40   전쟁 준비를 하고 있답니다.

레녹스 왕이 맥더프에게 사람을 보냈습니까?

귀족 그럼요. 단호하게 "저는 싫습니다"라고 거절했답니다.

불쾌한 사신은 등을 돌리고는

마치 "이 대답으로 나를 곤란하게 만든 이때를

45   후회할 거요"라고 말하는 듯 중얼거렸지요.

레녹스 그러면 당연히 조심하라고 충고해야겠습니다.

지혜를 다해서 멀리 몸을 피해야 합니다.

어떤 신성한 천사가

잉글랜드 왕실로 날아가

50   맥더프가 오기 전에 그의 메시지를 펼쳐서

저주받은 손길 아래에서 고통받는 우리의 이 나라에

속히 축복이 내리기를!

귀족 저도 그를 위해 기도하겠습니다.   모두 퇴장

136

4막 1장

천둥소리. 세 마녀 등장

마녀 1 얼룩무늬 고양이가 세 번 울었어요.

마녀 2 고슴도치가 세 번 그리고 한 번 더 울었어요.

마녀 3 하피어가 울었어요. 때가 되었어요, 때가!

마녀 1 가마솥 주위를 빙빙 돌아라.

5   독이 묻은 내장을 던져 넣어라.

차가운 돌 아래에서

삼십일하고도 하루 더

잠을 자며 빚어낸 독을 내뿜은 두꺼비야

먼저 마법의 솥에서 끓어라.   가마솥 주위를 돌며 춤을 춘다

*장소: 명시되지 않음. 실내 공간, 아마 동굴로 보인다.

10 **모두** 고생을 두 배로, 괴로움을 두 배로.

불은 타고 가마솥은 끓어라.

마녀 2 늪에 사는 뱀의 살점이

가마솥에서 끓고 익어라.

도롱뇽의 눈알과 개구리의 발톱

15 박쥐의 고운 털과 개의 혀

독사의 갈라진 혀와 눈먼 뱀의 독침

도마뱀 다리와 새끼 올빼미의 날개,

강력한 고통의 주문을 위해

지옥의 죽처럼 거품을 내며 끓어라.

20 **모두** 고생을 두 배로, 괴로움을 두 배로.

불은 타고 가마솥은 끓는구나.

마녀 3 용의 비늘, 늑대의 이빨

마녀의 말라빠진 시신, 게걸스레 먹어치운

바다 상어의 밥통과 식도,

25 어둠 속에서 파낸 독당근 뿌리,

신성모독하는 유대인의 간,

산양의 쓸개즙, 월식 때 잘라낸

주목의 잔가지,

터키 사람의 코와 타타르 사람의 입술

30 매춘부가 도랑에서 출산해서

태어날 때 목 졸려 죽은 아이의 손가락,

죽을 진하고 걸쭉하게 만들어라.

거기에 우리 가마솥 안 죽의 재료로

호랑이의 내장을 더하라.

35 **모두** 고생을 두 배로, 괴로움을 두 배로.

불은 타고 가마솥은 끓는구나.

마녀 2 개코원숭이의 피로 식혀라.

그러면 마법이 확실해질 테니.

헤카테와 다른 세 마녀 등장

헤카테 오, 잘했다. 수고했다.

40 이익은 모두 나누어주겠다.

이제 원을 그린 도깨비와 요정처럼

가마솥을 돌며 노래 불러라.

너희들이 집어넣은 모든 것에 주문을 걸어라.

'검은 정령' 등의 음악과 노래　　　　　　　**[헤카테와 다른 세 마녀 퇴장?]**

마녀 2 엄지손가락이 쑤시는 것을 보니

45 사악한 자가 이쪽으로 오는 것 같네.　　　　　　　　노크 소리

자물쇠여, 열려라, 누가 노크하든 간에.

맥베스 등장

맥베스 은밀하고 깜깜한 밤의 노파들이여, 어떻게 지내는가?

뭘 하고 있느냐?

모두 이름 없는 어떤 일이오.

50 **맥베스** 청하건대, 어떻게 알게 되었건 간에

신통력을 가지고 있으니 내 말에 답하라.

바람을 풀어서 교회와 맞서 싸우게 해도

거품 이는 파도가

55 배를 부수고 집어삼켜도,

잎이 난 옥수수가 납작 쓰러지고, 나무가 바람에 넘어져도,

성이 경비병의 머리 위로 무너져 내려도

궁궐과 피라미드가

토대를 향해 머리를 조아려도,

60 자연의 소중한 씨앗이 모두 혼돈에 빠지고

심지어 파괴가 스스로를 파괴할지라도,

내가 묻는 일에 대해, 대답하라.

마녀 1 말하시오.

마녀 2 물어보시오.

65 **마녀 3** 대답하겠소.

마녀 1 정하시오. 우리 입으로 하는 말을 듣겠소,

아니면 우리 주인님들한테서 듣겠소?

맥베스 그들을 불러라, 내가 직접 봐야겠다.

마녀 1 돼지피를 부어라. 새끼 아홉 마리를

70 먹어치운 놈의 피를. 살인자가 교수대에서

흘린 땀을 불길 속으로

던져버려라.

모두 지위가 높건 낮건

나와서 멋지게 당신 모습과 역할을 보여라!

천둥소리. 첫 번째 환영, 무장한 머리

75 **맥베스** 말하라, 그대의 알려지지 않은 신통력을.

마녀 1 그는 당신 생각을 알고 있소.

　말을 들으시되 아무 말도 마시오.

환영 1 맥베스, 맥베스, 맥베스, 맥더프를 조심하라.

　파이프의 영주를 조심하라. 그만 가야겠다. 그만.　　　　　내려간다

맥베스 정체가 무엇인지는 모르나, 좋은 경고를 해줘서 고맙다.

　내가 두려워하는 것을 정확히 맞혔다. 한마디만 더 하라.

마녀 1 명령하실 수는 없소. 여기 또 왔어요.

　첫 번째보다 더 강력한 것이지요.

천둥소리. 두 번째 환영, 피투성이 아이

환영 2 맥베스, 맥베스, 맥베스.

맥베스 귀가 세 개라도, 너의 말을 들을 수 있겠다.

환영 2 잔인하고, 대담하고, 과감하라.

　인간의 힘을 비웃어라. 여자에게서 태어난 어떤 자도

　맥베스를 해치지 못하리니.　　　　　　　　　　　내려간다

맥베스 그렇다면 살아라, 맥더프. 너를 왜 두려워해야 하지?

　하지만 거듭 안전을 확인해서

　운명으로부터 보증서를 받으리라. 너를 살려둘 수는 없다.

　그래서 겁 많은 공포심에게 거짓말을 한다고 꾸짖고

　천둥이 쳐도 잠을 편히 자리라.

천둥소리. 세 번째 환영. 손에 나무를 들고 왕관 쓴 아이

　　　　　　　　　　　　이건 무엇인가?

　왕의 자손처럼 솟아올라

　어린이의 이마에 군주의 왕관을

쓰고 있는가?

모두 들으시오, 허나 말은 하지 마시오.

환영 3 사자 같은 용기를 가지고, 떳떳하게 행동하라.

누가 화를 내건, 초조해하건, 음모자들이 어디 있건 관심 두
지 말라.

100 던시네인 언덕의 거대한 버남 숲이

맥베스를 향해 다가오기 전에는

결코 패망하지 않으리니.   *내려간다*

맥베스 그런 일은 있을 수 없겠지.

누가 숲을 징발하여 땅에 박은 뿌리를 뽑으라고

105 나무에게 명할 수 있겠는가? 달콤한 예언이군, 좋다!

．반항하는 죽은 자여, 버남 숲이 일어날 때까지

일어나지 말라. 높은 자리에 앉은 우리 맥베스는

자연이 허락한 기한까지 살 것이요,

시간과 죽음의 관례대로 숨값을 바칠 것이다.

110 한 가지를 더 알고 싶어 내 심장이 뛰는구나.

너희들의 마술이 그런 것도 알려줄 수 있겠나?

뱅쿠오의 후손이 이 왕국을 통치하는 날이 오는지?

모두 더 이상 알려 하지 마시오.

맥베스 답을 들어야겠다. 이를 거부한다면

115 너희들에게 영원한 저주가 내릴 것이다! 알려달라.

저 가마솥은 왜 내려가나? 이게 무슨 소리인가?

오보에 소리 *가마솥이 내려간다*

142

마녀 1 보여줘.

마녀 2 보여줘.

마녀 3 보여줘.

120 **모두** 눈으로 보게 해서, 그의 마음을 아프게 하라.

그림자처럼 나타나서, 그렇게 사라져라!

여덟 왕과 마지막에 뱅쿠오의 모습. [여덟 번째 왕은] 손에 거울을 들고 있다

맥베스 너는 뱅쿠오의 유령과 너무도 흡사하군. 꺼져라!

왕관이 내 눈을 시리게 하는구나.

황금으로 감싼 너의 머리는 첫 번째 놈과 비슷하군.

125 세 번째는 그 전과 비슷해. —더러운 노파들,

왜 이런 걸 보여주는가? —네 번째? 눈알아, 튀어나와라!

뭐야, 이 계보가 최후의 심판 날까지 이어질 참인가?

또 있어! 일곱 번째? 더 이상 보지 않으련다.

그래도 여덟 번째가 나타나는군. 더 많은 왕을 보여주는

130 거울을 들고 있구나. 일부는

두 개의 공과 세 개의 홀을 쥐고 있어.

끔찍한 광경이로군! 이제 그것이 사실이라는 걸 알겠다.

피투성이인 뱅쿠오가 내게 미소를 짓고,

그들을 가리키는군.　　　　　　　　　　**[왕들과 뱅쿠오 퇴장]**

　　　　　　　뭐야, 이게 사실이란 말인가?

135 **마녀 1** 그렇소. 모두 사실이오.

그런데 왜 맥베스가 이렇게 놀란 채로 서 있는가?

자, 자매들이여, 그의 기분을 풀어주고,

가장 재미있는 것을 보여주자꾸나.

나는 공기에 주문을 걸어 소리를 내게 할 테니

140 너희들은 기묘한 춤을 추어라.

그래서 이 위대한 임금님이 우리가 충성을 다해

그를 환영했다고 즐겁게 말씀하시도록.　　　　　　음악

마녀들이 춤을 추고 사라진다

맥베스 어디에 있는가? 떠났는가? 이 망할 놈의 시간이

영원히 저주받은 날로 달력에 기록되길!

거기, 밖에 있는 너희들, 들어오너라!

145 레녹스 등장

레녹스 무슨 분부이십니까, 전하?

맥베스 변덕스러운 자매들을 보았는가?

레녹스 아뇨, 전하.

맥베스 자네 옆으로 오지 않았는가?

150 **레녹스** 아닙니다. 전하.

맥베스 그들이 타고 간 공기는 오염되고,

그들을 믿는 사람들은 모두 지옥에나 떨어져라!

말 달리는 소리가 들리는군. 누가 왔는가?

레녹스 전하, 두세 명이 맥더프가 잉글랜드로

155 도망갔다는 소식을 전하러 왔습니다.

맥베스 잉글랜드로 도망갔다고?

레녹스 예, 전하.

맥베스 시간이여, 너는 나의 두려운 계획을 앞질렀구나.　　방백

144

민첩한 의도는 너무도 빨라 행동이 따르지 않는 한

160   따라잡히지 않지. 이 순간부터 내 마음에 떠오르는

첫 번째 생각이 내 손으로 즉시 옮겨지게 할 것이다.

지금조차도 내 생각에 행동으로 왕관을 씌우기 위해,

생각한 것을 행동으로 옮기리라.

맥더프의 성을 습격하겠노라. 파이프를 강탈하고,

165   그의 아내, 아이, 그리고 그의 혈족에 속하는

불운한 영혼들을 모조리 칼날에 바치리라.

바보처럼 떠벌리지 않으리.

이 생각이 식기 전에 이 일을 행하리라.

더 이상 환영은 보지 않겠다! —사람들은 어디에 있는가?

레녹스에게

170   가자, 그들에게 데려다 다오.

모두 퇴장

4막 2장*

맥더프의 아내와 아들, 그리고 로스 등장

맥더프 부인 무슨 짓을 저질렀기에 이 나라를 떠나야 했을까요?

로스 부인, 인내심을 가지세요.

맥더프 부인 그이가 전혀 인내심이 없었죠.

　　도망을 가다니 미친 짓이에요. 아무 짓도 하지 않아도

5　　두려운 마음이 우리를 반역자로 만들죠.

로스 부인은 모르십니다.

　　그것이 지혜였는지 두려움이었는지.

맥더프 부인 지혜라니요? 처자식도 다 버리고,

　　집도 재산도 다 버리고 달아났잖아요?

*장소: 파이프에 있는 맥더프의 성.

10   우리를 사랑하지 않는 거예요.

      그는 인정머리가 없어요.

      가련한 굴뚝새 같은 가장 작은 새조차 올빼미에 맞서서

      둥지에 있는 어린 새끼를 위해 싸울 거예요.

      그에겐 두려움뿐, 사랑은 없어요.

15   지혜는 무슨 지혜죠? 그렇게 이치에 맞지 않게

      도망쳐버리다니 말이에요.

   로스 부인, 제발 진정하세요.

      부군께서는 고귀하고, 현명하고, 명민하셔서

      들끓는 시국에 대해 잘 알고 계십니다.

20   더 이상은 말씀드리지 못하겠습니다.

      잔인한 세상입니다.

      우리도 모르는 사이에 반역자가 되고,

      무서워서 소문을 믿지만, 뭐가 두려운지도 모르지요.

      그저 사납고 난폭한 바다에 떠밀려

25   이쪽저쪽으로 흔들리지만 나아가지도 못합니다.

      이만 가야겠습니다. 금방 다시 돌아오겠습니다.

      최악의 상황에 이르면 그칠 것입니다.

      아니면 예전 상태로 다시 돌아가겠지요. 귀여운 도련님,

      축복이 함께하길!

30 **맥더프 부인** 저 아이는 아버지가 있었지만, 이제 아비 없는 자

      식이 되었군요.

   로스 저는 너무 바보 같아서, 더 있다가는

저도 수치스러워지고 부인께도 불편을 끼칠 것 같군요.

그만 가야겠습니다.   로스 퇴장

맥더프 부인 애야, 네 아버지는 죽었으니 이제 어떻게 할 거니?

35 어떻게 살 거니?

아들 새들처럼 살죠, 어머니.

맥더프 부인 뭐, 벌레와 파리를 잡아먹으련?

아들 제가 잡는 걸 먹어야죠. 새들처럼.

맥더프 부인 불쌍한 새 같으니! 넌 그물도 끈끈이도 함정도,

40 덫도 결코 겁내지 않겠지.

아들 왜 무서워해야 해요, 어머니? 그런 것들은 불쌍한 새들을
     잡으려는 게 아니잖아요. 어머니가 그렇게 말씀하셔도 아버
     지는 돌아가시지 않았어요.

맥더프 부인 맞아, 그는 죽었어. 아빠 없이 어떻게 할 거니?

45 **아들** 아뇨, 남편 없이 어떻게 하실 거예요?

맥더프 부인 시장에서 스무 명이라도 살 수 있어.

아들 그러면 사서 다시 팔면 되겠군요.

맥더프 부인 참 재치 있게도 말하는구나, 어린 게 별소리를 다
     하네.

50 **아들** 아버지가 반역자였나요, 어머니?

맥더프 부인 그래, 그렇구나.

아들 어떤 사람이 반역자인가요?

맥더프 부인 응, 맹세해놓고는 거짓말하는 그런 사람이란다.

아들 그렇게 하는 사람은 모두 반역자인가요?

55 **맥더프 부인** 그렇게 하는 사람은 모두 반역자이고, 교수형에 처

해져야 해.

아들 맹세하고 거짓말하는 사람은 모두 목을 매달아야 하나요?

맥더프 부인 모조리.

아들 누가 그들의 목을 매다나요?

60 **맥더프 부인** 어, 정직한 사람이 매달지.

아들 그러면 맹세하고 거짓말하는 사람들은 바보예요. 맹세하

고 거짓말하는 사람이 정직한 사람들보다 훨씬 많으니까 그

들의 목을 매달면 될 테니까요.

맥더프 부인 이런, 그런 소릴 다 하다니, 이 장난꾸러기야! 그렇

65 지만 아버지 없이 어떻게 살겠니?

아들 만약 돌아가셨다면, 어머니는 아버지를 위해 우시겠죠.

만약 울지 않으신다면, 새아버지를 빨리 맞게 될 좋은 징조가

아니겠어요.

맥더프 부인 이런 수다쟁이 같으니, 말도 참 잘도 하는구나!

전령 등장

70 **전령** 아름다운 부인께 신의 축복을. 저를 모르시겠지만,

저는 부인이 얼마나 훌륭한 분인지 잘 알고 있습니다.

부인께 어떤 위험이 바짝 다가온 것 같습니다.

이 미천한 사람의 충고를 받아들이신다면

어린 아이들과 당장 여기서 떠나세요.

75 부인을 이렇게 놀라게 하다니, 제가 너무도 잔인한 것 같습

니다.

부인께 더 나쁜 일을 하는 건 훨씬 참혹할 겁니다.

너무 가까이 다가와 있습니다. 하느님께서 부인을 지켜주시길!

이제 더 이상 머무를 수 없습니다.　　　　　　　　　전령 퇴장

맥더프 부인　어디로 도망가야 하지?

난 아무 짓도 하지 않았는데. 하지만 나는 이 지상의 세계에

살고 있다는 걸 명심해야지. 여기서는 나쁜 짓을 하는 것이

칭찬받고, 착한 일을 하는 것을

위험한 바보짓이라 여기거든. 이런, 그렇다면

내가 아무 짓도 하지 않았다고

여성스럽게 변명해볼까?

이 사람들은 뭐지?

암살자들 등장

암살자 1　남편은 어디 있느냐?

맥더프 부인　네놈들이 찾을 수 있는

그런 불경스러운 곳에는 계시지 않겠지.

암살자 1　놈은 반역자다.

아들　거짓말 마라. 이 귀 잘린 악당 같으니!

암살자 1　뭐, 이 햇병아리야? 반역자의 어린 자식아!　　그를 찌른다

아들　이놈이 나를 죽여요, 어머니. 도망치세요, 제발!　　죽는다

"살인이야!" 하고 외치며 [맥더프 부인] 퇴장

[암살자들이 뒤를 따른다]

4막 3장*

맬컴과 맥더프 등장

맬컴 사람 없는 그늘로 가서

우리의 슬픈 마음을 털어놓읍시다.

맥더프 차라리 필살의 검을

단단히 움켜쥐고, 훌륭한 사내처럼

5   우리의 쓰러진 조국을 지킵시다.

새 아침이 오면 새로 과부가 울부짖고, 새로 고아가 울고,

새로운 슬픔이 하늘의 얼굴을 때립니다.

그 소리는 마치 스코틀랜드도 공감하여

같이 슬픔의 울음소리를 질러대는 것 같답니다.

---

*장소: 잉글랜드의 왕궁.

10 **맬컴** 믿기만 하면 슬퍼하겠소.

알기만 하면 믿겠소. 그리고 내가 치유할 수 있는 것은

시간이 친구가 되어주면 그렇게 하리다.

그대가 한 말은 아마 그럴 수 있겠지요.

이름만 불러도 혀에 종기가 돋는 이 폭군은

15 한때는 정직하다고 여겨졌다오. 당신도 그를 꽤 좋아했었지.

그가 아직 당신은 건드리지 않았군. 나는 아직 젊어요.

하지만 나를 통해서 그의 모습을 볼 수 있을 것이오.

진노한 신을 달래기 위해 약하고 가련하고 순진한 양을

제물로 바치는 것을 지혜라 여기게 될지도 모르오.

20 **맥더프** 저는 역심을 품지 않습니다.

맬컴 허나 맥베스는 그렇지 않소.

아무리 성품이 선하고 고결해도 왕의 명령에는

움츠리기 마련이오. 하지만 용서를 구해야겠소.

내 생각이 당신의 생각을 바꾸지는 않겠지요.

25 가장 빛나는 천사가 타락해도, 천사들은 여전히 밝게 빛나오.

모든 지저분한 것들이 미덕의 거죽을 입고 있을지라도

미덕은 여전히 미덕으로 보여야 하니까.

맥더프 저는 희망을 잃어버렸습니다.

맬컴 어쩌면 그것도 의심스럽군요.

30 왜 작별 인사도 없이 그렇게 소중한 동기이자,

그토록 강한 사랑의 인연인 아내와 자식을

그런 위험한 상태에 남겨둘 수가 있소?

부디, 내 의혹은 그대를 모욕하는 것이 아니라

내 안전을 위한 것일 뿐이오.

35   내가 뭐라 생각하건 그대가 옳을지도 모르지.

맥더프 피를 흘려라, 피를 흘려라, 가련한 조국이여!

무서운 폭정이여, 네 기반을 확실히 다져라,

선은 이제 그대를 멈추지 못할 것이고, 왕권은 확인되었으니

잘못된 옷을 그대로 입고 있어라. ―안녕히 계십시오, 왕자님.

40   전 왕자님이 생각하는 그런 악당이 되지 않겠습니다.

그 폭군의 손아귀에 있는 땅 전체에

부유한 동양(東洋)을 더하더라도.

맬컴 기분 나빠하지 마시오.

완전히 당신을 의심해서 그러는 건 아니오.

45   우리 나라가 멍에 아래에 놓였다고 생각하오.

눈물을 흘리고, 피를 흘리고,

매일 부상에 새로운 상처가 더해지지.

내 권리를 찾기 위해 도와줄 사람들이 있는 것 같소.

또한 여기 인자하신 잉글랜드의 국왕께서

50   수천 명의 병사를 내주시겠다고 하셨소. 하지만, 그럼에도 불

구하고,

내가 그 폭군의 머리 위를 밟고 지나가거나

그 머리를 내 검에 꽂아놓아도, 가련한 내 조국은

예전보다 더 많은 악으로 인해 고통받아야 할 거요.

그의 뒤를 이을 사람 때문에 더 다양한 방식으로

55　　고통받아야 할 거요.

맥더프　그게 누구입니까?

맬컴　나 자신을 뜻하는 것이오.

나에게는 악의 온갖 세세한 것들이 박혀 있어

그걸 열어젖히면, 시커먼 맥베스조차도

60　　눈처럼 하얗게 보일 거요.

가련한 우리 나라는 내가 지닌 무한한 해악과 비교해서

그자를 양이라 여기게 될 거요.

맥더프　끔찍한 지옥의 군대에서도

사악함에 있어 맥베스를 능가할

65　　악마를 찾지 못할 것입니다.

맬컴　그자는 잔인하고,

사치스럽고, 탐욕스럽고, 거짓되고, 기만에 차 있으며,

성급하고, 사악하오. 죄악이라 이름 붙여진 죄악이 가득하지.

그러나 내 육욕에는 밑바닥이 없소, 전혀.

70　　당신의 아내, 딸,

결혼한 여자건 처녀건

내 욕정의 창고를 채울 수는 없소.

내 욕망은 내 뜻에 반하는

온갖 순수한 방해물을 짓눌러버릴 거요.

75　　그런 자가 통치하느니 맥베스가 훨씬 낫지.

맥더프　한없는 무절제는

인간 본성에 있어서 폭정이지요.

154

행복한 왕위를 때 이르게 비워주게 되고

많은 왕이 몰락한 것도 그 때문이었습니다.

80 순수한 척 보이면서도, 왕자님은 쾌락을

꽤 많이 처리할 수 있을 겁니다.

세상은 그렇게 속여 넘길 수 있을 겁니다.

기꺼이 원하는 여자들이 많을 겁니다.

자신들을 원하는 줄 안다면

85 기꺼이 왕자님에게 자신을 바치려는 여자들을

모두 집어삼킬 그런 탐욕이 왕자님에게 있을 리 없지요.

맬컴 이와 더불어 내 가장 사악한 성품 속에는

멈출 수 없는 탐욕이 자라고 있어서

내가 왕이라면

90 영지를 차지하기 위해 귀족들을 죽이고 말 거요.

이 사람의 보석을 탐하고 저 사람의 집을 원할 거요.

더 가지려는 욕망은 양념이 되어

나를 더 배고프게 만들 테니 선하고 충성스러운 자들에게

정당하지 못한 싸움을 일으켜서

95 재산을 취하려고 그들을 파멸시키겠지.

맥더프 이런 탐욕은 훨씬 깊이 들러붙어 있어서

여름 한철일 뿐인 욕정보다 더 깊이 뿌리박고 치명적이지요.

그건 우리의 많은 왕들을 죽게 한 검이기도 했습니다.

그렇지만 두려워 마십시오.

100 왕자님께 속하는 것만으로도 왕자님의 뜻을 채우고도 남을

만큼

스코틀랜드에는 많은 자원이 있습니다.

이 모든 건 다른 미덕과 비교하면 견딜 만하지요.

맬컴 그러나 왕에게 어울리는 그런 미덕이 나한테는 없소.

정의, 진실, 절제, 안정,

박애, 인내, 자비, 겸손,

헌신, 참을성, 용기, 결연함,

나한테 그런 건 전혀 없다오.

다양한 방식으로 저지르는

각각의 범죄의 범주에 속하는 건 가득하지.

내가 힘만 있다면, 달콤한 조화의 우유를

지옥에 쏟아부어 우주의 평화가 소용돌이치게 만들고,

지상의 모든 통일성을 깨트리고 말 거요.

맥더프 오, 스코틀랜드여, 스코틀랜드여!

맬컴 만약 그런 자가 통치하기에 적합하다면, 말하시오.

나는 지금 말한 그런 사람이오.

맥더프 통치하기에 적합하다고요?

아닙니다, 살아 있는 것조차 문제이지요. 오, 가련한 나의 조국이여.

권리 없는 폭군이 피의 통치를 하니,

언제 그대가 온전한 날을 다시 볼 수 있으리,

왕좌의 진정한 후계자는

스스로 금치산 선고를 내리며 자신을 욕되게 하고

자신의 계보를 비난하지 않는가?

—왕자님의 아버지였던 선왕은 정말로 훌륭한 분이셨지요.

왕자님을 낳으신 왕비께서는 두 발로 걷는 것보다 무릎 꿇고

기도한 적이 더 많습니다.

125 하루하루를 죽은 듯이 사셨지요. 안녕히 계십시오.

스스로에 대해 말씀하신 그 악들이

저를 스코틀랜드에서 추방시켜버렸습니다.

—오, 내 가슴이여, 내 희망은 여기서 끝이로구나!

맬컴 맥더프, 정직의 소산인 이 고귀한 열정이

130 내 마음에서 시커먼 의혹을 씻어내고,

당신의 선한 진실과 명예를 믿을 수 있게 했소.

마귀 같은 맥베스가 여러 번 이러한 계략을 써서

나를 자신의 손아귀에 넣으려 했기에,

지혜롭게 조심해서 성급하게 믿지 않으려 했소.

135 그러나 저 하늘의 신께서

그대와 나를 중재하시는구려!

이제는 그대의 인도에 따르고

나 자신에게 했던 비난을 취소하겠소.

이제 스스로 나 자신에게 씌웠던

140 오명과 비난을 철회하오. 난 아직

여자를 모르고, 맹세를 저버린 적도 없소.

내 것조차 탐해본 적이 없소.

믿음을 버린 적도 없고,

악마조차 그 동료에게 팔아넘기지 않고,

145 진실을 삶보다 덜 좋아하지도 않소.

내가 처음으로 한 거짓말은 나 자신에 대한 그 말이었소.

진정으로 나는 그대와 가련한 조국의 명에 따르겠소.

그리고 그대가 여기 도착하기 전에,

시워드 경이 일만 명의 용사를 이끌고

150 이미 출발할 채비를 끝냈소.

자, 이제 함께 갑시다. 이 싸움의 명분에 걸맞은

성공의 행운이 따르기를. 왜 아무 말도 없으시오?

맥더프 이처럼 좋고 나쁜 일이 한꺼번에 닥치니

잘 정리가 되지 않습니다.

의사 등장

155 **맬컴** 음, 곧 다시 이야기합시다. ―국왕께서 오시는가?

의사 예, 왕자님. 한 무리의 불쌍한 영혼들이

전하의 치료의 손길을 기다리고 있지요.

그들의 질병은 엄청난 치료를 받아야 하지만,

하늘이 그분의 손에 그런 신성함을 내려주셨기에,

160 전하의 손길만 닿으면 즉시 치료가 됩니다.　　　　　　퇴장

맬컴 고맙소, 의사 선생.

맥더프 무슨 병을 말하는 것입니까?

맬컴 연주창이라 부르는 것이오.

내가 여기 잉글랜드 땅으로 온 이래

165 이 훌륭한 왕이 정말이지 기적 같은 능력을 여러 번 행하는

158

걸 봤소.

하느님께 어떻게 기도해야 하는지는

그분이 가장 잘 아시지요. 온통 붓고 종기가 난

심한 증상을 보이는 이들, 보기에 안쓰럽고,

의사들도 완전히 손을 놓은 그런 이들을 전하는 고쳐내신다오.

170 그들의 목 뒤에 금화를 매달고, 경건하게 기도를 하시지요.

후대의 왕들에게 축복받은 치료의 능력을

넘겨준다고들 합니다.

이 특이한 능력과 더불어 전하는

예언력이라는 하늘이 주신 선물을 지니고 있소.

175 전하의 왕위에는 다양한 축복이 어려 있어서

그분께 은총이 그득함을 알려준답니다.

로스 등장

맥더프 누가 오는지 보시지요.

맬컴 우리 나라 사람이지만, 누군지는 모르겠군.

맥더프 사촌이여, 이곳에 온 것을 환영하오.

180 **맬컴** 이제 알아보겠소. 훌륭하신 신께서 서둘러

우리를 낯설게 만드는 장애물을 없애주소서!

로스 그렇게 해주소서.

맥더프 스코틀랜드는 아무 문제 없는가?

로스 아아, 처참한 나라,

185 그 모습을 아는 것조차 두려울 정도입니다.

우리 조국이라 부를 수조차 없습니다. 무덤이지요.

아무것도 모르는 사람이 아니고는 웃는 사람도 없습니다.
대기를 가르는 한숨과 신음과 비명이 터져 나와도
눈길을 끌지 못한답니다.
190 맹렬한 슬픔이 흔한 광란 같습니다.
죽은 자를 위한 종소리도 누구의 것인지 묻지도 않고,
선한 사람의 목숨도 모자에 꽃을 꽂기 전에 소멸하지요.
죽거나 병들기도 전에 말입니다.
맥더프 아, 너무도 상세하고 너무도 정확한 보고로군!
195 **맬컴** 가장 최근의 슬픔은 무엇이오?
로스 한 시간 지난 이야기도 비웃음을 받지요.
순간순간 새로운 참사로 가득합니다.
맥더프 내 아내는 어떻게 지내오?
로스 아, 잘 지냅니다.
200 **맥더프** 내 아이들은?
로스 역시 잘 지냅니다.
맥더프 그 폭군이 그들의 평화를 깨지는 않았소?
로스 아뇨, 제가 떠나올 때 그들은 평화로웠습니다.
맥더프 속 시원히 말해주시오. 어떻소?
205 **로스** 무겁게 안고 온 소식을 전하러
이곳으로 왔을 때, 훌륭한 사람들이 많이
나서고 있다는 소문이 돌았습니다.
폭군의 군대가 행진하는 것을 봤으니
확실히 그 소문이 사실임을 목격한 것이지요.

210   이제 도울 때가 되었습니다. —왕자님께서 스코틀랜드에 가시
면
맬컴에게

병사들이 모이고, 그들의 끔찍한 슬픔을 떨쳐버리기 위해

아녀자들도 나서서 싸울 겁니다.

맬컴 우리가 거기로 가서 그들이 편해졌으면.

자비로우신 잉글랜드 국왕께서

215   친애하는 시워드와 일만 명의 병사를 빌려주셨소.

기독교 국가에 알려진 이들 중에서

가장 노련하고 훌륭한 군인들이지요.

로스 위로가 될 말로

말씀드릴 수 있다면 좋으련만.

220   보고 듣는 사람 없는 사막의 공기 속으로

울부짖어야 마땅한 그런 말들이 남아 있습니다.

맥더프 무슨 일이오?

대의에 관한 것이오, 아니면

어떤 개인의 가슴에 생긴 가문의 슬픔이오?

225 **로스** 정직한 사람이라면

그 일에서 어떤 슬픔을 같이 나눌 겁니다.

비록 주된 부분은 당신에게 해당됩니다만.

맥더프 그게 내 이야기라면

나한테서 숨기지 마시오. 빨리 알려주시오.

230 **로스** 당신의 귀가 내 혀를 영원히 경멸하지 않기를,

그 귀는 지금껏 들은 어떤 소리보다

가장 슬픈 소리를 듣게 될 것입니다.

맥더프 흠…… 알 것 같군.

로스 성이 습격당했습니다. 당신의 아내, 아이들은

235 　잔인하게 살육당했습니다. 그 광경을 세세히 말씀드린다면

이 살해당한 사람들의 무리 위에

당신의 죽음을 더하게 될 것입니다.

맬컴 자비로운 하느님이시여!

이런, 모자를 눈썹 위로 눌러쓰지 마시오.

240 　슬픔을 표현하시오. 슬픔은 말로 표현하지 않으면

괴로움에 꽉 찬 가슴에 속삭여서 가슴을 찢어버리는 법입니다.

맥더프 내 아이들도 모두?

로스 아내, 아이들, 하인들, 눈에 띄는 사람은 모조리.

맥더프 그곳에 있어야 했는데! 내 아내도 살해당했소?

245 **로스** 이미 말씀드렸습니다.

맬컴 진정하시오.

이 엄청난 슬픔을 치료할

복수의 약을 만듭시다.

맥더프 그놈에게는 자식이 없습니다. —내 예쁜 것들이 전부?

250 　전부라고 했소? 오, 이런 망할! 모조리?

이런, 내 예쁜 병아리와 어미가

한꺼번에?

맬컴 남자답게 맞서시오.

맥더프 그래야지요.

255 그러나 또한 남자로서 그걸 느껴야 합니다.

그들이 내게서 가장 소중한 존재였음을

기억하지 않을 수 없습니다. 하늘이 보고도

끼어들지 않았단 말입니까? 죄 많은 맥더프.

너 때문에 그들이 당했다. 아무것도 아닌 나 때문에.

260 그들의 잘못이 아닌 나 때문에

그들의 영혼이 살육당했다. 이젠 편히 잠드소서.

맬컴 이 일을 당신의 검을 가는 숫돌로 삼으시오.

슬픔을 분노로 바꾸고, 마음이 무뎌지게 하지 말고 분격케 하

시오.

맥더프 오, 제 눈이 여자처럼 눈물을 흘리고

265 혀로 떠벌릴 수도 있겠지요. 하지만, 자비로운 하늘이시여,

중간에 낀 것은 모두 잘라버리시고,

스코틀랜드의 마귀 같은 그놈과 저를

제 검이 닿을 거리에 맞닥뜨리게 해주소서.

만약 그놈이 제 검을 피하면, 하늘도 용서한 것이겠지요.

270 **맬컴** 사나이다운 말씀이시오.

자, 국왕에게 갑시다. 군대는 준비가 끝났소.

남은 것은 출정식뿐이오.

맥베스는 잘 익어서 흔들기 좋아요.

하늘나라의 군대가 무장을 하고 있소. 자, 기운 냅시다.

275 밤이 아무리 길어도 낮은 오기 마련이오.　　　　　　　モ두 퇴장

5막 1장*

의사와 시녀 등장

의사 이틀 동안 당신과 함께 지켜보았지만 당신의 말이 사실이
라는 걸 확인할 수 없었습니다. 왕비께서 마지막으로 걸어 다
니신 게 언제입니까?

시녀 전하께서 전쟁터로 나가신 뒤입니다. 침대에서 일어나셔
서 잠옷을 걸치고 장을 연 다음 종이를 꺼내서 접으시더니 거
기에 뭔가를 쓰고 읽고 나서 봉하고는 다시 잠자리에 드셨어
요. 그러는 내내 곤히 잠든 상태이셨지요.

의사 정신착란이 분명하군요. 곤히 잠을 자면서도 깨어 있는
효과도 보시다니 말입니다. 이렇게 걸어 다니시거나 다른 활

*장소: 던시네인에 있는 맥베스의 성.

동을 실제로 하는 것 외에 언제건 무슨 말씀 하시는 걸 들은

적이 있습니까?

시녀 의사 선생님, 그건 말씀드릴 수가 없습니다.

의사 저한테는 하셔도 됩니다. 또한, 그래야 옳아요.

시녀 제 말을 확인해줄 증인도 없으니 선생님이건, 누구건 말

씀드릴 수 없어요.

맥베스 부인이 초를 들고 등장

보세요, 오십니다. 이게 보통 모습이고, 분명 곤히 잠드신 상

태입니다. 잘 숨어서 살펴보세요. 그들이 비켜선다

의사 저 촛불을 어떻게 들고 나타나신 거지요?

시녀 이런, 항상 옆에 두세요. 계속 옆에 불을 두십니다. 왕비마

마의 분부입니다.

의사 눈을 뜨고 있는 것이 보이십니까?

시녀 그렇지만 감각은 닫힌 상태지요.

의사 지금 왕비마마께서 뭘 하시는 거지요? 손을 비비는 모습

좀 보세요.

시녀 습관적으로 저렇게 손 씻는 시늉을 하세요. 십오 분씩 계

속 저러시는 경우도 있답니다.

맥베스 부인 아직 여기 얼룩이 남았어.

의사 들어봅시다. 무슨 말을 하시는지 잘 듣고 정확히 기억해

두어야겠습니다.

맥베스 부인 이 망할 놈의 얼룩, 사라져, 사라지라니깐. 하나,

둘, 이제 해야 할 시간이군. 지옥이 캄캄하다. 이런, 전하, 쳇,

병사 따위가, 두려워요? 누가 알건 겁낼 필요가 어디 있어요? 누구도 우리의 권위에 도전하지 않는데? 하지만 그 노인네에게 그렇게 많은 피가 있으리라고 누가 생각했겠어요.

의사 들으셨소?

맥베스 부인 파이프의 영주에게 아내가 있었는데, 지금은 어디 있지? 이런, 이 손은 결코 깨끗해지지 않을까? 더 이상은 하지 마요, 전하, 더 이상은 안 돼요. 이 발작 때문에 모든 걸 망쳐버리고 말겠어요.

의사 이런, 이런, 알아선 안 될 걸 알아버렸군.

시녀 하지 말아야 할 말을 하신 거죠. 분명해요. 왕비께서 아시는 건 하늘도 아시죠.

맥베스 부인 여기 아직 피비린내가 남았군. 아라비아의 향수를 다 부어도 이 작은 손을 향기롭게 만들진 못하겠지. 오, 오, 오!

의사 지독한 한숨을 내쉬는군! 심장이 너무도 쓰라린 거야.

시녀 가슴 속에 저런 심장은 가지고 싶지 않아요. 높은 지위를 준다고 해도 말이에요.

의사 허, 허, 허.

시녀 하느님의 가호가 있기를.

의사 이 병은 제가 치료할 수가 없습니다. 하지만 잠을 자며 걸어 다니던 사람들이 침대에서 평온하게 세상을 떠난 경우도 알고 있지요.

맥베스 부인 손을 씻고, 잠옷을 입으세요, 그렇게 창백한 표정 짓지 마세요. 다시 말하지만 뱅쿠오는 파묻혔어요. 무덤에서

55 **나올** 수가 없다고요.

의사 그 사람도?

맥베스 부인 잠자리로, 잠자리에 드세요. 문을 두드리는 소리가 들리는군. 자, 자, 자, 자, 손을 주세요. 이미 저지른 일은 되돌릴 수 없어요. 잠자리에 드세요, 잠자리에, 잠자리로.

맥베스 부인 퇴장

60 **의사** 이제 잠자리에 드십니까?

시녀 곧장 주무세요.

의사 나쁜 소문이 퍼져 있습니다.

이치에 어긋나는 행동은 이치에 어긋나는 재앙을 낳지요.

병든 마음은 귀 먼 베개에 비밀을 털어놓는 법이지요.

65 의사보다는 하느님의 힘이 필요할 겁니다.

하느님, 우리를 모두 용서해주소서. 왕비마마를 돌봐주세요.

그분에게서 자해를 가할 수단을 치우고,

계속 지켜보세요. 이제 안녕히 주무십시오.

그분 때문에 제 마음도 당황했고, 제 눈도 놀랐습니다.

70 생각은 있지만, 감히 말하지는 못하겠군요.

시녀 안녕히 주무세요, 의사 선생님.

모두 퇴장

5막 2장*

고수와 기수, 멘티스, 케이스네스, 앵거스, 레녹스, 병사들 등장

멘티스 맬컴, 그의 숙부 시워드, 맥더프가 이끄는
잉글랜드 군이 가까이 다가왔습니다.
그들은 복수심에 불타고 있지요.
그들의 소중한 명분은 죽은 사람도 불러일으켜서
5 잔인하고 끔찍한 전쟁에 나서게 만들 겁니다.
앵거스 버남 숲 근처에서
다시 만나게 될 겁니다. 그쪽으로 가고 있습니다.
케이스네스 도날베인이 그의 형과 합류한 건 아닐까요?
레녹스 확실히, 그렇지는 않습니다.

*장소: 던시네인 근처.

10   나에게 모든 향반들의 목록이 있습니다.

　　　　시워드의 아들과 많은 수의 젊은 애송이들이

　　　　자신들이 이제 막 성인이 되었다는 걸 과시하고 있지요.

멘티스 폭군은 뭘 하고 있습니까?

케이스네스 던시네인 성을 철통같이 방어하고 있습니다.

15   어떤 이는 미쳤다고 하고, 그를 덜 싫어하는 다른 이들은

　　　　그것을 용맹스러운 분노라고 부르기도 하지요.

　　　　그러나 확실한 건, 망가진 명분을

　　　　법이라는 끈으로 묶어놓을 수는 없다는 것입니다.

앵거스 이제 그도 느낄 겁니다.

20   은밀히 저지른 살인이 손에 엉겨 붙어 있는 걸 말입니다.

　　　　매 순간 번져가는 반란의 불길이 그의 배신을 질책하지요.

　　　　그가 지휘하는 이들은 그저 명령에 따라 움직일 뿐

　　　　애정은 없습니다. 지금쯤 그자도 왕의 칭호가

　　　　난쟁이 같은 도둑이 거인의 옷을 걸친 것처럼

25   축 늘어져 있다고 느낄 겁니다.

멘티스 그렇다면 그의 괴로운 마음이

　　　　움찔하고 놀라는 것도 당연하지요.

　　　　그자의 속에 있는 모든 것이

　　　　그곳에 있는 자신을 비난하는데.

30 **케이스네스** 자, 계속 행군합시다.

　　　　정말로 충성할 만한 상대에게 충성을 바칩시다.

　　　　병든 조국을 고칠 의사를 만나서

함께 우리 나라를 고칠 약을 바릅시다.

우리의 피 한 방울 한 방울을 모조리 바칩시다.

35 **레녹스** 아니면 왕재의 꽃에 물을 주고

잡초는 익사시킬 수 있을 만큼 피를 흘립시다.

버냄 숲을 향해 행군합시다.　　　　　　　　　**행군하며 모두 퇴장**

170

5막 3장*

맥베스, 의사, 시종들 등장

맥베스 더 이상 보고하지 말라, 모두 도망치라고 해라.
　버남 숲이 던시네인으로 다가오기 전에는
　두려워할 필요가 없다. 맬컴 같은 애송이가 뭐란 말인가?
　여자에게서 태어나지 않았는가?
5　인간의 모든 결과를 아는 정령은 내게 이렇게 선언했다.
　"맥베스여, 두려워 마라, 여자에게서 태어난 어떤 자도
　당신을 이기지 못하리니"라고. 배신하는 영주들은 달아나라,
　사치나 즐기는 잉글랜드 놈들과 한패가 되어라.
　나를 지배하는 마음과 내가 가진 심장은

*장소: 던시네인에 있는 맥베스의 성.

10   의혹으로 늘어지지도 않고, 공포로 떨지도 않으리라.

하인 등장

악마의 저주라도 받아 새까맣게 되어라, 이 허여멀건 멍청이
같으니.

어디서 그런 거위 같은 표정을 품게 되었나?

하인 일만…….

맥베스 거위 말이냐, 이놈아?

15 **하인** 병사들입니다, 전하.

맥베스 백합처럼 하얗게 질린 겁쟁이야, 네놈의 낯짝을 찔러서
공포보다 더 붉게 만들어라. 어떤 병사들 말인가?

저주라도 받아라, 하얀 천 같은 네 뺨이 다른 사람을 두렵게
만드는군.

무슨 병사 말이냐, 하얗게 질린 겁쟁이 같으니?

20 **하인** 황송합니다만, 잉글랜드 군입니다.

맥베스 그 얼굴 치우지 못할까!   [하인 퇴장]

　　　　　　　　　—세이턴! —저 꼴을 보면, 속이 메스껍구나.

—이보게, 세이턴! —이 공격은 계속 날 기분좋게 해주거나

아니면 쓰러뜨리겠지. 나는 충분히 살았어.

내 삶은 말라비틀어져서 잎이 노랗게 되었지.

25 명예, 사랑, 복종, 한 무리의 친구들처럼

나이가 들면 당연히 따라오는 것들을

가질 생각은 하지 말아야겠지. 대신,

소리가 낮아도 깊은 저주, 입에 발린 찬사가 있겠지.

가련한 내 마음은 그걸 기꺼이 거부하고 싶지만

30   감히 그러지 못하는구나. —세이턴!

세이턴 등장

세이턴 무슨 일이십니까, 전하?

맥베스 새로운 소식이 있는가?

세이턴 전하, 보고드린 대로 모두 사실입니다.

맥베스 싸우리라, 내 뼈에서 살점이 다 뜯겨 나가더라도.

35   갑옷을 다오.

세이턴 아직은 필요 없으십니다.

맥베스 입겠다.

기병을 더 내보내서 주변을 정찰케 하라.

공포 따위를 말하는 놈들은 목을 베어라. 갑옷을 다오.

세이턴이 갑옷을 가져온다

40   —의사 선생, 환자는 어떻게 지내오?

의사 전하, 몸이 편찮으시다기보다는

우르르 나타나는 헛것들에 괴로워

안식을 취하지 못하시는 겁니다.

맥베스 그걸 치료해주시오.

45   상처 입은 마음을 치료할 수 없다면

뿌리박힌 슬픔을 기억에서 뽑아버리시오.

머릿속에 기록된 괴로움을 잘라내고

감미로운 망각의 해독제를 써서

마음을 무겁게 하는 저 해로운 물질을

답답한 가슴에서 씻어내시오.

50 **의사** 그건 환자 자신이

직접 하셔야 하는 일입니다.

맥베스 약은 개에게나 주어버려라. 나는 필요 없다.

—와라, 내 갑옷을 입혀다오, 내 지휘봉을   갑옷을 입히는 시종들에게

다오.

세이턴, 정찰대를 내보내라. 의사 선생, 영주들이 나한테서

55 도망가는구려.

—자, 서둘러라. —의사 선생, 할 수 있다면

내 땅의 물을 조사하고, 왕비의 병을 알아내서,

깨끗하게 건강한 원래 상태로 정화시키시오.

. 내가 당신에게 보내는 찬사가 메아리쳐서

다시 당신을 칭찬하게 하겠소. —그건 벗겨라.   시종들에게

60 —장군풀, 센나, 아니면 어떤 변통약이 있어야   의사에게

이 잉글랜드 놈들을 몰아낼 수 있을까? 들어본 적 있소?

의사 예, 전하. 전하께서 전투 준비를 하시니

저희도 소식을 들을 수 있었습니다.

맥베스 가지고 따라오너라.   세이턴 또는 시종에게

65 버남 숲이 던시네인으로 다가오기 전에는

죽음도 파멸도 두려워하지 않겠다.

의사 내가 던시네인에서 벗어날 수 있다면   방백

아무리 돈을 많이 줘도 여기로는 오지 않겠다.   **모두 퇴장**

174

5막 4장[*]

고수와 기수 등장. 맬컴, 시워드, 맥더프, 시워드의 아들, 멘티스, 케이스네스, 앵거스와 병사들이 행진하며 등장

맬컴 여러분, 안방이 안전한 그런 날이

　머지않은 것 같소.

멘티스 분명 그런 것 같습니다.

시워드 우리 앞에 있는 이건 어떤 숲이오?

5 **멘티스** 버남 숲입니다.

맬컴 병사들에게 모두 나뭇가지를 잘라서

　앞을 가리라고 하라. 그래서 우리 군대의

　숫자를 숨겨서 정찰대가

[*]장소: 버남 숲 근처.

잘못된 보고를 하게 만들어라.

10 **병사** 분부대로 하겠습니다.

시워드 자신만만한 폭군이 던시네인에 계속 머물러서

그 앞에 우리가 진을 치는 걸 내버려 둘 거라는

그것만 알고 있습니다.

맬컴 그럴 수밖에 없을 겁니다.

15 기회만 있으면

신분이 높건 낮건 모두 그에게 반기를 들었고

마음은 없는 속박당한 자들만이

그자를 섬기고 있으니까요.

맥더프 정확한 평가는

20 진짜 전투에서 내리고, 우리는

분발하고 노력하는 군인의 직분을 다합시다.

시워드 우리가 가진 것과 잃은 것을

정확히 파악해서 말할 때가

다가오고 있습니다.

25 상상은 불확실한 희망을 주지만,

실제 전투를 해야 확실한 결과가 드러날 겁니다.

결과를 향해 진군합시다.　　　　　　　　　　　**행진하며 모두 퇴장**

5막 5장*

맥베스, 세이턴, 병사들, 고수와 기수 등장

맥베스 성벽 바깥에 깃발을 내걸어라.

아직도 "그들이 온다"고 외치는구나.

이 성은 튼튼해서 포위쯤은 가소롭지. 포위할 테면 해봐.

놈들은 기근과 열병에 시달리게 될 거다.

5 놈들이 우리 편과 연합하지 않았다면

확실히 수염이 닿을 거리에서 마주하여

패배시켜 집으로 쫓아내리라.

안에서 여인의 울음소리

저 소리는 무엇인가?

*장소: 던시네인에 있는 맥베스의 성.

세이턴 여인의 울음소리입니다, 전하.　　　　*퇴장하거나 문 쪽으로 간다*

맥베스 공포의 맛이 어떤지 거의 잊었구나.

10　　한밤에 비명 소리를 들으면 내 감각이 얼어붙고

　　음산한 이야기에 마치 생명이라도 있는 듯

　　내 머리카락이 곤두서는 그런 때가 있었지.

　　공포를 맛볼 만큼 맛보고 나니,

　　내 잔혹한 생각과 흡사한 공포도

15　　놀랍지가 않구나.　　　　*세이턴이 다시 들어오거나 앞으로 나선다*

　　　　　　─저 울음소리는 무엇 때문인가?　　*세이턴에게*

세이턴 전하, 왕비께서 돌아가셨습니다.

맥베스 좀 더 있다 죽어야 했다.

　　그런 말이 잘 맞는 때가 있을 것이다.

　　내일, 내일, 또 내일,

20　　날마다 이런 작은 걸음으로

　　기록된 시간의 마지막 음절까지 기어간다.

　　그리고 우리의 모든 어제는 바보들에게

　　먼지 자욱한 죽음으로 이르는 길을 밝혀왔다. 꺼져라, 꺼져

라, 짧은 촛불이여.

　　인생은 그저 걸어 다니는 그림자, 무대 위에서

25　　거들먹거리며 초조하게 자신의 시간을 보내다가

　　더 이상 아무 소리도 들리지 않는 가련한 배우,

　　아무런 의미 없는 소리와 분노로 가득 찬

　　백치의 이야기일 뿐.

전령 등장

혓바닥을 놀리러 왔으면, 빨리 이야기나 하라.

30 **전령** 전하,

제가 본 것을 보고드려야 합니다만,

어떻게 해야 할지 모르겠습니다.

맥베스 음, 말하라.

전령 언덕 위에서 보초를 서고 있을 때

35 버남 숲 쪽을 바라보자, 이내

그 숲이 움직이기 시작한 것 같았습니다.

맥베스 이런 거짓말쟁이에 멍청이 같으니!

전령 사실이 아니라면 노여움을 달게 받겠습니다.

삼 마일 이내에서 다가오는 것을 보실 수 있습니다.

40 말하자면, 움직이는 숲입니다.

맥베스 만약 거짓을 고했다면

가장 가까운 나무에 산 채로 매달아

배고픔이 네게 꽉 달라붙게 하겠다.

네 말이 사실이라면, 나를 그렇게 해도 좋다.

45 —결심을 단단히 해야겠다. 마치 진실인 양 거짓을 말하는

마귀의 애매한 말도 의심스러워지기 시작한다.

'두려워 말라, 버남 숲이 던시네인으로 오기 전에는.'

그런데 이젠 숲이 던시네인을 향해 다가오는구나.

—무장하라, 무장하라, 그리고 출전하라!

50 만약 이놈이 단언한 것이 나타난다면,

도망치거나 어슬렁거릴 수도 없지 않은가.

—태양이 지겨워진다.

지금 세상이 파멸했으면.

—경종을 울려라! 바람아 불어라, 파멸이여 오라.

55   짐은 최소한 등에 갑옷을 지고 죽을 것이다.   모두 퇴장

5막 6장*

고수와 기수 등장. 맬컴, 시워드, 맥더프와 군대가 나뭇가지를 들고 등장

맬컴 자, 이제 되었다. 나뭇잎 가리개는 버리고,
본모습을 드러내라. 숙부님, 숙부님이
당신의 고귀한 아들인 제 사촌과 함께
선봉을 맡아주세요. 맥더프와 저는
5 전투 계획에 따라
남은 일을 처리하겠습니다.
시워드 잘 가십시오.
폭군의 군대를 오늘 밤 발견한다면
목숨을 걸고 맞서 싸우겠습니다.

*장소: 던시네인에 있는 맥베스의 성 외부.

10 **맥더프** 나팔을 불어라. 온 숨을 다해 불어라.

피와 죽음을 알리는 나팔을 크게 불어라.

모두 퇴장. 비상 신호가 계속된다

5막 7장

맥베스 등장

맥베스 그들이 나를 말뚝에 묶어놓아서 달아날 수 없다.

그러니 나는 끝까지 곰처럼 싸워야 한다.

여자에게서 태어나지 않은 그는 누구인가?

그런 자가 아니면 누구도 두려워할 필요가 없다.

젊은 시워드 등장

5 **젊은 시워드** 네놈의 이름은 뭐냐?

맥베스 이름을 들으면 겁이 날 텐데.

젊은 시워드 절대. 지옥에 있는 누구보다

더 섬뜩한 이름을 대더라도 무섭지 않다.

맥베스 내 이름은 맥베스다.

10 **젊은 시워드** 악마조차 내 귀에 더 혐오스러운

이름을 대지 못할 것이다.

맥베스 아니다, '더 두려운'이라고 해야지.

젊은 시워드 이 혐오스러운 폭군, 어디서 헛소리냐.

내 칼로 네놈의 거짓을 증명할 테다.

싸우다가 젊은 시워드가 살해당한다

15 **맥베스** 네놈은 여자에게서 태어났구나.

여자가 낳은 놈이 휘두르는

칼은 가소롭고, 무기도 우습다. **퇴장**

나팔 소리. 맥더프 등장

맥더프 소리가 저쪽에서 들리는군. 이 폭군, 네 얼굴을 보여라.

네놈이 죽더라도 내 칼로 베지 못하면

20 내 아내와 아이들의 유령이 나를 괴롭힐 것이다.

팔로 창을 들라고 고용된

불쌍한 경보병을 공격할 수는 없지.

맥베스, 네놈이 아니라면 날이 닳지 않은 내 칼은

쓰지도 못하고 다시 칼집에 넣어야겠지. 네놈은 거기 틀림없

이 있을 것이다.

25 이 요란하고 시끄러운 소리를 보니, 그야말로 악명 높은

놈이로군. 행운의 여신이여, 내가 그를 찾게 해주시오.

더 이상은 바라지 않소. **퇴장. 비상 신호**

맬컴과 시워드 등장

시워드 왕자님, 이쪽으로 오시지요. 성은 순순히 내줬습니다.

폭군의 부하들이 양편으로 나뉘어 싸우고,

30   영주들도 전장에서 용감하게 싸우고 있습니다.

        승리는 거의 왕자님의 것이라고 선언하고 있으니,

        이젠 할 일도 거의 없습니다.

맬컴 우리 편이 되어 싸우는 적병을 보기도 했습니다.

시워드 성으로 들어가시지요.   모두 퇴장. 비상 신호

맥베스 등장

35 **맥베스** 왜 내가 로마 바보들처럼 내 칼에 죽어야 하겠는가?

        살아 있는 놈이 눈에 띄면

        모조리 베어버리고 말겠다.

맥더프 등장

맥더프 돌아서라, 지옥의 사냥개야, 몸을 돌려라.

맥베스 모든 사람 중에 네놈만은 내가 피해왔는데.

40   돌아가라. 내 영혼은 이미 그대의 피로

        너무도 무겁다.

맥더프 말은 하지 않겠다.

        내 목소리는 이 칼 속에 있다.

        이 말로 표현할 수 없는 잔인한 악당 같으니.   싸운다. 비상 신호

45 **맥베스** 헛수고일 뿐이다.

        내게 피를 흘리게 하는 건 네놈의 날카로운 칼로

        벨 수 없는 공기를 가르는 것과 같다.

        네놈의 칼날은 베기 쉬운 투구를 내리쳐라.

        내 생명은 마술이 지키고 있어서

50   여자에게서 태어난 자에게는 굴복하지 않는다.

맥더프 그 마력은 포기해라.

네놈이 지금껏 섬겨온 수호천사가 이렇게 말하게 하라.

맥더프는 어머니의 자궁에서

일찍 배를 가르고 나왔다고.

55 **맥베스** 그렇게 말하는 그 혀에 저주가 내리길.

그 말에 내 기가 꺾이는구나.

이중적인 의미로 애매하게 말하는

이 기만적인 마귀들은 더 이상 믿지 말아야지.

우리 귀에 대고 약속의 말을 하고는

60 우리의 기대를 깨버리는 그런 것들. 너와는 싸우지 않겠다.

맥더프 그러면 항복하라, 겁쟁이야.

살아서 세상 사람들의 장난거리와 놀림감이 되어라.

우리는 희한한 괴물로 네놈을

장대에 내걸고, 그 밑에 이렇게 쓰리라.

65 "폭군이 여기 있다."

맥베스 나는 항복해서

풋내기 맬컴의 발밑에 있는 땅에 키스하고

폭도들의 저주로 괴롭힘을 당하진 않겠다.

버남 숲이 던시네인으로 다가오고

70 여자한테서 태어나지 않은 자네와 맞닥뜨리더라도,

마지막까지 맞서볼 테다. 방패를

내 몸 앞에 던져버리겠다. 덤벼라, 맥더프,

'그만, 이제 됐다!'라고 먼저 외치는 자는 저주를 받으리라.

186

싸우며 등장, 맥베스가 살해당한다

[맥베스의 시체를 끌고 맥더프 퇴장]

퇴각하는 소리와 팡파르. 고수, 기수와 함께 맬컴, 시워드, 로스, 귀족들과
병사들 등장

맬컴 기다리던 친구들이 안전하게 도착했으면 좋겠습니다.

75 **시워드** 몇몇은 목숨을 잃어야 했지만, 보아하니

이렇게 큰 승리치고는 싼값에 얻은 셈이지요.

맬컴 맥더프와 숙부님의 아들이 보이지 않는군요.

로스 아드님은 군인의 빚을 갚았습니다. 시워드에게

겨우 남자가 될 때까지 살았습니다만,

80 움츠리지 않는 자세로 맞서 싸워서

용맹함을 증명하자마자

사나이처럼 목숨을 잃었답니다.

시워드 그럼 죽었단 말인가?

로스 예, 전쟁터에서 모셔왔습니다. 장군이 슬퍼하시는 원인을

85 아드님의 가치로 가늠하지는 마십시오.

그러면 끝이 없을 테니까요.

시워드 정면에 상처를 입었소?

로스 예, 정면이었습니다.

시워드 그렇다면, 하느님의 병사가 되어라!

90 아들이 머리털처럼 많다 해도

더 훌륭한 죽음을 바라진 못하오.

이것으로 애도를 마칩시다.

맬컴 그는 더 애도를 할 가치가 있습니다.

그를 위해 좀 더 애도를 하겠습니다.

95 **시워드** 더 애도할 필요는 없습니다.

그는 훌륭히 떠났고 의무도 다했습니다.

그러니 하느님께서 함께하시길! 여기 위로가 될 기쁜 소식이

오는군요.

맥베스의 머리를 들고 맥더프 등장

맥더프 만세, 이제 국왕이 되셨습니다. 저기 걸린

찬탈자의 저주스러운 머리를 보십시오. 이제 세상은 해방되

었습니다.

100 전하는 이 나라의 보석 같은 귀족들로 둘러싸여 있으십니다.

제 목소리와 함께

그들도 소리 높이 외쳤으면 합니다.

만세, 스코틀랜드의 국왕이시여! **팡파르**

모두 만세, 스코틀랜드의 국왕이시여!

105 **맬컴** 오랜 시간이 걸리진 않을 거요.

여러분 각각의 사랑을 헤아려서

짐이 빚을 갚겠소.

영주들과 친족들은, 지금부터는 백작이 될 거요.

스코틀랜드에서 최초로 그런 영광을 누리게 될 것이오.

110 새 시대에 맞춰서 새로이 해야 할 일이 남았소.

폭군의 감시망을 피해 외국으로 망명했던

친구들을 고국으로 부릅시다.

이 죽어버린 백정 놈과

자기 손으로 잔인하게

목숨을 끊었다고 하는 마귀 같은 왕비,

이들의 잔인한 수족을 색출해야 합니다.

이 일과 우리에게 요구되는 다른 필요한 일을

하느님의 은총으로 정도, 때와 장소에 맞게 처리할 것이오.

여러분 모두에게 그리고 한 명 한 명에게 고마움을 표하며

스코운에서 거행할 대관식에 참석해주기를 청하오.

팡파르. 모두 퇴장

노래*

노래 1: 3막 5장의 끝부분

보이지 않는 정령들 오세요, 빨리 오세요.   위에서

　헤카테 님, 헤카테 님, 오, 빨리 오세요!

헤카테 갑니다, 가요, 갑니다, 가요.

　최대한 빨리,

5　달려가겠소.

　스태들린은 어디에 있지?

보이지 않는 정령 여기요.

헤카테 퍼클은 어디 있지?

보이지 않는 정령 여기요.

*셰익스피어가 은퇴한 이후의 공연에 사용되었으며 토머스 미들턴이 쓴 것이 분명
하다.

10 **보이지 않는 정령들** 호포도 있고, 헬웨이도 있어요.

　당신만 없어요, 당신만 없죠.

　오세요, 수를 채우세요.

헤카테 금방 의식만 치르고 올라가겠소.

　금방 의식만 치르고 올라가겠소.

고양이처럼 생긴 정령인 맬킨이 내려온다

15 **보이지 않는 정령들** 제 몫을 가져가려 내려오는군.

　키스, 포옹, 피 한 모금,

　왜 이리 오래 걸리는지, 왜 그럴까.

　공기는 상쾌하고 좋은데.

헤카테 아, 왔소? 새 소식은, 소식 있소?

20 **맬킨** 원하는 대로 잘되고 있어요.

　오시지 않을 거라면

　거절하세요, 거절하세요.

헤카테 이제 날아갈 준비가 되었군.　　　　　위로 올라간다

　이제 떠난다, 아, 이제 날아간다.

25 　사랑스러운 나의 정령 맬킨과 내가 간다.

　얼마나 우아한 기쁨인가

　달이 아름답게 비칠 때

　공기를 타고 날아가며

　즐겁게 노래하고 장난치고 입 맞추다니!

30 　숲을 넘고, 높은 바위와 산을 넘어

　바다를 넘고, 수정 분수를 넘어

192

뽀족탑, 망루, 작은 탑을 넘어

한밤 동안 정령들의 무리 속으로 날아간다.

우리 귀에는 종소리조차 들리지 않고

35 늑대 울음도 사냥개 짖는 소리도 들리지 않고

물살 부서지는 소리도 들리지 않고

위협스러운 대포 소리도 이렇게 높은 곳에는 이르지 못하네.

보이지 않는 정령들 우리 귀에는 종소리조차 들리지 않고

늑대 울음도 사냥개 짖는 소리도 들리지 않고

40 물살 부서지는 소리도 들리지 않고

위협스러운 대포 소리도 이렇게 높은 곳에는 이르지 못하네.

[모두 퇴장]

노래 2: 4막 1장에서 맥베스의 등장 전에 부르는 노래

헤카테 검은 정령, 하얀, 붉은, 잿빛의 정령들이여.

할 수 있는 건 모두 섞이고, 섞이고, 섞여라.

마녀 4 티티, 티핀, 걸쭉한 상태로 있게 하라.

파이어드레이크, 퍼키, 운을 불어넣어라.

5 라이어드, 로빈, 확 들어가라.

모두 주위를 빙, 빙, 돌고 돌아라.

온갖 악은 몰려들고, 모든 선은 몰아내라.

마녀 4 여기 박쥐의 피가 있어요.

헤카테 넣어라, 오, 집어넣어라!

마녀 5 표범의 독도 있지요.

헤카테 한 방울 넣어라.

마녀 4 두꺼비의 체액, 살무사의 독입니다.

마녀 1 그게 마법을 더 강력하게 만들어줄 테지.

헤카테 집어넣어라, 다 넣었으면 냄새를 없애라.

마녀 6 아뇨. 여기 빨간 머리 계집애 3온스를 넣어야지요.

모두 주위를 빙, 빙, 돌고 돌아라.

온갖 악은 몰려들고, 모든 선은 몰아내라. [헤카테와 다른 세 마녀 퇴장]

1막 1장

세 명의 변덕스러운 자매들은 극에 초자연적인 요소들을 도입하고 어둡고 사악한 분위기를 흩어놓은 다음, 나중에 맥베스 앞에 나타나기로 약속을 정한다. "아름다운 것은 추하고 추한 것은 아름답네"라는 그들의 주문은 전도된 가치를 들여오고 폭풍우는 자연의 무질서를 불러일으킨다.

1막 2장

부상당한 부관이 반역자 맥도널드와의 전투에 대해 보고한다. 그는 "용감한" 맥베스가 용감하지만 잔인하게 "배꼽부터 턱까지 이음매를 잘라내어" 맥도널드를 처형한 것을 묘사한다. 로스는 맥도널드의 노르웨이 연합군에 관한 소식을 가져오며, 그들의 수가 "엄청나게 많은" 데다 던컨 왕에 대한 반역자인 코도 영주의 도움을 받고 있지만, "벨로나의 남편"인 맥베스에 의해 패퇴했다고 보고한다. 던컨은 코도 영주를 처형하고 맥베스에게 그 직함을 넘기라고 선언하는데, 아이러니하게도 "코도 영주는 더 이상 짐을 배신치 못하게 하겠소"라고 말한다.

1막 3장

1~38행 변덕스러운 세 자매는 기다리는 동안 그들의 잔인한 본성을 드러낸다. 그들은 맥베스가 오는 소리를 듣고서 "주문이 다 걸"릴 때까지 마법을 걸고, 추진력을 얻을 사건들을 작동시키는데, 그 이미지는 극이 진행되는 내내 반복된다.

39~91행 "이렇게 궂고도 좋은" 날이라는 맥베스의 언급이 1막 1장에서의 변덕스러운 자매들의 말을 되울림한다. 그 자매들의 모습에 대한 뱅쿠오의 반응은 그들이 지닌 비인간적인 특성을 강화시킨다. 그들은 "땅 위에서 사는 사람 같지 않"다. 그는 그들이 "여자가 분명한데", 턱수염을 보면 그렇지 않은 것 같다고 말한다. 성이 문제가 되는 것이다. 맥베스는 그들이 말을 하기를 원하고, 그들은 그를 "글램즈의 영주"로 칭송하는데, 그는 이미 그 직함을 보유하고 있다. 그러나 그다음에 자매들은 "코도의 영주" 그리고 "장차 왕이 되실 분"이라고 경축한다. 뱅쿠오는 맥베스의 반응에 대해 의문을 품는다. 그가 "이렇게 듣기 좋은 말에 / 왜 그리 놀라"는지를 묻는 것이다. 그런 다음 뱅쿠오는 자신에게는 어떤 미래가 예정되어 있는지를 묻

는다. 세 사람의 변덕스러운 자매는 뱅쿠오의 자손이 왕이 될 것이라며, 뱅쿠오는 맥베스보다 "못하지만" 더 "위대"하게 될 것이라고 말한다. 맥베스는 이것이 "가망 없는 일"인데 어떻게 자신이 코도의 영주나 왕이 될 수 있는지 묻지만, 자매들은 더 이상 말을 하지 않고 사라진다. 그들의 공기 같은 특성은 맥베스와 뱅쿠오가 그들을 "거품", "공기", 그리고 "숨결"이라는 단어로 묘사함으로써 강화된다. 뱅쿠오는 그들의 존재에 의문을 표하지만 맥베스는 예언에 관심을 기울인다.

92~171행 로스는 맥베스가 이제 코도의 영주라고 전한다. 맥베스는 "왜 나에게 남의 옷을 입히려 하시오?"라고 묻는데, 의상과 숨김과 변장의 이미지가 반복되어 강조된다. 앵거스는 코도가 반역죄로 처형당했다고 설명한다. 이 장면에서 이 순간 이후로 맥베스는 방백 횟수가 늘어남으로써 다른 등장인물들과 분리되는데, 이는 자신의 사적인 측면과 공적인 측면 사이의 분리와 긴장을 나타낸다. 맥베스는 뱅쿠오에게 이제 예언의 일부가 실현되었으니 그의 자손들이 왕이 되기를 기대하는지 묻지만, 뱅쿠오는 확신하지 못하며 "지옥의 앞잡이들이" 오로지 우리를 "배신"하기 위해 "진실을 말하기도" 한다고 경고한다. 맥베스는 그 예언에 관해 방백을 하는데, 자신이 왕이 되는 "웅대한 연극"을 향해 마음이 움직인다. 우리는 맥베스의 마음이 그에게 "끔찍한 모습"을 제시할 때 이미 운명을 자신의 손으로 받아들이려고 생각한다는 것을 알 수 있다. 그는 "올 테면

오라지"라고 결론을 내리는데, 이는 시간, 운명, 그리고 불가피함에 대한 그의 많은 언급 중의 하나이다.

1막 4장

던컨 왕의 장남인 맬컴이 코도의 처형 사실을 보고한다. 던컨은 왕위 계승자를 맬컴으로 정하고 컴벌랜드 공이라는 직함을 내리기 전에 맥베스를 칭송한다. 맥베스는 맥베스 부인에게 던컨의 방문 소식을 알리기 위해 자리를 피하고, 방백으로 그의 "시커멓고 깊은 욕망"을 밝힌다. 그의 방백과 던컨과의 대화가 보여주는 대조는 그의 야심과 충성심 사이의 커져가는 긴장을 강화시킨다.

1막 5장

맥베스 부인은 변덕스러운 세 자매의 예언을 전하는 맥베스의 편지를 읽지만, 왕이 되는 "가장 가까운 길을 택하기에는" 그가 "인정이라는 유약함이 너무도 가득 차" 있음을 걱정하며 "(그녀의) 혀의 힘"이 없다면, 그는 행동으로 옮기지 않을 것이라 말한다. 맥베스 부인의 주문 같은 독백은 정령들로 하여금 그녀에게서 "여성성을 없애"고 "무시무시한 잔인함"으로 그녀를 채우도록 기원한다. 그녀는 자신의 여성성을 거부하고, 이를 통해 연상되는 유약함과 동정심이라는 전형성을 거부하는 것이다. 맥베스가 도착하자 그녀는 그에게 감정을 덜 드러내고 진정한 자아를 숨기라고 다그침으로써 그에 대한 확고한 지배력을 보여준다. "겉으로는 순진한 꽃처럼 보이세요. / 하지만 그 아래에서 독사가 되어야 합니다"라고 그녀는 말한다. 다른 일은 모두 그녀가 처리할 생각이다.

1막 6장

맥베스 부인이 궁정에서 던컨을 맞이한다.

1막 7장

맥베스의 독백은 자신의 친척이자 왕일 뿐 아니라 손님이기도 해서 "이중으로 믿고" 그곳을 찾은 던컨 왕을 살해할 때의 도덕적 결과에 주목하며 그의 우유부단함을 드러낸다. 던컨의 훌륭한 점을 묘사하면서, 맥베스는 자신의 "분에 넘치는 야망" 외에는 살인을 저지를 추진력이 없다고 인정한다. 맥베스 부인이 끼어들자, 맥베스는 그녀에게 계획을 계속 실행할 수 없다고 말한다. 맥베스 부인은 다시 "과감히 그렇게 말씀하셨을 때, 당신은 사나이셨어요"라며 맥베스의 남성성에 의문을 제기함으로써 그를 조종할 수 있는 능력과 우월함을 보여준다. 맥베스가 전통적인 성역할에 어울리게 행동해야 한다는 이러한 요구에도 불구하고, 맥베스 부인 스스로는 다시 한번 이를 거부한다. 어떤 일을 하겠다고 맹세했으니 가슴에서 젖을 빠는 아이를 떼어내서 머리를 박살 내는 일일지라도 자신은 그렇게 하겠다고 주장하는 것이다. 던컨 왕의 경비병들을 술에 취하게 만들고, 그런 다음 던컨이 잠들면, 그들이 그를 죽인 것으로 만드는 것이 그녀의 계획이다. 그녀의 과감함에 자극을 받은 맥베스는 그녀가 "사내아이만 낳아야" 할 것이라고 말한다. 맥베스는 행동의 과정에서 "결심했소"라고 선언하고, 자신의 "거짓된 마음"을 "거짓된 얼굴"로 숨겨야만 한다고 말을 마무리 짓는다.

2막 1장

1~37행 뱅쿠오와 그의 아들 플리언스가 밤의 완전한 어둠, 악과 은밀함을 떠올리게 하는 이미지에 관해 이야기할 때, 맥베스가 들어온다. 뱅쿠오는 맥베스가 "아직 잠들지 않"은 것에 깜짝 놀라고 변덕스러운 세 자매에 관한 꿈을 꾸었다고 그에게 말한다. 맥베스는 "그 생각은 못 했"다고 거짓말을 하지만, 언젠가 뱅쿠오와 이야기를 나누고 싶다고 제안한다. 맥베스는 뱅쿠오가 자신에게 충성한다면 이익이 될 것이라고 모호하게 말한다. 뱅쿠오와 플리언스는 물러난다.

38~71행 맥베스는 하인을 보내 맥베스 부인에게 마실 것이 준비되면 벨을 울리도록 전하라고 시킨다. 이는 관객들도 기다리고 있었을지 모르는 신호인데, 이어지는 맥베스의 독백의 긴장감을 높인다. 홀로 남아 있게 되자, 맥베스는 자신의 앞에서 둥둥 떠다니는 단검을 보지만 던컨의 방을 향해 그를 인도하는 것처럼 보이는 그것이 실제인지 아니면 "열병에 걸린 머리"가 만든 "망상의 산물"인지 묻는다. 그의 대사는 밤과 마법과 악의

분위기를 자아내고, 벨이 울리자 그는 "내가 가면, 일은 끝난 다"고 선언하는데, 대사를 시작할 때의 질문하는 듯한 어조와 대조되어 돌이킬 수 없는 결정임을 강조한다.

2막 2장

맥베스 부인이 던컨의 하인들이 먹을 "밀크주(잠자리에 들 때 먹는 음료)"에 "약"을 너무 많이 타서 하인들은 거의 죽기 직전 의 상태에 이른다. 그녀는 스스로 "대담"하며 "불"로 가득 차 있 다고 느낀다. 그러나 맥베스의 말을 듣자, 만약 하인들이 다시 깨어날까 걱정하면서 그녀의 자신감과 대사는 움찔거린다. 그 녀는 던컨이 "잠자는 모습이 / 아버지를 닮"아서 죽일 수 없었 음을 밝힌다. 맥베스는 들어서서 "일을 해치웠소"라고 선언한 다. 그는 괴로움에 지쳐서 그들이 기도하는 소리를 엿들었을 때 맬컴과 도날베인(아니면 혹시 하인들?)을 따라 "아멘"이라 고 말하지 못했던 것에 집착한다. 그는 또한 누군가가 "맥베스 가 잠을 죽였어"라고 외치는 소리를 듣기도 한다. 그의 명백한 연약함은 맥베스 부인의 강인함을 새롭게 해주는 것처럼 보이 고, 두 사람 사이의 힘의 역학 관계에서 새로운 변화를 만들어 낸다. 그녀는 맥베스가 하인들의 단검을 쥐고 온 실수를 알아 채고는 다시 돌려놓고 오라고 명령한다. 맥베스는 이를 거부하 고, "마음이 약"한 자신을 자책한다. 맥베스 부인은 단검을 가 지고 가서 하인들이 죄를 지은 것처럼 보이도록 던컨의 피를 하인들에게 묻혀놓으려 한다. 그녀가 없는 동안, 맥베스는 노크 소리에 불안해하고, 자신의 손에서 피를 씻어내지 못할 것이라고 걱정한다. 그의 아내가 돌아와서, 자신의 손이 그의 손과 마찬가지로 핏빛(그들이 함께 지닌 죄의식의 시각적 상징)이지만, "약간의 물"이면 그 피를 씻어내고 "우리가 한 짓이 깨끗이 지워질" 것이라고 말한다. 맥베스 부인은 씻기고 잠옷을 입히기 위해 그를 데리고 그곳을 떠난다.

2막 3장

1~34행 이 극에서 "희극적" 요소를 지닌 유일한 에피소드인 이 장면에서 문지기는 자신을 지옥의 문지기라고 상상하며 문으로 다가간다. 이 장면은 앞 장면의 사건들 뒤에 벌어져서 아이러니하고 암울한 유머를 제공한다. 계속되는 노크 소리는 안식과 잠이 영원히 사라졌다는 맥베스의 말을 강조한다.

35~82행 맥더프와 레녹스는 맥베스를 찾고, 맥베스는 그들을 맞으면서 던컨 왕이 아직 깨지 않았다고 말한다. 맥베스는 그들을 국왕의 침실 문 앞으로 데려가고 맥더프가 안으로 들어가자 레녹스와 함께 기다린다. 레녹스는 "사나웠"던 전날 밤을 묘사하는데, 폭풍우가 불길한 징조임을 암시한다. 맥더프는 공포에 사로잡혀 돌아온다. 던컨의 시체를 발견한 것이다. 맥더프는 다른 두 사람을 안으로 들여보내고 소리를 지르며 식솔들을 깨우고 경종을 울리라고 지시한다.

83~161행 사람들이 무대 위와 밖에서 움직이면서 소리를 질러대고 짧고 단편적인 대화를 나누는 등 이 장면의 나머지 부분이 지니는 특징이라 할 수 있는 혼란은 던컨의 살해로 생겨난 무질서를 강조한다. 맥베스 부인은 그들이 왜 깨어났는지 알고 싶어 하지만, 아이러니하게도 맥더프는 "부인"이 듣기에 어울리지 않는 일이라며 맥베스와 레녹스가 다시 들어올 때 뱅쿠오에게 살해 소식을 알린다. 맥베스는 "공적인" 역할에 맞게 어떻게 "생명의 포도주가 빠져나"갔는지에 관해 공식적인 연설을 하고, 맬컴과 도날베인이 도착해서 아버지의 죽음을 전해 듣는다. 레녹스는 던컨의 하인들과 그들의 단검이 피로 뒤덮여 있었기에 하인들이 던컨을 살해한 것 같다고 설명한다. 맥베스는 격분하여 자신이 그 하인들을 죽였다고 주장한다. 그러나 맥더프가 맥베스에게 질문하는 순간, 맥베스 부인이 기절하는 것처럼 보이는 바람에 사람들의 관심은 남편에게서 그녀에게로 옮겨간다. 맥더프와 뱅쿠오가 도움을 요청하고 맥베스는 모두 무장할 것을 제안하고, 맬컴과 도날베인은 사태를 논의한다. 자신들이 다음 희생자가 될지도 모른다는 두려움에 그들은 잉글랜드와 아일랜드로 떠난다.

2막 4장

로스는 낮인데도 대지를 "무덤 속처럼 감싸"는 어둠처럼 사건을 둘러싼 이상한 징조에 대해 이야기한다. 이는 맥베스에 의한 자연 질서의 전복을 반영한다. 맥더프가 도착하여 던컨의 하인들이 살해에 대한 책임이 있다고 보고하고, 도망친 맬컴과 도날베인이 이들을 고용한 것으로 사람들은 믿는다. 로스는 "왕위는 맥베스 장군에게 돌아"갈 것이라 언급하고 맥더프는 그가 이미 왕관을 쓰기 위해 스코운으로 갔다고 말한다. 로스는 즉위식에 갈 생각이지만, 맥더프는 파이프에 있는 집으로 간다.

3막 1장

1~46행 뱅쿠오는 어떻게 해서 변덕스러운 세 자매의 예언이 지금 왕이 된 맥베스에게 실현되었는지 곰곰 생각하지만, 맥베스가 이를 얻기 위해 "정말로 사악한" 짓을 "저지른 건 아닌지" 두렵다. 그는 또한 "많은 왕들의 뿌리이자 아버지"가 될 것이라는 자신에 대한 자매들의 예언을 생각하고는 그것이 사실일지 궁금해한다. 뱅쿠오는 맥베스와 맥베스 부인이 다가오는 소리를 듣고 멈추어 서고, 그들은 뱅쿠오가 그날 밤 연회의 "주빈"이라고 치켜세운다. 맥베스는 그날 오후 뱅쿠오가 플리언스와 함께 말을 타고 갈 생각인지 묻는데, 얼마나 멀리 갈지 물어본 다음 늦지 않게 돌아오라고 재촉한다. 그런 다음 "일곱 시까지는 / 모두 각자 자신의 시간의 주인이" 되라고 선언하는데, 시간의 문제를 다시 제기하고 자신을 둘러싼 세상의 "주인이" 될 맥베스 자신의 시도에 주의를 기울이게 만든다.

47~151행 다른 사람들이 떠나자, 맥베스는 궁궐 밖에서 자신

을 기다리는 남자들을 불러오라고 시킨다. 그는 뱅쿠오의 "왕족으로서의 성품"에 관해 곰곰 생각한다. 이로 인해 뱅쿠오는 맥베스가 두려워할 유일한 사람이 된다. 뱅쿠오는 왕들의 아버지가 될 것이지만 맥베스 자신은 "결실 없는 왕관"을 쓸 것이라는 변덕스러운 자매들의 예언을 기억하자, 자신이 "뱅쿠오의 후손"을 위해 던컨을 살해하고 불사의 영혼을 포기한 셈이 된 것임을 깨닫는다. 하인이 남자들을 데리고 들어와서 그를 방해하는데, 그 남자들은 고용된 자객들이다. 맥베스는 뱅쿠오가 그들에게 해코지를 했다고 설득했던 예전의 대화를 상기시킨다. 그들은 설득당하고, 맥베스는 그들에게 그날 밤 궁궐에서 멀리 떨어진 곳에서 플리언스도 죽이라고 지시한다. 궁궐로부터 그 일을 멀리 떨어지게 하는 것과 이 장면이 시작될 때 살해자들을 궁궐 문 밖에 있게 하는 것은 사악한 개인적인 천성을 자신의 공적인 체면으로부터 분리하려는 맥베스의 계속되는 시도를 보여준다.

3막 2장

남편을 데려오라고 하인을 보낸 후 맥베스 부인은 "욕망은 달성했지만 만족은 없"는 그들의 성취가 얼마나 불확실한 것인지를 숙고하면서 앞 장면에서 맥베스가 했던 말을 되풀이한다. 맥베스가 도착하자 그녀는 왜 과거에 머물러 사느냐고 묻는다. "이미 벌어진 일은 되돌릴 수 없"다는 것이다. 그는 그녀에게 자신들은 아직 안전하지 않으며 "전갈로 가득" 찬 고통스러운 마음으로 사느니 던컨처럼 죽어서 평온을 누리는 것이 더 낫다고 말한다. 맥베스 부인은 손님들에게 "밝고 유쾌하게" 접대하라고 하며 남편을 격려한다. 맥베스는 그녀에게, 특히 뱅쿠오를 각별히 신경 써달라고 부탁한다. 맥베스는 그녀에게 "끔찍한 큰일"을 계획하고 있다고 말하지만, 그것이 무엇인지를 말하지는 않는다. "여보, 모르는 채로 있으시오"라는 그의 언급은 "눈을 가리는 밤"에 대한 뒤따르는 주문과 대조적으로, 이상하리만치 다정하지만, 맥베스가 아내의 영향으로부터 독립적으로 일하기 시작하면서 두 인물이 새로이 분리되기 시작했음을 암시한다.

3막 3장

두 명의 암살자는 세 번째 사람과 만나서 뱅쿠오와 플리언스를 기다리며 매복한다. 첫 번째 암살자는 횃불을 끄고 뱅쿠오는 어둠 속에서 공격을 당해 살해당하지만, 플리언스는 탈출한다.

3막 4장

1~34행 맥베스는 격에 맞는 공식적인 언어로 손님들을 맞이하고, 그 연회가 지니는 의례로서의 속성을 강조한다. 그러나 암살자들의 도착으로 인해 맥베스의 삶에서 개인적 요소들이 공적인 공간에 침입하게 되면서 질서의 붕괴가 강화된다. 맥베스가 그들에게 말을 할 때의 언어에는 현저한 변화가 있으며, 뱅쿠오의 죽음에 대해서는 잔혹하게 무관심한 모습을 보여준

다. 플리언스가 탈출한 것을 알게 되자, 맥베스는 자신이 여전히 안전하지 못하다는 것을 깨닫는다.

35~141행 맥베스 부인은 남편에게 주인으로서의 의무를 상기시키고 맥베스는 연회에서 자신의 자리를 지키기 위해 돌아오지만, 뱅쿠오가 그곳에 있는 것을 보게 된다. 그러는 사이, 뱅쿠오의 유령은 맥베스의 자리에 앉는다. 맥베스의 비이성적 반응 때문에 로스는 맥베스가 몸이 좋지 않다고 말하지만, 맥베스 부인은 모든 사람에게 남편이 항상 이런 일시적 "발작" 증세가 있었고 너무 관심을 보이는 것은 "기분이 상하"실 일이라고 강조한다. 그런 다음 그녀는 맥베스를 향해서 "당신이 사내이긴 해요?"라며 다시 그의 남성성에 의문을 제기한다. 그녀는 그가 "의자만" 바라본다고 말한다. 맥베스는 고집스레 그녀에게 유령을 보라고 말하지만, 다른 사람은 유령을 볼 수가 없다. 유령이 사라지고, 다시 맥베스 부인은 남편에게 손님들이 있음을 상기시킨다. 맥베스는 잠시 정신을 놓은 것에 대해 사과하고, "이상한 병"의 탓으로 돌리며 그들 모두에게 "우리가 그리워하는" 뱅쿠오를 위해 잔을 들자고 청한다. 그 신호에 유령이 다시 등장하고, 맥베스는 "꺼져라, 끔찍한 그림자여!"라고 말하며 다시 무너진다. 맥베스 부인은 로스가 남편에게 질문하는 것을 멈추게 하고, 그럴 경우 그를 "흥분"시킬 것이라고 말한다. 그녀는 손님들에게 떠나라고 말하는데, "차례를 기다리지 마시"라고 말함으로써 지금 맥베스가 왕이 된 그런 사회질서의

붕괴를 강조한다.

142~165행 맥베스는 맥더프가 궁궐에 없다는 사실을 알아차린다. 그는 다시 변덕스러운 세 자매를 만날 결심을 한다. 맥베스 부인은 그에게 잠을 자라고 권한다. 점점 축적된 사건의 힘은 맥베스가 너무 멀리 와서 앞으로 나아갈 수밖에 없으며, "그 일을 하는 데에 아직 미숙"하다고 말하는 데서 분명하게 드러난다.

3막 5장

변덕스러운 세 자매는 마법의 여신인 헤카테를 만난다. 헤카테는 맥베스 건에서 자신이 배제된 것에 화가 나 있다. 정령들이 불러서 자리를 떠나기 전에 헤카테는 다음에 맥베스가 자매들에게 자문을 구하고 그들이 "그를 파멸로 이끌" 때 그곳에 함께 있겠다고 말한다.

3막 6장

레녹스는 다른 영주를 만나서 뱅쿠오의 살해범으로 플리언스가 의심스럽다고 보고하지만, "폭군" 맥베스가 이 일과 던컨의 죽음에 대해 책임이 있다는 자신의 의심을 드러낸다. 그 영주는 맥더프가 "잉글랜드 궁정"에서 맬컴과 합류하여 잉글랜드 왕에게 맥베스와 전쟁을 벌일 수 있도록 요청했다고 레녹스에게 알려준다.

4막 1장

1~46행 변덕스러운 세 자매는 헤카테와 다른 세 마녀와 합류하여 함께 노래를 부르고 춤을 춘다. 맥베스가 들어올 때 “사악한 자가 이쪽으로” 온다고 알리며 절정에 이른다.

47~144행 자신의 힘에 대한 맥베스의 생각은 비록 그것이 세상에 끔찍한 결과를 초래할지라도 변덕스러운 세 자매에게 답을 하라고 명령할 때 강조된다. 그들은 동의하지만 그 답을 자신들로부터 혹은 자신들의 “주인님들”로부터 들을 것인지를 묻는다. 맥베스는 “그들을 부르시오”라고 말하고, 변덕스러운 세 자매는 맥베스의 앞에 세 환영을 소환한다. 첫 번째로 무장한 머리가 그에게 “맥더프를 조심하라”고 말한다. 두 번째는 피투성이 아이인데, 맥베스에게 “여자에게서 태어난 어떤 자도 / 맥베스를 해치지 못하리니”라고 말한다. 그럴 경우 맥베스는 맥더프를 두려워할 필요가 없으며, 어찌 됐건 맥베스가 맥더프를 죽이겠다고 주장하도록 부추긴다. 세 번째 환영으로 나무를 들고 왕관 쓴 아이가 나타나 맥베스는 버남 숲이 던시네인 언덕으로 다가올 때까지는 패배하지 않을 것이라고 선언한다. 다시 확신을 지니게 된 맥베스는 “그런 일은 있을 수 없겠지”라고 말하면서 자신은 “자연이 허락한 기한까지 살” 것이라며 또다시 세상에 대한 자신의 관심사로 되돌아간다. 그런 다음 그는 그 자매들에게 뱅쿠오의 “후손”이 영원히 통치할 것인지 묻지만 그들은 그에게 말하기를 거부한다. 자신의 힘에 대해 확신하는

맥베스는 "답을 들어야겠다"며 그들에게 답변을 요구한다. 이에 대한 응답으로 자매들은 맥베스에게 미소를 짓고 있는 "피투성이" 뱅쿠오의 후손인 여덟 명의 왕으로 이루어진 한 집안의 이미지를 불러낸다. 맥베스는 변덕스러운 세 자매가 사라지자 아연실색한 채 남아 있다.

145~170행 맥베스는 레녹스를 불러서 그가 자매들을 보았는지 묻는다. 레녹스는 보지 못했다고 말한 다음, 전령이 맥더프가 잉글랜드로 도망갔다는 소식을 가지고 왔음을 맥베스에게 전한다. 맥베스의 마지막 방백은 어떻게 자신의 "생각에 행동으로 왕관을 씌우"고, 맥더프의 성을 "습격"해서 그의 아내와 아이들을 죽일 것인지 말하는 순간, 1막 7장에서의 우유부단함과 날카로운 대조를 보여준다.

4막 2장

맥베스 부인은 로스에게 남편이 잉글랜드로 도피한 것에 대해 물으면서, 그것은 "미친 짓"이며 그가 자신들을 위험에 남겨두었다면 그녀나 "자식"을 사랑하는 것이 아니라고 주장한다. 로스는 맥더프를 옹호하지만 그곳에 머무를 수는 없다. 맥더프 부인은 아들에게 아버지가 죽었다고 말하고는 그렇지 않다는 아들의 주장에 "맹세해놓고는 거짓말"을 하기 때문에 맥더프는 "반역자"라며 냉소적으로 응답한다. 그들이 말싸움을 하는 동안 위험이 임박했다는 소식을 전령이 알려오고 "어린 아이들"

과 도망가라고 재촉한다. 맥더프 부인은 자신이 "아무 짓도 하지 않았"다고 주장하지만, 이것이 "여성스럽게 변명"하는 것임을 인정한다. 암살자들이 들어와서 맥더프가 반역을 했다고 비난하며 맥더프의 거처를 알려달라고 요구한다. 그의 아들은 이를 부인하다가 살해당한다. 맥더프 부인은 도망치지만, 암살자들이 뒤를 쫓는다.

4막 3장

1~154행　잉글랜드에서 맬컴은 맥더프를 믿지 못한다. 특히 맥더프가 가족을 남겨놓고 왔기 때문에 폭군인 맥베스가 보냈을지 모른다고 의심하는 것이다. 맥더프는 이를 부인하지만 맬컴은 자신이 지닌 악덕을 설명하면서 자신이 왕이 되기에 어울리지 않는다고 주장함으로써 그를 시험한다. 처음에는 맥더프가 공손하게 이를 부인하지만 나중에는 맬컴이 살거나 통치하는 데에 부적합하다고 말하고 무너지면서 조국의 장래를 안타까워한다. 맬컴은 앞서 언급했던 악덕을 자신이 가지고 있지 않다고 안심시키면서 그것이 시험이었으며 이제는 맥더프의 "선한 진실과 명예"를 믿는다는 것을 드러낸다.

155~275행　의사가 "한 무리의 불쌍한 영혼들"이 잉글랜드의 왕이 자신들을 치료해주기를 기다리고 있다고 말하고, 맬컴은 맥더프에게 왕이 연주창을 치료할 수 있다고 설명한다. "경건하게", "치료의", "능력", 그리고 "은총"과 같은 단어를 사용

하는 그의 묘사는 맥베스의 포악한 왕권에 연관된 악덕 및 파괴와는 대조적이다. 로스가 도착하여 스코틀랜드에서의 고통을 알려준다. 맥더프가 가족 소식을 묻자 로스는 그들이 "잘 지냅니다"라고 거짓말을 한다. 그는 맬컴에게 스코틀랜드로 돌아가자고 요청하고, 맬컴은 "자비로우신 잉글랜드 국왕"의 도움을 받아서 그럴 예정이라고 말한다. 로스는 감정을 추스르지 못하고 맥더프의 가족에 관한 진실을 밝힌다. 맥더프는 심란해한다. 맬컴이 "남자답게 맞서"라고 그를 자극하자 맥더프는 그렇게 하겠지만 "남자로서 그걸 느껴야 합니다"라고 말함으로써 맥베스보다는 남성성이 지니는 좀 더 감정적인 인식을 제시한다.

5막 1장

의사와 시녀가 맥베스 부인의 몽유병에 대한 증거를 발견하기 위해 숨어 있다. 시녀는 맥베스 부인이 어떻게 여전히 잠이 든 상태로 깨어나서 글을 쓰고, 그런 다음 자신이 쓴 것을 숨기는지 설명하지만, 이러한 에피소드의 와중에 맥베스 부인이 했던 말을 다시 반복하지는 않는다. 맥베스 부인이 마치 손을 씻는 것처럼 문지르면서 들어온다. "피비린내"가 여전히 손에 남아 있다고 투덜댈 때 그녀의 대사는 던컨, 맥더프 부인, 그리고 뱅쿠오의 죽음에 대한 죄책감을 드러낸다. 그녀의 대사가 지니는 반복적이고 분열된 특징은 그녀의 심리 상태를 반영하고 이전의 냉정한 효율성과 날카롭게 대비된다. 지켜보는 사람들은 그 광경의 의미를 깨닫지만, 의사는 맥베스 부인이 의사의 도움보다는 "하느님"의 도움이 더 필요하다고 말한다.

5막 2장

서로 이어지는 여섯 개의 짧은 장면 중에서 첫 번째 장면이다. 사건의 속도는 이제 최고조에 달해 있다. 레녹스를 비롯한 스코틀랜드의 귀족들은 버남 숲 근처에서 맬컴과 맥더프에게 합류할 의사를 밝히고 있다. 그들은 "폭군" 맥베스가 잉글랜드 군에 대항해서 던시네인을 강화하고 있음을 밝힌다.

5막 3장

예언으로 인해 자신이 무적임을 확신하는 맥베스가 명령을 내린다. 겁에 질린 하인은 "일만" 명의 잉글랜드 병사들이 있다고 보고하고, 맥베스는 그의 소심함에 화가 나서 그를 쫓아버린다. 맥베스는 세이턴을 부른다. 기다리는 동안 맥베스의 대사는 삶에 지친 모습을 드러낸다. 그는 "충분히 살았"으며 자신의 행동은 자신의 삶이 명예와 우정이 아닌 "저주"로 점철되어 있음을 의미한다고 느낀다. 맥베스는 세이턴에게 갑옷을 가져오라고 지시한다. 아내의 상태를 묻자 의사는 맥베스 부인이 "괴로워"한다고 보고하고, 맥베스는 의사에게 맥베스 부인의 "상처 입은" 마음을 치료하라고 말한다. 그러나 양심을 치료할 수 있는 것은 환자 자신뿐이라는 말만 듣게 된다.

5막 4장

잉글랜드 군대가 버남 숲에 도착하고 병력의 수를 속이기 위해 나뭇가지로 위장한다.

5막 5장

맥베스가 담대하게 세이턴에게 명령하는 순간, 울음소리가 들리고 무슨 소리인지 조사하기 위해 세이턴을 내보낸다. 맥베스는 한때 자신이 그런 소리에 얼마나 불안해했는지를 떠올린다. 그러나 맥베스는 "공포를 맛볼 만큼 맛보"았기에 더 이상은 영향을 받지 않는다. 세이턴은 맥베스 부인이 세상을 떠났다는 소식을 가지고 돌아온다. 인생을 "걸어 다니는 그림자", "아무런 의미 없는" "이야기"로 묘사할 때의 맥베스는 지치고 체념하는 듯한 반응을 보인다. 전령은 버남 숲이 움직이는 것을 보았다는 소식을 가져온다. 맥베스는 화를 내고, 그런 다음 체념하지만, 계속 싸우겠다고 다짐한다.

5막 6장

맬컴은 잉글랜드 군대에게 위장을 벗어 던지라고 명령하고 잉글랜드 군인인 시워드와 그의 아들을 군대의 선봉에 세운다.

5막 7장

맥베스는 "여자에게서 태어나지 않은" 자에 의해서만 목숨을 잃을 수 있으므로 두려워하지 않고 싸운다. 그는 시워드의 아들을 죽이고 퇴장한다. 맥더프는 맥베스를 찾아서 무대를 가로질러 지나간다. 그런 다음 시워드는 적을 무찌른 성으로 맬컴을 인도한다. 맥베스는 삶으로부터 도피하여 자살하는 것을 경멸하며 무대 위에 다시 등장한다. 맥더프가 그를 발견하게 되고 두 사람은 싸운다. 맥베스가 그 예언으로 인해 자신의 "생명은 마술이 지키고 있"다고 주장하자 맥더프는 자신이 "어머니의 자궁에서 / 일찍 배를 가르고 나왔다"고 대답한다. "희한한 괴물"처럼 생포당할 것이라는 맥더프의 위협에 자극을 받아서 맥베스는 항복하기를 거부한다. 두 사람은 싸움을 하면서 퇴장하고, 나팔 소리가 들린 후에 다시 등장하는데, 결국 맥베스가 살해당한다. 맥더프는 그를 끌고 나간다. 맬컴과 시워드는 전투에 대해 평가한다. 로스는 시워드에게 그의 아들의 죽음을 알린다. 맥베스의 수급을 가지고 들어온 맥더프는 맬컴을 "스코틀랜드의 국왕"으로 경하한다. 맬컴은 귀족들을 백작으로 봉하고 질서 회복을 강조하면서 사태를 "정도, 때와 장소에 맞게" 처리하겠다는 의사를 밝힌다.

셰익스피어의 희곡을 이해하는 가장 좋은 방법은 그 극을 직접 관람하는 것이며, 이상적인 방법은 공연에 참여해보는 것이다. 우리는 수많은 공연들을 살펴봄으로써 놀라울 정도로 다양한 접근 방식과 해석이 가능하다는 것을 알게 될 것이다. 이러한 다양성은 셰익스피어 사후 4세기가 지난 지금에도 그의 극이 재창조되고 "동시대적인" 것으로 만들어지도록 하는 독특한 능력을 셰익스피어 극에 부여한다.

이 장에서는 먼저 셰익스피어의 극작품이 연극화되고 영화화되었던 역사를 간략하게 개관하면서 극이 어떻게 연출되어 왔는지에 대한 역사적 관점들을 제공하는 것으로 출발하고자 한다. 그다음으로는 지난 반세기 동안 무대에 올려진 일련의 RSC 공연들을 좀 더 자세하게 분석할 것이다. RSC를 대표해서 스트랫퍼드어폰에이번 소재 셰익스피어 출생지 재단에서 보유하고 있는 프롬프트 대본, 프로그램 해설, 논평과 인터뷰 등의 엄청나게 방대한 기록 자료들과 더불어, 한 극단이 오랜 기간에 걸쳐 셰익스피어의 정전을 되살리고 탐구하는 데에 헌신해야만 생길 수 있는 공연들 간의 대화에 대한 감각은 "RSC 무대 역사"가 연극의 화학적 작용을 고찰해볼 수 있는 하나의 실험장이 되도록 해준다.

마지막으로 관계자들의 말을 들어볼 것이다. 현대 연극은 연출가에 의해서 주도적으로 만들어진다. 배우는 자신의 역할에만 집중하면 되는 반면에, 연출가는 극 전체를 조화롭게 만들어야 한다. 그러므로 연출가의 관점은 특히 중요한 가치를 지닌다. 셰익스피어 극이 지닌 가소성(可塑性)은 아주 성공적인 작품의 연출가들이 똑같은 질문에 매우 다른 방식으로 답하는 것을 들을 때 놀라우리만치 잘 드러난다.

〈맥베스〉의 4세기: 개관

〈맥베스〉는 셰익스피어의 전 작품 중에서 가장 자주 공연되는 작품 중의 하나이다. 공연 목록에서 〈맥베스〉가 차지하는 중심적 위치로 인해 이 작품의 공연 역사는 온전히 기록되어 있다. 엘리자베스 시대의 돌팔이 의사이자 점성술사였던 사이먼 포먼은 1611년 글로브 극장에서 자신이 관람한 공연을 설명하고 있다. 그러나 학자들은 1605년의 화약 음모 사건에 관하여 에둘러 언급하는 이 극이 스코틀랜드의 제임스 6세이기도 했던 제임스 1세에게 바치는 작품으로, 1606년경에 처음 집필되고 공연되었을 것으로 믿는다. 포먼이 자신이 본 공연을 정확히 언급하고 있는지의 여부는 알 수 없다(그 문서가 날조된 것이라는 주장도 있었지만 모든 증거를 고려하면 그것이 사실일 가능성이 매우 높다). 그의 인식은 이 작품의 주요 출처인 홀린셰드의 《연대기》를 읽음으로써 걸러졌을지도 모른다. 그리고 포먼이 관람한 판본은 현존하는 판본과는 달랐을지도 모른다('작품 소개'에서 제기된 미들턴에 의한 개작 가능성에 대한 논의를 보라). 그가 변덕스러운 자매들에게 맥베스가 두 번째로 찾아간 것을 언급하지 않은 점은 놀랍다. 그럼에도 불구하고, 포먼의 보고는 셰익스피어의 생시에 작성된 셰익스피어의 비극 공연에 대한 유일하고도 세세한 목격담으로서 더할 나위 없이 귀중한 가치를 지닌다.

먼저 언급해야 할 것은 스코틀랜드의 두 귀족인 맥베스와 뱅쿠오가 말을 타고 숲 속을 지나갈 때 그들의 앞에 세 여인, 요정 혹은 님프들이 나타나서 "축하드립니다, 맥베스, 코돈의 왕이시여, 왕이 되시겠지만 왕은 낳지 못하실 겁니다" 등의 말을 세 번 하며 맥베스를 축하했다는 것이다. 그러자 뱅쿠오는 "뭐라, 전부 맥베스에 관한 말인가, 내게는 아무것도 없는가?"라고 말했다. 님프들은 "예"라며, "축하드립니다, 뱅쿠오, 왕이 되지는 못해도, 왕을 낳으실 겁니다" 하고 말한다. 그리고 그들은 그 자리를 떠나 스코틀랜드의 궁궐로 와서 스코틀랜드의 왕 던컨에게로 가는데, 당시는 참회왕 에드워드 시절이다. 던컨은 그들을 다정히 환영하고 즉시 맥베스를 노섬벌랜드의 왕자로 봉한 다음, 맥베스에게 그의 성으로 돌아가서 자신을 맞을 준비를 하도록 지시하는데, 그와 함께 다음 날 밤에 저녁을 먹을 것이라고 했고 실제로 그렇게 한다. 맥베스는 던컨을 죽일 계획을 세우고 아내에게 설득당해서 그날 밤 자신의 성에서 자신의 손님인 왕을 살해하는데, 그날 밤과 그 전날에 불가사의한 일들이 많이 벌어진다. 맥베스가 왕을 살해했을 때, 그의 손에 묻은 피는 아무리 해도 씻기지 않으며, 숨기기 위해 피 묻은 단검을 다룬 그의 아내의 손도 마찬가지이다. 이는 그들이 모두 매우 당황하고 수치스러워한다는 것을 뜻한다. 살해 사건이 알려지자 던컨의 두 아들은 자신들의 목숨을 구하기 위해 한 명은 잉글랜드로, 다른 한 명은 웨일스로 도망간다. 이렇게 도망쳤기 때문에 실제로 그렇지는 않지만, 그들은 아버지의 살해에 죄가 있는 것으로 여겨진다. 맥베스는 왕으로 즉위하고, 왕을 낳지만 자신이 왕이 되지는 못할 그의 오랜 동료인 뱅쿠오에 대한 두려움 때문에 뱅쿠오를 살해할 계획을 세우고 말을 타고 가는 길에 죽게 만든다. 다음 날 밤, 연회에 초대한 귀족들과 함께 식사를 하던 맥베스는 뱅쿠오도 그 연회에 참석했어야 하기에, "고귀한 뱅쿠오가 그곳에 있었으면" 하고 그에 관한 이야기를 시작한다. 그렇게 하며 그를 위해 축배를 들려고 일어서자 뱅쿠오의 유령이 와서는 맥베스의 뒤에 있는 의자에 앉는다. 다시 앉기 위해 돌아서는 순간 맥베스는 뱅쿠오의 유령을 보게 되고, 그 유령은 그를 너무도 수치스럽게 해서 맥베스는 두려움과 분노로 인한 엄청난 흥분에 빠져들어 그의 살해에 관한 이야기를 중얼거린다. 그 말로 인해 뱅쿠오가 살해되었다는 소식을 듣게 되자, 귀족들은 맥베스를 의심한다. 그 후 맥더브는 왕의 아들을 찾아 잉글랜드로 떠나고, 그들은 군대를 일으켜 스코틀랜드로 와서 던스턴애니스에서 맥베스를 무너뜨린다. 한편 맥더브가 잉글랜드에 있는 동안 맥베스는 맥더브의 아내와 아이를 살해했는데, 나중에 벌어지는 전투에서는 맥더브가 맥베스를 죽인다. 또한 맥베스 부인이 어떻게 밤에 잠자다가 일어나서 걸어 다니는지, 어떻게 말을 하고 모든 것을 고백하고, 의사가 그녀의 말을 듣게 되는지 잘 살펴보라.

포먼의 보고서와 처음 공연되었을 당시 그 극의 관계가 어떻든 간에, 초창기부터 그 텍스트가 잘리고 개작되었다는 증거가 있다. 초기의 극장용 프롬프트 대본은 두 권이 현존하는데, 하나는 1623년 이절판 중의 한 부인 파두아 대학교 소장본에 기반을 두고 있으며, 나머지 하나는 "스모크 앨리" 프롬프트 대본으로 알려져 있는데, 1660년대 이후에 더블린에서 공연된 극에 기반을 두고 있다.

〈맥베스〉는 셰익스피어의 극 중에서 가장 자주 공연되는 작품 중의 하나임에도 불구하고, 왕정복고기와 후대의 많은 각색본에는 화려한 시각 효과가 등장하지만, 현대의 공연에서 헤카테나 음악과 노래가 포함되는 경우는 거의 없다. 새뮤얼 페피스는 1667년에 자신의 일기에 "무대 공연용으로는 최고의 극 중 하나이며 지금껏 본 것 중에 가장 다양한 춤과 음악이 있다"고 관극 기록을 남기고 있다. 현대의 감수성과는 유리되어 있지만, 〈맥베스〉가 무엇보다 노래와 춤으로 인해 주목할 만하다는 생각은 17세기와 18세기 연극에서는 일반적이었다.

우리가 이 작품의 원래 공연에 대해 아는 것은 거의 없지만, 국왕 극단에서 가장 유명한 비극 배우였던 리처드 버비지가 주인공 역을 맡았을 것으로 짐작된다. 주요 배역은 후대 연극계의 거장인 토머스 베터튼으로부터 데이비드 개릭, 존 필립 켐블, 에드먼드 킨, 윌리엄 찰스 머크리디, 헨리 어빙, 존 길구드, 로렌스 올리비에, 앤서니 홉킨스, 이언 맥켈런, 안토니 쉐 등이 연기했다. 그 역할에 대한 접근 방식도 다양하다. 맥베스는 본질적으로 야망에 의해 압도당한 고귀한 인물에서 타고난 사악한 폭군에 이르기까지 어떠한 인물일 수도 있다. 공연의 성공이나 실패는 일반적으로 중심 역할을 맡는 배우의 순수한 에너지와 카리스마에 달려 있다. 이 작품은 항상 주연배우들에게는 스타가 되는 등용문이었다. 맥베스 부인 역할은 처음에는 젊은 남성 견습 배우가 연기했겠지만 클레오파트라와 함께 서구 연극 공연 목록에서 성인 여배우를 위한 중심 역할이 되었다.

링컨스인필즈에서 1663년부터 1664년까지 공연된 윌리엄 대버넌트 경의 각색본은 왕정복고기 관객들의 취향에 맞추기 위해 맥더프 부인의 역할을 확대하고 맥베스 부부에 대한 맥더프의 도덕적 균형을 맞추는 방향으로 작품을 다듬었다. 대버넌트는 문지기를 삭제하고, 세 마녀를 위한 음악, 노래와 춤을 집어넣고, 맥베스에게 "헛된 세상이여, 그 속에서 더 헛된 야망이여, 안녕"이라는 마지막 교훈을 덧붙였다. 토마스 베터튼과 그의 아내 메리 선더슨이 맥베스 부부 역을 맡은 공연은 널리 찬사를 받았고, 그 각색본은 1774년 1월 7일 드루어리레인극장에서 데이비드 개릭이 "셰익스피어가 쓴 대로" 〈맥베스〉를 공연하겠다는 의지를 발표할 때까지 80년간 큰 인기를 누렸다.

개릭은 새로운 시대에 맞는 새로운 유형의 배우였다. 그는 날아다니는 마녀를 없애는 등 왕정복고기의 인습을 상당 부분 제거하고, 셰익스피어의 텍스트를 원상복구하려 애썼다. 여전히 문지기는 없었지만, 맬컴은 덜 복잡하고 덜 자기비판적이었다. 그리고 개릭은 죽음을 앞두고 하는 마지막 대사를 포함시키기도 했다. 개릭 공연의 핵심은 등장인물의 강력하고 상반된 요소로부터 복합적이면서도 상상에 따른 통일성을 창조하려는 시도에 있었다.

> 1막에서의 모든 근심 어린 회상의 독백을 통해, 2막의 죄책감 어린 염려와 신랄한 가책의 고통 속에서, 3막의 흩어놓은 모든 공포를 통해, 4막의 모든 성급한 호기심, 그리고 5막의 모든 절망 속에서 개릭은 통일되고, 움츠러들지 않는 탁월함을 보여준다. 표정, 동작, 톤, 어느 하나도 우리의 신체 기능을 사로잡아 적당한 이해로 이르지 못하게 하는 것은 없다.[1]

개릭의 맥베스 부인은 해나 프리처드였는데, 그녀는 "그 끔찍한 배역에서 그토록 잘 그려낸 등장인물이 부여할 수 있는 온갖 장점을 지니고 있었다."[2]

그때까지 셰익스피어의 극은 당대의 의상을 입고 공연했다. 헨리 퓨젤리와 요한 조파니가 그린 개릭과 프리처드의 유명한 그림은 배우들이 18세기의 의상을 입고 있었음을 보여준다. 찰스 매클린은 이 작품을 1773년에 무대에 올리면서 처음으로 역사적 정확성을 추구했던 연출자였다. 풍경과 의상은 인정할 만했지만, 나이 지긋한 매클린의 공연은 그리 좋은 평을 얻지 못했고, 매클린과 개릭의 지지자들 사이의 경쟁 구도는 폭동과 공연 취소로 이어졌다.

역사상 가장 유명한 맥베스 부인은 18세기 말과 19세기 초반의 10년간 드루어리레인 극장에서 오빠인 존 필립 켐블의 상대역으로 공연했던 세라 시든스였다. 맬컴이 그녀를 "마귀 같은" 여인으로 묘사한 이래로 맥베스 부인의 성격은 널리 악마로 그려져 왔지만, 이어지는 세대의 배우들은 계속해서 그녀를 인간화하려 노력했다. 세라 시든스는 〈맥베스 부인의 성격에 관한 소고〉라는 제목을 붙인 《비망록》에서 훨씬 더 동정적인 캐릭터에 관해 기록한 바 있다.

이 놀라운 존재에게서 우리는 야망이라는 열정이 인간 본성의 모든 특징을 가슴에서 거의 지워버린 한 여성을 본다. 그 사람의 기질 속에는 진정시키는 지성의 힘과 개인적 아름다움이라는 매력과 은총도 모두 결합되어 있다. 아마 그러한 아름다움의 속성에 관해 동의하지 않을지도 모르지만…… 내 생각에 의하면, 그건 다른 성에게 가장 매혹적인 것으로 여겨진다고 믿는, 즉 아름답고, 여성적

이고, 어쩌면 잘 깨지는 그런 속성이다.[3]

시든스의 소견에 담긴 취지에도 불구하고, 여러 해 뒤에 쓰인 이 언급이 그녀 자신의 공연에 대한 정확한 묘사가 전혀 되지 못한다는 데에는 전반적으로 동의하는 것처럼 보인다. 그녀의 전기 작가인 로저 맨빌은 "그녀는 항상 어떻게 묘사해야 하는지에 대한 그녀 자신의 내적인 관념과는 상반되게 맥베스 부인을 연기했다"[4]고 언급했다. 계속해서 맨빌은 "처음부터 그녀가 관객들에게 심어준 인상은 이와는 확연히 달랐다. 그녀는 완전한 두려움과 공포를 불러일으켰다"고 지적했다.[5]

켐블은 셰익스피어의 세 마녀를 진지하게 다루었지만, 그럼에도 불구하고 50명 남짓의 노래하고 춤추는 희극적인 마녀들로 구성된 코러스를 배치했다. 마녀들은 전통적으로 남자 배우가 연기했는데, 비극배우들은 어디선가 다른 곳에서 늘 바쁘다는 이유로 대개 그 극단의 희극배우가 맡았다. J. P. 켐블의 질녀인 패니 켐블은 일기에서 이렇게 밝혔다. "도대체 왜 그런지 알 길이 없지만, 지명도가 낮은 희극배우들에게 마녀 연기를 맡기고, 그들을 마치 생선 파는 늙은 노파처럼 꾸미고…… 마녀뿐 아니라 어떤 여자에게도 어울릴 길이의 페티코트를 입히는 데다, 우스꽝스러운 붉은 얼굴에 뾰족한 모자를 씌우고는 빗자루를 쥐여준다."[6]

켐블의 맥베스는 본질적으로 "악으로 전락하는 고귀한 인물"로 그려진다.[7] 다음 세대의 주연 배우는 에드먼드 킨이었는데, 맥베스를 "죄책감과 두려움 때문에 몰락하는 단호하고 무자비한 사람"으로 제시한다.[8] 비평가 윌리엄 해즐릿은 대체로 킨의 찬미자였는데, 그의 맥베스는 "그 인물이 지녀야 할 시적 우아함이 결여되어 있었다"고 생각했다.[9]

윌리엄 찰스 머크리디는 매리 아멜리아 후다트, 헬렌 포싯, 미국인 샬럿 쿠시먼과 패니 켐블을 비롯한 다른 많은 주연 여배우들과 오랫동안 그 역을 연기했다. 그는 공연을 무대에 올리는 과정에서 역사적 정확성을 추구하기 위해 애썼다. 그의 연기는 전반적인 찬사를 이끌어낸 새들러스웰스 극장에서의 새뮤얼 펠프스의 연기와 대비되어 다소 비호의적인 평을 받았다.

에드먼드 킨의 연기 이후로 우리는 힘이나 생생한 효과 면에서 더 나은 것을 보지 못했다. 그것은 머크리디의 그것과 본질적으로 구별되고 대조된다. 하지만 구상이 아무리 세련되고 고전적이라 할지라도 머크리디의 연기는 '상당히 큰 곤경에 처한 매우 존경스러운 신사'를 제시함으로써 너무도 분명히 스코틀랜드인들의 냉소에 노출되어 있다. 모든 부분을 너무도 충실히 연구했고, 너무도 많은 기교를 부리는 바람에 평범한 것으로 전락해버렸다. 게다가 5막에서 초조함이 고귀한 열정을 대체하고 만다. 반대로 펠프스의 연기가 지닌 직접적이고 정말로 진지한 에너지는 그곳에 있던 모든 사람들로 하여금 그 일을 진지하게 실제의 것으로 생각하게끔 만들었다. 한편 그의 연설이 이따금 자아내는 비애감은 많은 무뚝뚝한 가슴속에 있는 심장을 익숙하지 않은 감정으로 두근거리게 했다.[10]

226

<타임스>의 평론가는 공연의 독창성에 감명받아 "신선함의 정신이 전체에 흩어져 깃들어 있다"[11]며 공연 전체에 찬사를 보냈다. 펠프스의 가장 출중한 맥베스 부인은 이사벨라 글린이었는데, 한 평론가는 "바로 범죄의 여주인공, 왕관을 쓴 암살자의 수호 악마, 자연의 해악을 돕는 신비스러운 정령의 기괴한 부속물이자 인간의 대리인"이라고 묘사했다.[12]

찰스 킨은 화려하고, 역사적으로 정확한 연출이 전문이었던 것으로 여겨진다. 그의 <맥베스>는 1840년에 코벤트가든에서 공연되었고, 대중적인 성공을 거두었다. 그러나 엘렌 킨의 맥베스 부인 역은 우호적인 평을 받았던 반면, 그의 맥베스 역은 실패했다.

찰스 킨의 맥베스에서는 모든 비극이 사라져버리고 말았다. 범죄자의 마음이 우리로부터 숨겨져 있으므로 공감은 불가능했다. 그는 맥베스를 비천한 존재로 만들어버렸다. 그의 범죄는 감리교파의 성향을 지닌 흔한 살인자의 범죄에 불과하다. 그러나 대중들의 마음을 끄는 것은 <맥베스>의 연기가 아니라 그 활기이다.[13]

다소 오도된 것이긴 하지만, 19세기의 배우들은 맥베스 부인을 여성적이고 여인다운 훌륭한 아내로 표현함으로써 대체로 맥베스 부인을 인간적으로 만들었다. 하지만 애들레이드 리스토리는 1857년에 라이시엄 극장에서 있었던 이탈리아어 공연에서 테시발도 비탈리아니의 맥베스를 압도했다. 에드윈 부스는 뉴욕에서 샬럿 쿠시먼과 함께, 그리고 헬렌 포싯처럼 맥베스 부인의 여성성을 강조했던 폴란드 출생의 헬레나 모제스카와 함께 여러 차례의 공연에서 성공적으로 맥베스 역을 연기했다.

라이시엄 극장에서의 헨리 어빙의 연출은 화려했고 큰 성공을 거두었다. 〈맥베스〉를 위한 어두운 의상과 조도를 낮춘 조명은 "함께 뒤섞여서 어둡고, 거대하고, 위험한 세상을 구성했다." [14] 그러나 맥베스를 "잔혹한 마음을 지닌 위선적인 악당"[15]으로 간주한 그의 해석은 모든 비평가들을 납득시키는 데는 실패했다.

지금 보는 것보다 덜 화려한 맥베스는 쉽게 생각할 수 없다. 그러나 그 단어는 적절해서 그 인물을 분명하게 표시해준다. 그 배우의 특징인 상상력과 놀라운 움직임은 맥베스의 과도한 지성을 능가할 수가 없다. 교묘함, 섬세함, 생생함, 공연의 힘은 인정할 수 있을지 모르지만, 새로운 맥베스가 이전의 맥베스를 대체할 수는 없을 것이다. [16]

어빙의 공연에서 맥베스 부인 역을 맡은 엘렌 테리가 공연 대본의 여백에 써놓은 글에서 알 수 있듯이 여성의 본성에 대한 지배적인 견해를 그녀도 공유하고 있었음이 분명하다. 엘렌 테리가 보듯이 맥베스 부인의 비극은 왕의 자질이 결여된 남편을 헛되이 믿었다가 나중에 깨지고 마는 믿음이라는, 본질적으로 여성적인 야망에 있었다. "그의 유약함에 대해 얼핏 알고 있음

남편이 보낸 편지를 읽고 있는 맥베스 부인 역의 엘렌 테리(런던의 라이시엄 극장, 1888년).

에도 맥베스에 대한 믿음을 지녔지만, 소위 '연회 장면'이라 불리는 거실에서의 파티가 있을 때까지는 그가 용감한 군인이지만 소심한 약골에 불과하다는 것을 알아차리지 못한다."[17] 엘렌 테리는 여성의 본성에 대한 빅토리아 시대의 믿음과 너무도 배치되는 악귀 같은 면모를 버리면서도 시든스의 냉정한 결정을 견지하는 것이 옳다고 판단했다. 많은 비평가들은 이러한 "매혹적인 존재"를 셰익스피어의 맥베스 부인으로 받아들일 수 없었다.

> 그녀는 깜빡이는 불빛에 비추어 남편의 편지를 읽을 정도로 섬세한 존재이고, 설명할 수 없을 정도로 아름다운 옷을 입어서 빛을 발하며, 그토록 열정적인 갈망의 광시곡과 함께 남편이 오기를 느긋하게 기다리고 있기에, 우리는 그녀를 아서 왕의 전설에서 나온 인물로 여기지 않을 수 없다.[18]

다른 모든 부분에서는 영어로 진행된 공연에서 자신의 역할을 이탈리아어로 연기했음에도 불구하고, 로버트 루이스 스티븐슨에 따르면 배우 토마소 살비니의 붉은 턱수염을 한 맥베스는 "자신감과 동물의 안락감"을 "도덕적 왜소함"과 결합시켰다. 마지막 막에서의 그의 모습은 어떻게 "비극 전체에 널리 퍼진 피의 분위기가 그 사람에게 들어가서 그를 그 자체의 속성으로 전락시키고, 설명할 수 없는 전락, 침체와 허풍이 그의 속성을 압도하는지, 그가 살육의 공기를 들이마시고 공포를 포식하는지"를 보여준다.[19] 한편 세라 번하트는 프랑스 산문으로 번역한 맥베스 부인을 연기함으로써 그 극을 "지루하고 다소 천박한 멜로드라마"[20]로 전락시켰다. 〈타임스〉는 번하트의 연극 공연을 "부적절하고 불만스러운"[21] 것으로 묘사했다.

햄릿을 연기해서 찬사를 받았던 학자풍의 존스턴 포브스-로버트슨과 현학적인 패트릭 캠벨은 1898년 라이시엄 극장의 연출에서는 맥베스 부부 역으로 그리 어울리지 않았다. 바이얼릿 밴브루가 맥베스 부인 역을 맡은 허버트 비어봄 트리의 화려한 연출은 더욱 성공적이었지만 열다섯 번의 장면 전환이 있었고 네 시간 넘게 공연이 계속되었다. 《블랙우즈의 에든버러 매거진》은 비어봄 트리가 "극적인 효과가 아니라 회화의 효과를 얻으려 했다"고 비판했다.[22] 한편, 그러한 과장된 연출에 대한 반발은 독일에서 시작되었는데, 엘리자베스 시대 연극 모임을 설립한 윌리엄 포엘이 시도했다. 그는 최소한의 무대배경과 장치를 사용하여 소박한 돌출 무대에서 셰익스피어의 시대에 공연했던 것과 최대한 가까운 방식으로 〈맥베스〉를 무대에 올렸다.

이러한 대조적인 연출 방식은 1928년 H. J. 에이리프가 감독한 배리 잭슨의 버밍엄 레퍼토리 극단의 공연이 제1차 세계대전을 배경으로 삼을 때까지 경쟁을 계속했다.

극을 열고 닫는 전투 장면은 폭발하는 포탄과 덜커덩거리는 기관총으로 현대화되었다. 맥베스는 카키색 유니폼을 입고 승마용 바지와 높고 잘 닦은 부츠를 착용했으며, 가슴은 훈장의 장식띠로 뒤덮여 있었다. 맥베스 부인은 짧은 민소매의 칵테일 드레스를 입고 등장했으며, 맥더프 부인과 그녀의 아들은 애프터눈 티를 마시다가 여닫이창을 통해 들어온 암살자들에 의해 살해당했다.[23]

비평가들은 로렌스 올리비에가 맬컴 역의 연기로 찬사를 받았지만, 현대적인 또박또박 끊는 말투로 전달함으로써 그 극에서 시가 상실되었다고 불만을 터트렸다. 그 모든 잘못에도 불구하고, 그 공연은 "카프카의 작품에서처럼 주인공이 자신을 둘러싼 비전에 의해 고립된 자신을 발견하고, 지옥은 다른 곳에 있는 장소가 아니라 내부에 있는 악몽임을 발견하는, 도덕이 부재한 현대 세계 속에서의 소외에 대한 극으로서 〈맥베스〉에 대한 새로운 이해"를 이끌어냈다.[24] 비평가 마이클 멀린이 주장하듯이 "잭슨의 실패한 실험은 나아가야 할 방향을 알려주었고 코미사르제프스키로부터 거스리로 이르는, 마침내 연극 사가들이 맥베스와 맥베스 부인의 확정판이라고 간주하는 로렌스 올리비에 경과 비비언 리가 스트랫퍼드어폰에이번에서 연기한 글렌 바이엄 쇼의 역작에서 정점에 이르는 일련의 연극적 실험을 가능케 했다."[25]

존 길구드는 1930년에서 1952년 사이에 세 번의 공연에 참여했다. 올드빅 극장에서의 첫 공연은 하코트 윌리엄스가 연출했다. 길구드의 낭만적인 맥베스는 지적인 품격과 뛰어난 운문 발성으로 찬사를 받았다. 비평가 제임스 어게이트는 길구드의 상대역으로 연기한 마티타 헌트의 맥베스 부인에 대해 "지나치게 호감이 간다"[26]고 평가했다. 길구드는 피커딜리 극장에서 1942년에 그 극을 직접 연출했는데, 모든 사람의 취향에 맞추지는 못했지만, 비평가 오드리 윌리엄슨은 그 공연을 이렇게 평했다.

> 시적으로…… 우리 시대 최고의 성취이다. 그의 '허공에 떠 있는 단검'은 안구를 시리게 하고, 상상에 의한 충동은 '짧은 촛불'의 노란 깜빡임과 가을의 시든 잎사귀로 사그라질 때까지 완전히 사라지지 않는다. 그러나 놀랍게도 우리의 가장 서정적인 배우는 군인과 살인자를 모두 포착해냈다. 그는 진흙이 묻은 전사의 실행성과 시인의 화려한 웅변이 결합된 나긋나긋하면서도 씩씩한 인물이었다. 결말에는 어스름의 쓸쓸함이 깃든 뭔가에 홀려 있지만 우리의 마음을 사로잡는 그런 공연이다.[27]

온후한 랠프 리처드슨이 주인공을 맡은 길구드의 1952년 스트랫퍼드어폰에이번 공연은 덜 성공적이었다. J. C. 트레윈은 맥베스 부인 역할을 맡은 "마거릿 레이턴은 처음에는 타오르듯 밝은 암호랑이이며, 맥베스에게 부족한 추진력과 지배력을 지니고 있다"고 생각했다.[28]

추방자인 러시아 연출가 테오도르 코미사르제프스키가 1933년 스트랫퍼드에서 연출한 공연은 전쟁을 배경으로 한 표현주의적인 디자인으로 이 극에 혁명적인 변화를 가져왔다. 그 표현주의적인 특성은 상반된 평가를 받았지만 초기의 유보적

입장에도 불구하고 많은 비평가들은 그 의미를 알아차리게 되었다. "민첩하고 활기찼다. 지적으로 연출되어 임박한 운명의 전조를 암시했고 연출가의 관습과 의도를 일단 파악하면, 전부 혹은 거의 전부가 자연스럽게 그리고 필연적으로 제자리를 잡는다. 낡은 희곡에 새로운 첨단기법을 도입한 것이다."[29]

할렘에 있는 라파예트 극장에서 1936년 오슨 웰스가 연출했던 공연도 마찬가지로 새로웠다. 배우 전원이 흑인이고 아이티를 배경으로 했으며, 비전문 배우들이 많이 포함되어 있었다. 그것은 "부두"* 〈맥베스〉로 알려지게 되었고 주로 연극적 창의성과 이미저리의 폭력성으로 유명했는데, 이는 개별 연기가 빛을 잃게 만드는 경향이 있었다.

폴 로저스와 앤 토드가 출연하고 마이클 벤탈이 성공적인 연출을 맡은 올드빅 극장에서의 공연은 1954년에 에든버러 페스티벌에서 처음으로 공개되어 비평적 찬사를 받았으며, 추후 미대륙 순회공연까지 하게 되었다. 하지만 트레버 넌의 주디 덴치/이언 맥켈런 버전과 더불어, 20세기의 가장 성공적이었던 두세 공연 중의 하나로 간주되는 것은 스트랫퍼드에서 로렌스 올리비에와 비비언 리가 연기한 1955년 공연이었다. 글렌 바이엄 쇼의 연출은 사실 다소 통상적인 것으로 간주된다. 〈타임스〉의 비평가가 기록하듯이 그 쇼를 만든 것은 올리비에였다.

---

*원래 영혼을 뜻하는 서아프리카 말로 아이티에서 믿는 종교이며 마법 등의 주술적인 힘을 신봉한다. 미국의 부두교는 시골 흑인들의 정신세계와 기독교의 신비주의가 결합되어 형성되었다.(옮긴이)

맥베스 역의 로렌스 올리비에와 맥베스 부인 역의 비비언 리. 스트랫퍼드어폰에이번에서 글렌 바이엄 쇼가 연출한 1955년 공연. 당시의 특징이었던 준사실적인 무대에서 살인을 하고 난 직후의 장면이다.

그 공연에서 놀라운 것은 심리의 꿰뚫음이다. 그것은 인물 내에 존재하는 온갖 종류의 표피적 대립을 과감하게 잘라낸다. 거친 전사와 미신에 찌든 신경증 환자를 결합시키는 통상의 어려움은 거의 존재하지 않는 것처럼 보인다. 처음부터 끝까지 극의 관심은 맥베스의 마음에 있다. 로렌스 경은 먼저 그의 마음이 변덕스러운 자매들이 말하기 전까지는 감히 드러내놓고 말하지 못하는 위험한 생각과 욕망으로 이미 가득 차 있음을 보여주는 데에 관심을 기울인다. 하나하나가 새로 주조한 동전처럼 신선함을 지닌 다양한 미묘함과 정교함을 이용하여, 그는 치명적인 야망의 꼬임에 대항하여 인물의 내부에 잠재해 있는 고귀함이 자명해질 수 있음을 생생하게 제시한다. 그러나 이러한 희망이 사라지고 끔찍한 욕망이 행동으로 바뀌면 배우는 그 행위를 뒤따르는 심리적인 드라마를 가능하게 해주는 사건에 불과한 것으로 다룬다.[30]

특히 맥베스 부인과 같은 강렬한 인물의 형상화뿐 아니라 비교적 단순한 플롯과 야심을 지닌 지도자의 흥망과 같은 원형적 속성으로 인해 〈맥베스〉의 문화적 유산은 널리 퍼져 있다.《맥베스》는 오페라, 소설, 영화, 텔레비전, 공상과학물, 그리고 노래 등 다른 매체로 자주 각색되어왔고, 정치 만화와 풍자로부터 광고에 이르기까지 다양한 목적을 위해 이용되었다. 우크라이나의 연출가인 레스 쿠르바스의 모더니스트적이고 반부르주아적인 1924년 공연에 대한 논의에서 이레나 마카리크가 주장하듯이 "1960년대 이래로 서구에서 셰익스피어를 현대화하려는 일반적인 경향 속에서 〈맥베스〉는 '대표적인' 전위극이었으며, 원시주의와 무정부주의는 특히 매력적인 특징이었다."[31]

베르디의 〈맥베스〉는 셰익스피어 희곡의 첫 번째 각색이었고 그 뛰어남은 즉각 인정받았다. 베르디는 피렌체의 테아트로 델라 페르골라에서 1847년 3월에 처음 공연했고, 파리 오페라 극장에서의 공연을 위해 발레 장면을 덧붙여서 1865년에 작품을 개작했다. 이것이 오늘날 일반적으로 공연되는 버전이다.

마카리크가 논한 우크라이나식 각색뿐 아니라 헨리크 바라노우스키가 1997년에 감독한 크로아티아어 버전까지, 〈맥베스〉는 유럽 전역에 걸쳐 공연되어왔다. 위대한 줄루 전사인 차카의 생애에 기반을 둔 웰컴 음소미의 남아프리카식 각색인 〈우마바사〉는 1997년 글로브 극장에서 공연되었다. 1995년에 호주 출신 감독인 사이먼 우즈는 실험적인 영어/일본어의 이중 언어 버전을 교토에 있는 젠젠조 극장에서 연출했다. 훌륭한 일본 감독인 니나가와 유키오는 군인으로서의 맥베스의 행동에 어울리는 사무라이에 대한 인유와, 벚나무를 기본으로 한 무대 디자인으로 두 편의 두드러진 연출을 했는데(하나는 1980년, 다른 하나는 2001년에 한 것인데, 둘 다 자주 재공연된다), 떨어지는 꽃은 변하는 잎사귀에 관한 대사에서 맥베스가 인유하는 덧없음과 숙명의 상징이다. 절정에 이르면 맬컴 군대가 잘라서 몸에 지니는 버냄 숲의 나뭇가지에서 벚꽃을 볼 수 있다.

본인의 무대 연출과는 달리 스코틀랜드를 배경으로 하는 오슨 웰스의 색다른 1948년 영화를 비롯하여, 많은 영화 작품들이 있었다. 웰스 자신이 맥베스 역을 맡은 이 영화에서 그는 거의 절반 정도의 텍스트를 잘라냈고, 그 극에 종교적인 초점을 부여해서 심지어 "성부"라는 새로운 인물을 창조해냈다. 켄 휴스의 흑백 영화 〈조 맥베스〉(1955)는 대화와 플롯을 단순화하고 뉴욕의 암흑가를 배경으로 한다. 영화 촬영술은 빛과 그림자, 높고 낮은 앵글을 넘나들며 필름 느와르 양식을 떠올리게 한다.

맥베스 부부로 젊은 존 핀치와 프란체스카 어니스가 연기한 로만 폴란스키의 1971년 영화는 밝은 테크니컬러로 촬영되었는데, 특히 맥더프의 가족이 그들의 집에서 살육당하는 장면을 대표적으로 들 수 있다. 선혈이 낭자한 장면이 많았는데, 찰스 맨슨*의 추종자들이 배가 불룩하게 임신한 폴란스키의 아내인 여배우 샤론 테이트와 그녀의 친구 세 명을 무자비하게 살해한 후 얼마 지나지 않아서 그가 영화 작업을 시작했다는 사실도 언급되었다. 휴 헤프너의 플레이보이 사(社)가 재정 지원을 한 그 영화는 몽유병 장면에서 맥베스 부인의 노출, 그리고 야망과 폭력으로 이어지는 사이클을 시작하려는 듯 도날베인이 변덕스러운 자매들을 찾아가는, 텍스트에는 찾아볼 수 없는 마지막 장면으로 인해 논란이 빚어지기도 했다.

플롯과 배경을 사무라이 문화로 옮기고 표현주의적 흑백 영화로 촬영된, 구로사와 아키라가 각색한 영화인 〈피의 왕좌〉(1957)는 일반적으로 일본 영화의 고전이라는 찬사를 받는다. 〈7인의 사무라이〉의 리메이크(〈멋진 7인〉) 이후로 서구 영화에 큰 영향을 끼쳤다. RSC를 위해 주디 덴치와 이언 맥켈런이 출연하고 디

*1960년대 후반에 악의 상징으로 알려진 연쇄 살인범.(옮긴이)

아더플레이스의 무대에 올려진 트레버 넌의 칭송받는 1971년 공연, 스완 극장에서 안토니 쉐와 해리엇 월터가 출연한 그레고리 도란의 공연을 포함하여 많은 무대 공연이 영화화되었다.

RSC 공연

돌이 움직이고 나무가 말을 하다

피와 어둠의 이미지가 셰익스피어의 가장 짧고 가장 활기찬 비극을 지배한다. 아름다운 것은 추하고 추한 것은 아름답다. 스코틀랜드를 배경으로 한 이 극에 우리가 내던져지는 순간 고여 있다는 느낌, 무엇인가 썩어가고, 자연적이고 순수한 세상의 모든 사물을 먹어치우는 듯한 느낌이 든다. 마녀들, 사악한 살인, 유령, 환영, 악몽 같은 것들이 주인공의 이야기의 액션에 끼어든다. 이 극이 수많은 고딕 소설과 공포 소설에 영감을 주는 작품이었으며, 로만 폴란스키의 영화는 가장 위대한 20세기 영국의 공포 영화를 다루는 출판물과 웹사이트 목록에 올라 있다는 것이 놀라운 일일까?

작품의 역사적 배경과 당시의 정치계에 대한 명백한 언급에도 불구하고, 현대의 연출에서 대부분 초점을 맞춘 것은 맥베스 부부의 심리적 복잡성, 마음의 붕괴, 그리고 선을 찬탈하는 악이었다. 권력에 대한 욕망이 지배하는 세상에서 셰익스피어는 인간 속의 악이 얼마나 간단히, 그리고 빠르게 바이러스처럼 퍼져갈 수 있는지에 대한 사례연구를 제공한다. 어떻게 사람이 본질적으로 어떠한 인간적 감정도 거부하는 그런 행동을 저지르고 명령할 수 있는가? 비평가 스탠리 웰스가 지적하듯이 "국가 운명에 대한 그 극의 구조는 후대에는 그 속에서 맥베스가 겪는 개인적 비극보다 덜 매력적인 것으로 드러났다. 많은 현대의 공연은 맥베스와 그의 부인을 훨씬 더 강조하기 위해 텍스트를 조정한다."[32]

피터 홀의 1967년 공연은 〈맥베스〉를 기독교 연극으로 규정할 정도로 종교에 초점을 두었다. 그는 다음과 같은 행에서 종교적 상징에 이끌렸다.

재앙이 엄청난 사태를 만들어놓았습니다.
극악무도한 살인이
신성한 신전을 깨부수고,
그 건물에서 생명을 훔쳐가 버렸습니다.

왕의 살해는 신성모독적인 행위로 간주되고, 그와 더불어 "자연은 죽은 듯 조용"하다. 피터 홀의 개막 장면에서 변덕스러운 자매들은 피를 쏟아부은 십자가를 뒤집는 거대한 실루엣으로 제시된다. 십자가는 던컨의 뒤로 운반되고 나중에는 맬컴의 뒤로 옮겨진다. 던컨은 신성화된 왕권을 상징하는 하얀색 옷을 입었고, 나중에 맥베스가 같은 옷을 입고 등장할 때 "신성모독은 충격적일 정도이다." 종교적 해석은 "대성당처럼 보이는 어두운 오크 재질의 실내로 이루어진" 무대로 옮겨진다.[33] 대화가 시작되기 전에 이런 장면이 있었다.

내면에 존재하는 악을 보여주기 위해 낚아채 가버린 순수함, 미덕, 순진함에 관한 상당히 선정적인 진술이 있었다. 무대 위에 걸려 있던 커다랗고 하얀 천(천사의 날개일까?)이, 마녀들의 등장 직전에 펄럭이며 날아가서 날갯짓하다가 없어져 버린다. 그런 다음 엉겨 붙은 헤더*로 가득 찬 황야처럼 붉은 핏빛 카펫이 드러난다. 만약 누군가가 손을 거기에 대고 누르면 피가 스며 나올 것처럼 느껴진다. 그 뒤를 붉은 화강암처럼 보이는 절벽이 받치고 있고, 연기 중에 가끔 절벽의 일부분이 제거되어 바싹 마른 뼈처럼 희고 넓은 공간을 보여주는데, 마치 하얗게 표백된 해골에 걸려 있는 것처럼 보

1967년 피터 홀의 스트랫퍼드 공연 중에서 맥베스 부부가 왕관을 쓰는 즉위식 장면. 무대 위의 암흑과 빛의 날카로운 대조가 원초적인 선과 악의 관점에서 연출되었음을 강조한다.

*낮은 산에 자생하는 야생화.(옮긴이)

인다. 마녀들은 뒤집어진 십자가를 쥐고 이 핏빛 카펫 아래에서 솟아오르는 것처럼 보인다. [홀에게] 〈맥베스〉는 '악의 형이상학'이었다.[34]

극의 종교적인 면에 초점을 맞추는 것은 〈맥베스〉의 연출에 있어 주요 장애물 중의 하나를 극복하는 데에 도움이 된다. 그 작품의 초자연적인 요소를 재현하고, 현대의 세속적인 관객들로 하여금 마녀, 유령, 그리고 환영이 강력한 힘이 되는 그런 세상을 받아들일 수 있게 만든다.

대조적으로 1982년에는 하워드 데이비스가 그 극에서 종교를 배제하고 의도적으로 "탈신비화 원칙"을 강조했다.[35] 그의 공연은 이러했다.

너무도 많은 맥베스들이 빠져서 버둥거렸던 피와 어둠의 분위기를 완전히 치워버렸다. 대신 그는 무대 장치를 숨기려는 시도를 하지 않는 직접적이고 분석적인 스타일을 사용했다. 무대는 두 명의 타악기 연주자와 위층에서 찬란하게 각광을 비추는 여러 개의 장비가 지배했는데, 그들은 분위기를 제시한다기보다는 연기에 끼어들고 논평을 한다.[36]

초자연 현상에 대한 그의 묘사에는 "마녀들을 턱수염이 나 있고, 바싹 여윈 입술을 지닌 노파, 시들시들하고 흐트러진 의상을 걸친 존재로 형상화하려는 모든 시도의 포기"가 들어 있다.[37]

242

변덕스러운 자매들은 휙 날아다니는 담요를 타고 통상적인 일을 연기하고, 대사를 조각내어 맥베스의 반응에 의해 의미가 부여되기 전까지는 아무 의미 없는 '불완전한' 말장난으로 만드는 매력적인 젊은 여배우들이다. …… 연극적인 환영을 시도하지 않고, 지켜보는 동료가 환영에게 분명하게 직접적으로 말을 건다. 버넘 숲은 그저 칼을 뽑은 숲일 뿐이다.[38]

일부에 의해 심한 비판을 받기도 했지만, 이 공연에서 선택한 무대 연출은 관객들로 하여금 그 극을 새롭게 보도록 만드는 방식 때문에 인해 많은 이들로부터 찬사를 받았다. 원형적 악에 대한 인식의 부재는 아마 트레버 넌의 획기적인 1976년 공연이 제시했던 관점에 대한 반발이었거나 최소한 대안이었다. 넌은 그 작품을 가다듬어 본질을 추려냄으로써, 명확한 강렬함과 함께 결코 약해지지 않고 조용히 전체를 뒤덮는 악의 느낌을 창조해냈다. 디아더플레이스 스튜디오 극장의 마루에 그려진 원은 그 극의 액션을 포괄한다. 주 연기 공간으로 사용된 그 원은 마술사들이 주문을 걸 때 자신을 보호하기 위해 서 있거나 그 안에서 맥베스의 악을 쫓아내는 마법의 원을 상징한다. 그것은 또한 왕권의 종교적, 제의적 측면인 "금관"을 상징한다.

트레버 넌은 첫 장면을 작품 전체에 걸쳐서 분명하게 드러나는, 선의 반대편에 포진한 악의 힘이 주는 강력한 느낌을 묘사하기 위해 사용했다. 던컨과 그의 신하들이 기도하는 동안, 세 마녀는 공연장

의 원 가운데로 옮겨가서 신음하고 울부짖기 시작한다. 그들의 목
소리는 점점 커져서 마침내 독실한 던컨을 압도한다.[39]

어둠에 휩싸여 있고 도드라지게 높이 솟아오른 공식적인 무대
가 없었으므로 배우들은 맨바닥에서 연기했다.

2백 명이 채 되지 않는 관객들은 연기 공간의 삼면에 앉아 있었는
데, 2열은 비계를 써서 바닥보다 높았다. …… 연기 공간은 검은색
으로 칠한 원으로 구별되었는데, 그 주위로 공연에 참여하지 않는
배우들이 포장 상자에 앉아 있곤 했다. 그로 인해 관객들은 그 원
의 바깥쪽에 앉아서 자신들의 예언을 실현하는 맥베스를 지켜보는
마녀들을 볼 수 있었고, 가족이 살해당하는지도 모른 채 앉아 있는
맥더프를 볼 수 있었다. …… 등장인물은 열네 명으로 줄였고(〈맥
베스〉가 처음 공연되었을 때의 숫자와 비슷함) 겹치기 출연도 일
부 있었다. 관객은…… 배우들에게 너무도 가까이 있었으므로 그
들 사이에는 과도한 친밀감이 형성되었고 대사는 조용하고 미묘하
게 말할 수 있어서…… 그 극은 저주에 관한 극이라기보다는 등장
인물들의 마음에 관한 것이었다. …… 그렇게 평이하고, 꾸밈없는
주변 환경 속에서 공연의 성공은 전적으로 배우들에게 달려 있었
다.[40]

빈약한 무대 장치를 사용한 이 연출의 성공은 다른 연출자들로
하여금 자신들이 연출하는 맥베스 부부의 심리적 내면을 무대

244

디자인에 반영하도록 이끌었다. 인식 가능한 내면을 재창조하려는 이러저러한 시도를 버리고, 디자이너들은 로열 셰익스피어 극장의 주 무대 위에 유사한 친밀감과 강렬함을 표현하려고 애썼다. 1986년에 맥베스 역할을 연기했던 조너선 프라이스는 이렇게 말했다. "나는 이 극이 어떤 특정한 사회에 직접적인 관련성을 갖는 어떤 특정한 지점을 배경으로 삼는다고 생각하지 않는다. 이 극은 세월을 아우르는 울림을 지니고 있다. 어떤 극이 인간 정신의 개관을 제시할 때, 그것을 어디에 국한하는 것은 너무 옹색할 것 같다."[41]

프라이스가 연기하고, 에이드리언 노블이 연출한 공연에서 밥 크롤리의 무대는 "마술사의 어떠한 속임수도 눈치챌 수 없는 마술 상자이다. 문이 갑자기 나타나고, 계단은 평평한 벽에서 갑자기 튀어나온다. 그런 다음 벽은 스스로 움직이기 시작한다. 맥베스 부부의 세계는 점점 작아져서 마침내 관처럼 느껴진다."[42] 무대는 "밀실공포증을 일으키는 압력 방"[43]으로 다양하게 묘사되고 "속이 빈 나무 벽으로 둘러싸인, 움푹 들어간 플랫폼"이 있는 텅 빈 상자였다. 그것은 황야, 성, 주인공의 두개골 내부 등 어떤 곳도 될 수 있다.[44]

1993년에 맥베스 역을 멋지게 연기한 데릭 제이코비와 연출가 에이드리언 노블은 두 번째로 그 극을 공연하면서 주연 배우의 연기를 전체 연출의 초점으로 삼았다. 디자이너 이언 맥닐은 이렇게 설명한다.

데릭은 당신을 어떤 사람의 머리 안으로 멋지게 데려가고 그들의 심오한 사상과 감정을 탐험한다. 나는 우리가 그렇게 할 수 있게 도와주는 것이 바로 그 무대라고 생각한다. 어둡고 내밀한 특성은 공연을 중심인물의 내적이고 형이상학적인 부분에 초점을 맞추도록 허용한다. 기본적으로 무대는 검은색 상자인데…… 색깔을 도입하면 훨씬 큰 영향을 미칠 수 있다. 진홍색 드레스를 입은 맥베스 부인의 첫 등장, 던시네인에서 던컨의 도착을 반기는 화려한 연회, 맥베스와 그의 부인의 손에서 뚝뚝 떨어지는 피, 마녀들의 초자연적인 행렬, 잉글랜드 장면에서의 파릇파릇한 색상이 그 공연의 음울한 어둠 속에서 특별히 두드러진다.[45]

맥닐은 무대 전체에 걸려 있으면서 그 극의 마술적 요소를 위한 공간이 되는 움직이는 다리를 고안했다. 조연출인 피어스 이보트슨은 "그 **다리**는 극의 위계질서를 물리적 실체로 **보여주**는 장치이다. 마녀들을 **보여주**고, 나중에는 인간사 위로 맴도는 뱅쿠오의 유령을 보여준다"고 그 개념을 설명한다.[46]

많은 사람들에게 실내극으로 간주되는 〈맥베스〉는 밀착된 무대에서 더 효과적인 것으로 보인다. 1999년에 그레고리 도란은 1986년에 건설된 약 4백 석 규모의 자코뱅 양식의 공연장인 스완 극장에서 그 극을 무대에 올렸다. 이 공연은 수용 인원이 훨씬 적은 검정색 상자형 스튜디오인 디아더플레이스에서 1976년 트레버 넌이 연출한 공연 이래로 RSC 공연 중 최고로 여겨져 왔다. 다른 많은 공연들과는 달리, 도란과 그의 디자이

너는 동유럽의 갈등이라는, 쉽게 파악할 수 있는 현대 세계를
배경으로 한다.

도란의 소박한 무대 연출은 휴식 없이 공연되었고, 속이 엄청나게
울렁거릴 정도의 속도로 질주한다. 또한 현대 의상을 입고 공연되
었으며, 공포의 목록 중에서 불가피하게 구 유고슬라비아에서의
잔학한 갈등을 연상시킨다. 그러나 도란은 결코 일부러 특정한 유
사물을 만들어내지는 않는다. 대신 악몽처럼 강렬하게 불타오르
는 잔인함과 공포의 환각과도 같은 인상을 머릿속에 만들어낸다.
그 긴장은 에이드리언 리의 몹시 불안한 타악 음악에 의해 계속 커
져간다. 거의 모든 연기는 어스름이나 음산한 어둠 속에 위치한다.
…… 도처에 그림자가 있다.[47]

모든 것이 움직인다. 불안하고 이중적이다. 극을 처음 시작하는 대
사인 마녀들의 저주는 어둠 속에서 말해진다. 견고한 벽처럼 보이
는 것은 그곳에서 환영이 튀어나올 때 굽어진다. 버남 숲이 던시네
인으로 다가올 때, 그것은 황혼의 소용돌이처럼 다가와서 잠시 동
안 정말로 섬뜩한 사건으로 보여진다.[48]

저널리스트이자 방송 진행자인 퍼걸 킨이 프로그램 해설을 썼
는데, 전쟁터에서 보도를 맡았던 경험으로 그는 20세기 말에
맥베스가 어떤 연관성을 지니는지에 대해 독특한 통찰력을 보
여주었다.

내 삶은…… 군벌들의 심장부를 지나가는 여행이었다. 벨파스트로부터 프리토리아로, 사라예보에서 코소보로, 르완다에서 캄보디아로 지나갔다. 나는 '주제넘은 야심이 과욕으로 인해 실패하고' 인간성에 대한 더 큰 도덕적 목적이나 본능도 뛰어넘는 남성과 여성을 만났다. 안타깝게도 통찰력의 부족으로 인해 〈맥베스〉는 우리의 시대와는 무관한 극으로 생각되어왔다. 사실은 이 피비린내 나는 쿠데타와 내전의 시대에 더 관련이 있는 드라마는 생각할 수 없다. 올해만 해도 한때 신뢰받던 장군이 파키스탄에서 권력을 잡았다. 아프리카에서는 총을 쥔 귀족들이 콩고를 황무지로 만드느라 여념이 없다. 동티모르에서는 위란토 장군의 특수부대 용사들이 독립을 위한 국민투표에 앞서서 수개월 동안 상대편을 살해해왔다. 〈맥베스〉가 관련이 없다고? 결코 그렇지 않다.[49]

철학자, 군인 및 정신병자로서의 맥베스

맥베스를 연기하는 사람의 큰 문제는 감수성과 폭력성, 심한 우울증과 거친 잔혹성이라는 적대적인 양극단을 함께 묶어놓아야 하는 것이다. 어떤 맥베스들은 연회 장면의 끝 무렵에 이미 마지막 힘을 쏟아낸다. 반면 다른 이들은 아이거 봉의 북벽처럼 기다리고 있는 저 5막을 위해 몸을 아긴다.[50]

제1차 세계대전에서 돌아온 병사들의 심리적 어려움을 설명하면서, 영국 정신분석협회의 회장인 어니스트 존스는 전쟁이 "문명화된 기준의 공식적인 폐지" 상태를 만들어내는데, 남

성들이 "문명화된 사람들에게는 절대로 용인되지 않는 종류의
행동에 몰두하는 것을 허용할 뿐 아니라 장려한다. …… 이전
까지 금지되었거나 숨겨진 모든 종류의 충동들, 잔인함, 가학
성, 살의 등등의 충동들이 훨씬 더 활동적이 되도록 자극된다"
고 설명한다.[51] 우리와 변덕스러운 자매들이 맥베스를 만날 때,
그는 전쟁터와 집 중간쯤에 있으며 육체적, 정신적으로 불안정
한 두 세계 사이에 놓여 있다. 자매들의 예언은 국왕 시해의 생
각을 심어주기 때문만이 아니라, 사회에 순응하도록 요구하는
압력에 의해 통상적으로 강요되어온 그러한 제약 없이 "금지되
고 숨겨진 충동"을 풀어놓음으로써 만약 그의 전쟁 심리가 그
의 내적 심리가 된다면 무슨 일이 벌어질지 맥베스가 알고 있
기 때문에 놀라운 효과를 낳는다. 특출한 전사인 그는 이 장벽
을 넘어서는 것이 잔혹한 결과로 이어질 것임을 알고 있다.

　1986년, 조녀선 프라이스는 일이 벌어지기를 기다리는 정신
병자, "우아한 표현을 지닌 살인병기"로서의 맥베스를 연기했
다.[52] 명령을 따르는 데 익숙한 모범적인 군인인 그의 맥베스는
처음에는 수동적이다. "어떤 일을 하기 위해서 그는 명령을 받
아야만 한다. 지금까지 그는 왕의 명령을 따랐다. 이제 그는 다
른 곳에서 명령을 받는다. 그 명령은 그의 내밀한 야심을 표현
하게 된다."[53] 그가 의무에 충실한 병사로부터 "신경증적 에너
지를 지닌 악귀"[54]로 전락한 것은 그 공연의 가장 중요한 요소
였다. 맥베스의 성격에 있어서의 섬뜩한 변화는 강력하고 무서
운 효과를 지니고 있었다. 맥베스 부인을 연기한 시네이드 큐

객은 "그녀가 그의 마음과 삶에 풀어놓은 지옥을 모르고 있으며 그가 무엇이 될지도 모르고 있다"고 지적했다.[55] 대부분의 맥베스가 공연에서 그 예언에 관한 자신들의 진짜 느낌을 숨기기 위해 재빨리 가면을 쓰는 반면, 프라이스의 맥베스는 그 소식을 듣고 기절한다. 그의 과도한 반응은 아마 그저 왕이 되는 생각을 한 것만이 아니라, 이미 왕을 살해하는 것에 대해 생각했음을 나타낸다.

프라이스의 공연은 그 인물을 애초부터 충분히 생각한 주목할 만한 예이다. 그는 '사악한 꿈'에 의해 오랫동안 고통받지만 신변 불안 때문에 완강한 사나운 군인을 제시한다. 시해 이후에도 그는 눈에 띌 정도로 같은 인물로 남아 있다.[56] 족히 3분의 1에 가까운 연기에서 그는 비위를 맞추는 가면을 유지한다. 지나치게 겸손하고 항상 매력적인 웃음을 짓는다. …… 그 가면에 금이 가도 서서히 그럴 뿐이다. 연회의 절정에서, 그는 손님들을 속이기 위해 광기를 우스꽝스럽게 드러냄으로써 다양한 모습을 보여주는데, 그때에 이르러서야 마침내 그 괴물은 알을 깨고 나온다. 그는 아내의 손을 잡고 '밤의 시커먼 암살자들'에 관한 대사를 말하는데, 그녀로 하여금 비틀거리며 무대를 가로지르게 만드는 등골 오싹한 비명 소리를 내며 끝난다. 그런 다음 그의 작은 농담에 웃음을 터트린다.[57]

시네이드 큐잭은 이 장면 바로 직후에 프라이스가 자신이 맡은

250

4막 1장에서 주문을 걸어 불러낸 어린 왕의 "환영"과 함께 있는 맥베스 역의 조너선 프라이스. 던컨, 뱅쿠오, 맥더프, 시워드와는 달리 "그에겐 자식이 없다." 에이드리언 노블이 연출한 1986년 공연.

배역의 마음과 맥베스 부부의 관계가 분열되는 것을 보여주고
있음을 기록했다.

> 그런 다음 그는 내 얼굴에 온통 립스틱을 발랐다. 그는 입에 손을
> 대고 키스하는 척하면서 내 턱을 아래로 확 잡아당겼다. 그것은 포
> 옹의, 과거에 그랬던 것의 졸렬한 모방이었다. 그는 '그것은 더 이
> 상 내 인생에서 아무런 힘도 없어'라고 말하면서 그녀의 면전에다
> 그들의 성욕을 집어던져 버리고, 짖어대듯이 웃으며 그녀를 조롱
> 했다. 그의 광증은 어마어마하게 위험하고 그녀는 공포에 질려 있
> 다. …… 그리고 깊이 상처받으며 어쩔 줄을 몰라했다. …… 그는
> 나에게서 완전히 떠났고 결코 다시 돌아오지 않을 것이다. 그것은
> 완전한 절망의 느낌이었다.[58]

프라이스와 대조적으로, 훨씬 감성적인 인물을 연기하는 것으
로 유명한 배우인 데릭 제이코비는 1993년에 맥베스의 감정적
인 복합성을 끄집어냈다. 그는 맥베스의 심리적인 여행에 초점
을 맞추어서, 그를 비극적 영웅으로 복귀시켰다. 그 역할에 대
한 제이코비의 적합성에 관해서 연출가인 에이드리언 노블은
이렇게 언급했다.

> 나는 그가 타고난 맥베스이지만 타고난 정신병자는 아니라고 생
> 각한다. 그 사람이 정신병자라는 생각은 그 역할에 대한 우리의 인
> 식에 겹쳐져 있다. 거기서 정신병자를 빼버리면, 그 작품은 무엇이

존재하고 무엇이 그렇지 않은지에 대한 형이상학적 논쟁이다. 점점 커져가는 그의 환각은 그 자체로 은유이다. 그것은 《리어 왕》과 《햄릿》에서 탐구했던 광증, 통제력 상실에 대한 두려움에 관한 장면들을 포괄한다. 또한 그것은 지금껏 쓰인 폭정과 그 방법에 대한 가장 훌륭한 해설이다.[59]

제이코비는 그의 공적인 측면과 사적인 측면에서의 분열, 그리고 전쟁터에서 그를 지배하는 킬러 본능이 자신의 대부분을 찬탈하는 과정을 추적함으로써 맥베스가 악으로 쇠락하는 것을 철저히 고찰했다.

맥베스는 처음에는 사람을 죽이는 데 익숙한 당시의 다른 군인들에 비해 악에 대해 덜 알고 있는 것처럼 보였다. 내 상상력을 사로잡은 것은 그에게 미친 악의 영향과 그것이 초래하는 변화였다. 우리는 많은 시간 동안 무엇이 무서운가, 무엇이 눈에 띄게 악한가, 저 밖에 무엇이 있는가를 생각하며 리허설을 했다. 그 극의 세계 주위에서 악의를 품고 숨어 있는 것처럼 보이는 그런 힘 말이다. 이 부분이 심리학적으로 최대한 철저하게 우리가 열심히 탐구하려 애썼던 영역이다. …… 내가 보기에 '이렇게 궂고도 좋은 날'은 날씨를 가리키는 것이 아니다. '궂은'은 그가 잘라버린 머리와 헤집어버린 배에 관한 표현이다. '좋은'은 이러한 멋진 승리를 위해 그 일을 할 가치가 있었다는 뜻이다. 마녀들이 사용한 어구를 그가 우연히 반복할 때 그가 처한 마음의 상태는 바로 그러하다. 그 승리 때문에 그는 고도의 흥분과 감정 고갈의 상태에 처해 있다. 그는 하루 종일 사람을 죽였다. 그는 피로 뒤덮여 있다. 이런 상태에서 그는 그 소식을 듣는다. 이런 상태에서 그는 그것에 대해 반응해야 한다. 극의 다음 단계에서 일이 벌어지는 속도는 상당 부분 맥베스가 마녀들의 인사를 받아들일 때의 육체적, 정신적 상태에 의해 좌우된다. …… 우리는 서로 사랑에 빠져 있고 편안한 커플을 제시하고 싶었다. 또한 우리는 죽이고 해치는 것이 임무인 전사로서의 맥베스와 남편이자 연인이고, 춤추고 음악을 듣는 가정적이고 교양 있는 남자로서의 맥베스 사이의 대조적인 모습을 보여주고 싶었다. 전쟁터에서 벗어나 있을 때 그는 절대로 우락부락하거나 잔인하게 행동하지 않는다. …… 그가 쓴 첫 단어들은 '사랑하는 당신'이다. 이는 매우 낭만적인 어구인데, 그는 다시는 이것을 사용하지 않는다. 정말이지 아내에 대한 그의 언어는 애정이 점점 덜 느껴진다.[60)]

(마지막 항목은 의문의 여지가 있다. 맥베스 부부는 3막 이후 함께 무대 위에 등장하지 않는데, 그동안 맥베스는 여전히 자신의 아내를 부드럽고 사랑스럽게 "사랑하는 자기"라고 부르고 있다.) 비평가 어빙 워들은 이렇게 말한다.

제이코비의 열린 마음을 지닌 군인은 또한 (맬컴의 선임에 앞장서서 갈채를 보내는) 마키아벨리적 배우이다. 점점 커지는 가혹함은 점점 커져가는 연약함과 연결된다. (가마솥 장면에 이르러서도 그

는 스쳐가는 전령에게서 위안을 찾으려고 기를 쓴다.) 그리고 마침
내 녹초가 된 이 장군은 맥더프와의 싸움에서 원래의 용맹함을 되
찾는다. 도약 리듬을 가진 약강조의 시행을 폭발시키는 전달 방식
으로 인해 강화되는 내적 공포를 불러일으킴으로써, 제이코비는
영웅으로서의 맥베스를 되찾는 일을 이루어낸다. 관심은 항상 그
에게 집중된다. 그에게 생기는 일은 다른 사람에게 생겨나는 일보
다 더 중요하다. 심지어 맥더프의 가족을 학살할 계획을 세울 때에
도 그는 여전히 개인적인 매력을 지니고 있다. 인간성과의 유대가
단절된 그 사람이 여전히 관객의 동정심을 받는다. 내 생각에 이것
은 도덕적으로 방어할 수 없는 해석이다.[61]

또한 제이코비는 맥베스의 두려움, 자신이 악으로 빠져들고 있
다고 맥베스가 항상 인지하고 있음을 파악했다.

나는 그가 특히 자신과 관련되어 두려움에 관해 말하는 때를 표시
하며 그 극을 검토해보았다. 그는 모든 장면에서 그렇게 한다. 그
것은 그에게는 무엇보다 중요하다. 그 사람은 계속 두려워한다. 살
인을 저지르기 바로 직전에도 그는 두려워한다. 단검에 관한 대사
는 두려움에 질린 대사이며, 겁에 질린 남자가 내뱉는 말이다. 그
는 그녀를 위해 살인을 하고, 이는 두 사람을 모두 파멸시킨다.[62]

"아, 내 마음은 전갈로 가득 차 있소!" 그 자신이 계속해서 그의
행위에 저항하고 싸우고 분열을 일으키기 때문에 두려움이 존

재한다. 그가 "벌거숭이 갓난아기"처럼 "동정심"을 불러일으킬 때, 맥베스의 내부에서 이 싸움은 언어와 결합한다.

> 그의 머리는 선과 악의 혼합물로 가득 차 있다. 이 순간 우리 모두가 소유한 그의 사악한 면이 승리하고, 그것과 균형을 맞추기 위해 그는 최고의, 가장 순수한, 가장 순진한 이미지를 지닌 천사와 갓 태어난 아기, 그리고 하늘의 이미지를 끌어낸다. 그것은 모두 순수하고, 더럽혀지지 않고, 멋진 이미지들이다. 그것들로부터 선이 쏟아져 나온다. 그것들은 빛이 난다. 그리고 반대쪽에는 어둡고, 피에 굶주리고, 사악하고, 축축한 생각이 존재한다.[63]

제정신으로 남아 있기 위해, 제이코비의 맥베스는 자신의 삶에서 감정적인 면을 잘라낸다. 이는 아무리 의지가 강하더라도 맥베스 부인은 할 수 없는 그런 일이다. 맥더프 부인과 그 아이들을 살해하라는 명령을 내리고 난 후에, 맥베스는 그 결과를 확인하러 간다. "그것은 진정으로 기괴한 것이다. 마지막에 그가 받아들여야 할 것은 바로 그토록 끔찍한 감정의 결여이다."[64]

맥베스 부인: 마귀 같은 왕비에서 슬퍼하는 어머니까지

맥베스 부인 역할을 연기하는 여배우라면 누구나 겪는 어려움은 가장 중요한 대사를 전달해야 하는 상황에 빠져드는 속도이다. 준비 과정이나 뒷이야기도 없다. 우리가 그녀를 보는 순간, 그 여배우는 수직 이륙에 버금가는 것을 완성해야만 한다. 인상적인 첫 대사부터 최후의 광기까지, 맥베스 부인은 아주 적은 수의 장면에서 심리적인 궤적을 잘 보여주어야 한다.

주디 덴치는 야망에 사로잡힌 여인으로 연기했다.

> 나긋나긋한 의상은 머리카락과 몸매를 효율적으로 숨기고, 손과 움직이는 모습만 보이게 남겨두는 단조로운 검은색 의상으로 대체되었다. …… 거친 목소리로 기도하며 정령들을 향해 무릎을 꿇을 때, '무시무시한 잔인함'으로 채워지라는 그녀의 요구는 갑자기 그녀를 겁에 질리게 만든다. 그녀는 공포에 사로잡힌 동물의 비명 소리를 내뱉고 마치 마귀와 마주하기라도 한 듯이 손으로 눈을 가리며 도망친다. 그녀는 자신이 껴안는 악에 대해 환상을 가지고 있지 않지만, 그 떨림은 그녀를 물러서게 만든다. 마지막에 그녀가 광적인 흥분에 이르면, 어둠을 껴안기 위해 뻗은 두 팔은 예상치 못하게 도착한 남편을 맞을 준비가 되어 있다.[65]

이 강렬한 스튜디오 공연에서는 초자연적인 현상의 힘이 손에 만져질 듯하고, 맥베스 부인의 독백은 주문, 혹은 마법으로 느껴졌다. "여기로 오라"는 그녀의 대사에서 마치 마법으로 소환한 듯 맥베스가 무대 위에 등장했다.

그 역할에 대한 구상을 이야기할 때, 대부분의 현대 여배우들은 맥베스 부부가 아이를 잃은 적이 있다는 생각을 했고, 이를 그들의 공연에 포함시켰다. 이러한 관점은 에이드리언 노블의 1986년 공연에서 무척 강조되었다.

조너선 프라이스와 시네이드 큐잭이 연기한 맥베스 부부는 권력이 부모로서의 지위를 대신하는 자식 없는 스트린드베리적 커플로 다루어졌다. 맥베스 부인이 그녀의 남편을 겁쟁이라고 힐책하자, 그는 그녀의 뺨을 때렸다. …… 그 부부는 그녀가 아이를 잃은 것을 언급한 순간, 맹렬히 보호하며 서로를 껴안았다. 당신은 강렬한 정치적 반향을 지닌 친숙한 가정 드라마를 지켜보았다고 느꼈을 것이다.[66]

사회적 고립, 갈망, 우울, 외로움, 그리고 필사적으로 아이를 원하는 부모를 괴롭히는 철저히 황량한 느낌을 대체하고 타파하며, 이 맥베스 부부는 형태가 뒤틀린 신념 속으로 자신들의 에너지를 쏟아붓는다.

리허설이 진행될 때, 그 비극의 초점을 맞추기 시작한 것은 '그는 아이가 없다'라는 이 황량한 생물학적인 자료였다. 〈맥베스〉는 여러 겹의 배반으로 이루어진 정치 비극이라기보다는 결혼의 파괴를 다루는 가정 비극이 되었다. 아이가 없음으로 인해, 맥베스 부부의 에너지는 창조력을 조롱하는 강박증으로 방향을 틀었다. 그들은 다른 사람들의 아이를 죽이고, 그들의 왕국을 황무지로 바꾸었다. 그러나 불모의 통치권을 쥐는 것이 무엇을 의미하는지 알게 되자, 자식이 없다는 사실은 두 배로 그들을 조롱한다. 후사 없이는 성공이 있을 수 없다. …… 맥베스는 주위에 아이가 있는 것을 좋아했다. 그는 아이들의 놀이를 좋아했다. 마녀들의 환영은 하얀색 잠옷을 입은 매혹적인 아이들이었는데, 마루에 무릎 꿇고 앉은 왕을 두고 까막잡기 놀이를 하고, 낄낄대며 그의 귀에 예언을 속삭이고, 뱅쿠오의 후손들로 이루어진 끝없는 행렬로 그를 둘러싼다. 이 하얀 잠옷을 입은 아이들이 바로 맥더프의 습격당한 가족이 된다. 그들 중 하나는 마루에 앉아서 암살자의 신발 끈을 가지고 놀다가 들어 올려져 칼에 찔리고 마는데…… 그런 이미지는 그 극이 탐구하는 악의 동시대적인 표현에서 찾아볼 수 있다. 아동 학대는 절대적인 금기이며, 아이의 죽음은 절대적인 슬픔이다.[67]

맥베스 부인은 이러한 "살인 도구"가 되기 위해 자신의 여성성을 희생시킨다. 그녀는 스스로 자신의 성을 버리고, 자신과 남편에게서 "인간으로서의 친절함이라는 젖"을 말려버리려 애쓰는 과정에서 여성성을 억압한다. 그녀에 대한 처벌은 자살만이 유일한 탈출구인 채로 영원히 범죄에 갇혀버리는 것이다. 그녀는 항상 밤의 상태에서 살아간다. 깨지도 잠들지도 않은 채, 삶과 죽음의 중간쯤에서 살아간다(몽유병은 한때 마귀에 사로잡힌 결과로 여겨졌다). 1986년 시네이드 큐잭의 맥베스 부인은 던컨의 피를 보는 것으로 촉발된 육체적, 심리적 혐오감을 그 인물에 집어넣었다.

그런 다음 그녀는 피를 보는데…… 그녀의 마음속에서 어떤 일이 벌어진다. 그녀에게 그 광경은 끔찍하다. 그것이 실제로 존재한다는 사실은 그녀에게 충격을 준다. 그녀는 살해를 상상했지만, 비전을 지닌 사람들은 그것이 현실이 될 때 종종 충격을 받는다. ……
여배우로서 나는 내 손에 피가 묻었을 때 저장했다가 나중에 참조
할 수 있는, 내 머릿속에 들어 있는 순간적인 깨달음을 약간 보여
주려 애썼다. …… 그런 다음 우리는 다른 언어로 말하기 시작했
다. 항상 서로에게 접촉해야 할 필요가 있는 우리들은 내내 멀어졌
다. 그가 살해했을 때, 우리들 중에서 누구도 서로를 건드리고 싶
지 않았다.[68]

현대의 공연에서 서로 의존하는 부부이자, 첫 장면에서 성적으
로 정신적으로 친밀하게 그려지기에, 살인이 있은 직후의 이러
한 육체적 어색함은 그들의 관계가 와해되는 것으로 나아간다.
에이드리언 노블의 1993년 연출에서는 이렇게 그려진다.

던컨의 살해 이후, 그들이 서로 껴안을 때의 어색함에서 앞으로 소
원해질 관계의 씨앗을 볼 수 있는 놀라운 순간들을 찾을 수 있다.
그들의 친밀함은 두 사람 모두 손에 피가 묻어 있다는 사실로 인해
심하게 손상되는 것이다. 그런 다음 맥베스는 자신의 계획에서 아
내를 명백히 제외시키기 시작한다. 연회 장면이 끝난 후 그들은 커
다란 식탁의 양쪽 끝에 앉아 있고, 맥베스가 만든 정보망에 관해
맥베스 부인[셰릴 캠벨]이 들으며 몸이 경직되는 것을 보면서, 우
리는 이제 그들이 택할 서로 다른 길에 대해 스산한 느낌을 가질
것이다. 주인공은 무자비한 완강함으로…… 그의 아내는 광증으로
나아간다.[69]

해리엇 월터의 놀랍고도 강렬한 1999년의 연기는 맥베스 부인을 무시무시하고, 매우 인간적이고, 궁극적으로는 불쌍한 인물로 만드는 성격의 요소를 잘 결합시켰다. "그녀는 극도로 냉정한 위엄을 지니고 있다. 남편의 머뭇거림에 대한 그녀의 분석은 경멸스럽지 않고 초연하다. 그러나 자기 통제는 지나치지 않다. 항상 평범한 인간이 그 뒤에 있음을 알 수 있을 것이다. 결국에는 깨지고 마는 여성이."[70]

월터는 실제로는 그렇지 못한 사람이 그런 사람이 되려고 애 쓸 때 생겨나는 초조함을 그녀의 목소리에 담았다. 고립되었을때 잠재적 정신병이 더 심해지는 여성의 실제 느낌이 들어 있는 것이다. 남편 이외에는 지지할 수단도 없이, 아이들을 둘러싼 사회적 접촉과 더불어 발달하는 그런 종류의 동료들 간의 네트워크도 없이, 맥베스 부인은 그녀 자신만의 상상의 세계에서 너무 많은 시간을 보낸다. 그녀는 맥베스와 대등한 사람으로 인식되는데, 그녀는 자신이 불러내는 악을 인식하고 있지만 자신들의 결혼을 회복시킬 수단으로서 그것에 이끌린다. 그녀가 "젖을 빨렸다"는 사실을 언급하는 것은 아내와 남편이 그 고통스러운 기억으로 인해 서로를 향해 다가설 때 생생한 아픔으로 받아들여진다. 연회 장면의 끝부분은 한때는 긴밀했던 이러한 동반자의 쇠락하는 마음과 결혼을 상징하기에 유달리 감정적인 힘을 지닌다.

뱅쿠오의 유령이 등장하는 장면의 마지막 부분에서(여기서 순전히 쉐의 미친 반응에 의해 불러내어지는데), 그녀와는 뿌리에서부터 완전히 갈라진 것처럼 보이는 남편과 함께 그녀는 끔찍이도 나지막이 흐느끼듯 웃어댄다. 그것은 그들의 예전의 친밀감에 대한 섬뜩한 패러디 같다.[71]

권력의 주변부로 밀려난 채, 남편의 자문위원단에서도 제외되자, 그녀는 내면적인 추방의 비애감을 지니게 된다. 그리고 몽유병 장면은 잠자면서 걸어 다니는 재미있는 여흥이 아니라 무질서한 잠재의식에 대한 두려운 탐사가 된다.[72]

전쟁과 외상 후 스트레스에 대한 우리의 이해는 현대의 〈맥베스〉 공연에 영향을 미쳤다. 끔찍한 광경을 목격하고 끔찍한 행위를 저지르는 전쟁의 부당함 때문에 많은 수의 민감한 군인들은 불면증, 강박 행동, 폭력, 망자들이 되살아나는 환영으로 이어지는 정신적 충격을 겪는다. 맥베스에게 있어서 아이러니는 이러한 장애가 전쟁터에서의 무장 전투의 결과로서가 아니라 자신의 집에서 국왕을 시해한 결과로 생겨난다는 점이다. "이중적 의미로 얼버무리고" 나서, 그는 전쟁 영웅에서 불명예스러운 악당으로 바뀐다. 이에 대한 그의 민감한 인식은 그를 계속 인간이게 만든다. 같은 면에서, 맥베스 부인의 정신적 고통은 양심의 가책과 억압하려 애써온 인간성을 없앨 수 없기 때문에 견딜 수 없는 수준으로 강화된다. 그것을 들은 사람이라면 그 누구도 짐승의 울부짖음과 존재론적인 아우성 사이의 어떤 것이라고 할 수 있는 그 소음을 잊지 못할 것이다. 주디 덴치는 몽유병 장면에서 주문을 걸어 자신에게서 그것을 끌어냈다.

연출가의 작업: 트레버 넌, 그레고리 도란, 루퍼트 굴드와의 인터뷰

트레버 넌 경 현대 영국 연극계에서 가장 성공하고 존경받는 연출가 중의 한 사람이다. 1940년에 태어난 그는 케임브리지 대학의 명석한 학생으로서 F. R. 리비스 박사의 '문학작품 정독하기'에 많은 영향을 받았다. 스물여덟이라는 젊은 나이에 피터 홀의 뒤를 이어 RSC의 예술감독이 되었고, 1978년까지 그 자리를 지켰다. 그는 극단의 작품 폭을 크게 넓혔을 뿐 아니라 공연장과 순회공연의 측면에서 극단의 야심을 크게 확장시켰다. 또한 뮤지컬 공연에서도 대단한 성공을 거두었고, 이후 런던 국립 극장의 예술감독이 되었다. 그의 공연들은 언제나 작품에 대한 통찰력으로 가득 차 있으면서, 디자인에 있어서는 절제되고 우아했다. 그의 공연 중 가장 호평을 받았던 셰익스피어 작품으로는 이언 맥켈런이 주연을 맡은 일련의 비극 작품들, 즉 〈맥베스〉(1976년, 디아더플레이스의 어둡고 친밀감 있는 공연장에서 주디 덴치와 공연했다), 〈오셀로〉(1989년, 이언 맥켈런은 이아고로, 이모겐 스텁스는 데스데모나로 분했다), 그리고 〈리어 왕〉(2007년, 스트랫퍼드 전작 페스티벌의 일환으로, 월드투어와 런던 공연도 있었다) 등이 있다. 여기서 논의할 〈맥베스〉는 20세기의 가장 위대하고 가장 영향력 있는 공연의 하나로 널리 간주되며 그중 하나의 연출작이 영화화되었다.

그레고리 도란 1958년에 태어났고, 브리스톨 대학교와 브리스톨 올드빅 연극학교에서 수학했다. 노팅엄 플레이하우스에서 조연출이 되기 전에 배우로 연극계에 입문했다. 그는 극단의 연출을 맡기 전에 RSC 앙상블에서 몇몇 단역을 연기하다가 처음에는 자유 계약자로, 그다음에는 조연출, 그 이후에 수석 조연출로 일했다. 그가 연출한 작품은 극도의 지성과 명료함을 그 특징으로 하며, 여러 편의 작품에서 파트너인 안토니 쉐가 주연을 맡았다. 그는 셰익스피어의 덜 알려진 몇 편의 희곡과 엘리자베스 및 제임스 1세 시대 동시대 작가들의 작품을 재공연함으로써 특별히 명성을 얻었다. 쉐와 해리엇 월터가 주역을 맡은 1999년작 〈맥베스〉는 큰 찬사를 받았으며 그중 하나의 연출작이 영화화되었다.

루퍼트 굴드 1977년에 태어났다. 케임브리지 대학교에서 수학했고, 돈마르 웨어하우스에서 샘 멘디스 밑에서 조연출로 일했다. 다양한 실험적 작품을 맡은 후, 2006~2007년에 베테랑 연극배우이자 텔레비전 배우인 패트릭 스튜어트와 함께 큰 찬사를 받은 두 편의 셰익스피어 공연을 연출했다. RSC에서 1년 동안 계속된 전작 페스티벌의 일부로 공연한 〈템페스트〉와 친숙한 현대식 의상으로 연출한 〈맥베스〉는 치체스터의 미네르바 극장에서 공연되었으며, 이후 런던의 웨스트엔드, 브루클린 음악원, 그리고 마침내 브로드웨이에 진출했다. 그 공연은 런던에서 여러 개의 상을 받았으며, 뉴욕에서는 토니 상의 여섯 개 부문 후보로 지명되었다. 2009년에 RSC의 조연출이 되었다.

작품의 마지막에서 맬컴은 맥베스 부부를 "죽어버린 백정"과 그의 "마귀 같은 왕비"로 묘사합니다. 하지만 그들에겐 그보다 더 많은 것이 있어야 하지 않는지요? 특히 맥베스 부인의 경우에, 여배우가 자신의 인간적 면모와 씨름해야 하는 오랜 전통이 있습니다("그가 내 아버지를 닮지 않았다면" 따위의).

넌 여러 가지 면에서, 〈맥베스〉는 악의 본성이라는 주제에 집중합니다. 그러기에 그 극은 뱅쿠오 이야기와 잉글랜드 장면에서 절정에 이르는 맬컴/맥더프 이야기의 가닥을 통해 보건대 선의 본성에 대한 것이기도 합니다. 그러나 다른 무엇인가가 그 극의 '구조'를 설명해주고 많은 요소를 함께 결합시킵니다. 그것은 믿음 혹은 우리가 보통 말하듯이 신뢰의 고찰입니다. 성공적이고 무척 높이 평가되고 믿음직한 맥베스 장군은 황무지에서 만난 변덕스러운 자매들을 믿고 싶어 하지만, 그의 동료이자 친구인 뱅쿠오는 분명히 그렇지 않습니다. 자매들의 이상한 예언의 첫 번째 요소가 실현되자, 맥베스는 자신의 아내에게 "다마스쿠스로 가는 길"* 계시에 관해 편지를 쓸 만큼 그들의 예언을 완전히 믿게 됩니다. 명백히 그녀는 이러한 믿음에 기꺼이 설득당하려 하고, 따라서 그녀는 종교적 타당성에 대한 근본주의

*개인의 인생에 있어서 큰 변화, 반전 혹은 신념의 변화 등이 일어나는 중요한 시기를 가리킨다. (옮긴이)

테러리스트가 될 만큼 극단적으로 매달리지요.

맥베스의 흔들림은 그와 그의 아내 모두를 위험에 처하게 만드는데, 만약 그가 계속 나아가려면 예언에 대한 그의 믿음이 다시 생생해져야 할 지경에까지 이릅니다. 마녀를 다시 방문하는 것은 플리언스에 관한 나쁜 소식을 들었음에도 불구하고, 맥베스가 해칠 수 없는 존재라는 사실을 알려줌으로써 그 극의 마지막 부분에 불을 붙입니다. 정반대의 (그리고 매우 기독교적인) 신뢰로 가득 찬, 침입해오는 전사들도 그들 나름의 확실성으로 고취되어 있지요. 결말은 다시 기운을 차린 맥베스가 쳐들어오는 사람 모두로부터 자신을 지켜줄 "여자에게서 태어난"이라는 어구가 원시적인 제왕절개의 방식으로 태어난 아이를 포함하지 않는다는 사실을 깨달을 때 "나쁜 농담"의 형태로 다가옵니다. 자신의 믿음이 의미론적인 트집에 기반을 두고 있다는 사실을 받아들인 후에 맥베스가 하는 다음 말은 "너와는 싸우지 않겠다"입니다. 그의 믿음은 없어졌고 이와 함께 그의 단호함, 그의 안전, 운명에 대한 그의 생각도 사라지고 말지요.

도란 분명히 맥베스 부인은 "마귀 같은 왕비"는 아닙니다. 스스로에게 끝까지 생각하게끔 용납하지 않는 어떤 일을 할 수밖에 없도록 내몰리는 것이라고 저는 생각합니다. 그녀는 일종의 근시안을 지닌 셈이지요. 맥베스는 다소 많이, 어떤 면에서는 지나치게 많이 생각하는 반면, 그녀는 자신의 상상을 억누르지요. 맥베스 부인은 극 전체에서 하나의 아주 짧은 독백을 할 뿐

인데, 그때 그녀는 자신의 손에 피를 묻히는 대가를 치르고 왕
비가 되었음을 깨닫습니다.

> 얻은 것도 없이, 모두 다 써버렸군.
> 소원을 이루었지만, 아무런 알맹이도 없구나.
> 없애버리고도 이렇게 불안한 기쁨 속에 사느니
> 우리가 없애버리는 그것이 되는 게 차라리 낫겠다.

그녀는 남편이 더 이상 자신에게서 실질적인 소용을 찾지 못한
다는 것을 깨달았다고 저는 생각합니다. 연회 장면의 마지막에
그녀는 맥베스가 자신을 떠났고, 옮겨갔고, 왕으로서의 안전을
계속 유지하고 적을 제거하려 한다는 것을 깨닫죠. 그녀는 더
이상 그의 계획을 모르는 것처럼 보입니다. 그녀가 연회장을
떠나고 모든 초가 꺼질 때 자신의 침실로 가는 길을 밝히기 위
해 초를 집어 드는 순간을 우리는 발견했습니다. 그것은 세 명
의 변덕스러운 자매들의 영향 때문이었는데, 그들은 줄곧 식탁
아래에 있었습니다. 다시 말하자면, 맥베스 부인은 자신의 양
심 때문에 괴로워하는 것입니다. 그리고, 해리엇 월터가 몽유
병 장면에서 분명히 한 것은, 왕위를 얻기 위해 이 끔찍한 일을
하도록 주장했지만, 즉시 그 역할의 허무함과 남편과의 관계가
다소 소원해졌음을 발견하는 여성이 여기 있다는 사실입니다.
저는 그것이 매우 통렬하다고 생각합니다.
　"백정"으로서의 맥베스에 관해서, 그 극을 지켜본 경험에 따

르면 맥베스가 그저 잔혹한 폭군이기만 한 것은 아닙니다. 그 것은 부분적으로는 그가 어떻게 괴로워하는지, 어떻게 그 극의 이미저리가 그것을 뒷받침하는지에 달려 있습니다. "아, 내 마음은 전갈로 가득 차 있소." "그들이 나를 말뚝에 묶어놓아서 달아날 수 없다." 그는 이렇게 말합니다. 마치 자신이 말뚝에 묶여 있고, 개들에게서 공격을 받는 어떤 끔찍한 곰이기라도 한 듯이 말이죠. 그 이미저리는 거의 희생자로서의 그의 지위를 뒷받침하고 있습니다. 일단 맥베스가 자신이 저지른 죄를 깨닫는다면, 계속 살아남기 위한 그의 분투가 우리의 동정심을 살 만하게 만든다는 생각이 들 겁니다. 그리고 자신의 양심에 의해 얼마나 고통받는지 보게 될 맥베스 부인의 몽유병 장면은 인간의 영혼이 붕괴되어가는 것에 대한 황폐한 초상화인 것입니다.

굴드　역사는 승리자에 의해 쓰이고, 그래서 한편으로는 그게 전부입니다. 그 극이 탐험하는 것처럼 보이는 것 중의 하나는 사회적, 정치적 정체성 대 개인적 영혼 사이의 긴장입니다. 그러나 맥베스 부인의 경우에 어느 정도까지는 평면적인 인물, 즉 "마귀 같은 왕비"라는 사실이 중요하다고 저는 항상 생각했습니다. 맥베스의 엄청난 복잡성에 대비되어 배치된 것은 그녀의 맹목적이고 무자비한 야망입니다. 저는 너무도 자주 위대한 여배우들이 우리가 몹시 동정할 수는 있지만 정신병자 이상의 모습을 결코 보여주지 않는 여성에게 뒷이야기나 인간성을 주려 애쓴다고 생각합니다. 그 역을 그토록 상징적이고 강력하게 만드는 것은 바로 그러한 섬뜩한 사악함이거든요.

세익스피어의 시대에 극장에 가던 사람들보다 극의 초자연적인 면모에 대해 좀 더 회의적일 수도 있는 현대의 관객들에게 어떻게 초자연적인 것에 대한 감각을 불러일으키십니까?

넌 제 공연에서는 던컨 왕을 군인 같은 왕이라기보다는 신부처럼 차려입게 했습니다. 그래서 그는 사회구조에서 지배적인 종교적 통일성을 제시할 뿐 아니라, 그 살인이 지닌 극악하고 생각지도 못할 특징을 가속화하는 아이콘이면서도 다소 종교적인 기운을 지닙니다. 그러한 강조점과는 별도로 공연에서 종교적 속성은 거의 없었습니다. 이미저리로 충만한 텍스트를 가지고 우리가 하려던 목표와 의도는 극도의 자연주의적 신뢰성이었기 때문입니다. 그러나 마찬가지로 속어, 관습적인 리듬, 방해받은 생각, 그리고 가정의 언쟁 등도 과감하게 사용했지요. 디아더플레이스에서는 음향 방사 없이도 이야기할 수가 있었습니다. 사실 속삭여도 다 들을 수 있었는데, 그것이 관객들에게는 공연장에 있다기보다는 모두를 동일한 위험 속에 몰아넣는 대화를 엿듣는 느낌을 줬지요. 맥베스와 맥베스 부인이 던컨 왕을 시해하는 그 순간에 저는 다른 모든 배우들을 극장 주위에 눈에 띄지 않고 잘 살펴볼 수 있는 위치에 배치했습니다. 그리고는 마치 잠을 자고 있는 듯 깊이 숨을 쉬도록 요구했습니다. 너무도 깊은 침묵으로 인해 집 안에서 평화롭고 순진하게 잠을 자고 있는 사람들의 소리가 분명히 들리는 그런 효과는 더 이상 잠을 자지 못하고 잠을 죽여버렸다는 맥베스의 악몽을 예시할 뿐 아니라, 진정으로 흥미롭고도 끔찍하지요. 이언 맥켈런과 주디 덴치는 그 텍스트의 규칙을 지키는 능력에 있어서 상당히 비범한 편이지만 이러한 언쟁을 완전히 자연스럽고 거의 즉흥적인 것으로 만듭니다. 이러한 잠의 "경험"은 또한 발작적으로 고백하며 잠결에 걸어 다니는 것과 연관됩니다. 마치 병원 CCTV 카메라에 잡힌 듯이 사실적으로 만들기 위해 노력했지요.

도란 "두려움"이라는 단어가 (그리고 이와 연관되어 "두려워하는", "무시무시한", "두려운"이라는 단어들이) 이 극에서 매우 중요한 주제라는 것을 알아차렸습니다. 리허설이 시작될 때 저는 극단의 모든 이들에게 진정으로 두려웠던 때, 그들의 안전이나 아이들의 안전에 대해 두려웠던 때, 거미라든가 높은 곳이든 뭐든 간에 두려웠던 때를 설명하게 했죠. 사람들은 두려웠던 자신의 경험을 세세하게 설명했고 우리는 그런 경험이 무엇인지, 그것이 인간의 몸에 무슨 일을 하는지, 당신의 호흡을 어떻게 만드는지, 그러한 공포감을 우리가 어떻게 전달할 것인지의 실체 속으로 끌어들이려고 애썼습니다.

관객들이 어떻게 그러한 두려움을 느끼게 할 것인지의 관점에서, 우리는 첫 장면, 세 마녀들이 등장하는 아주 짧은 장면을

270

완전한 어둠 속에서 공연하기로 매우 일찍 결정했습니다. 갑자기 출구 표시를 포함한 모든 불을 꺼서 완전한 어둠이 내리자, 우리는 사람들이 어둠에 대해 아주 원초적인 태도를 지니고 있음을 알 수 있었지요. 저는 예전에 피터 셰퍼의 〈블랙 코미디〉를 돈마르 웨어하우스에서 연출한 적이 있습니다. 그 극은 아주 흥미로운 약속을 한 상태로 시작합니다. 빛이 켜지지 않은 가운데 마치 자신들이 완전한 빛을 받고 있는 것처럼 등장인물들이 이야기를 하다가 갑자기 불이 전부 켜지고 등장인물들은 마치 자신들이 완전한 어둠 속에 있는 것처럼 그 극의 나머지 부분을 계속 연기하지요. 첫 번째 시사회에서 저는 완전한 암전이 되는지 확인했고 누가 들어와서 그 상황을 깨지는 않는지 강당의 뒤편에 서서 확인했습니다. 1~2분 안에 한 숙녀가 복도를 달려오더니 저한테 부딪히고 말았습니다. 그 여성은 그런 어둠을 견딜 수가 없어서 나가려 했던 것이지요. 만약 그런 일이 1960년대의 가벼운 희극에서 벌어질 수 있다면, 저는 당연히 〈맥베스〉에 그것을 써야 한다고 생각했지요!

그래서 첫 장면에 우리는 갑자기 암전을 했고, 사람들이 초기의 충격을 극복하고 나면 그것은 무척 섬뜩한 경험이 되었습니다. 그런 다음 우리는 마녀들이 어둠 속에서 말하는 것을 들었습니다. 마녀들을 처음으로 보게 되면 사람들은 "오, 마녀 역을 저렇게 연기하는군" 하고 생각하게 되죠. 그들을 볼 수 없다는 사실은 그 장면을 정말로 강렬하게 만들었습니다. 정말이지 귀 기울여 듣게 만들었지요. 초기의 시연회에서 우리는 세 개의 작은 확성기를 정확하게 마녀들이 서 있을 만한 높이에 늘어뜨렸습니다. 배우들은 무대 뒤에 있었고 그들의 목소리는 마이크를 통해 흘러나왔지요. 그런 다음 "안개와 더러운 공기 속을 날아가자"고 말할 때, 우리는 확성기를 관객의 머리 위로 날아가게 만들었습니다. 그래서 당신의 앞에 있던 여자의 목소리가 갑자기 머리 위로 날아간다고 생각하게 되었을 겁니다. 그게 너무 기괴해서 사람들은 무척 당황스러워할 테고, 그 극에 1~2분 정도 삽입될 뿐이지만 그것조차 너무 길다고 생각했습니다.

세익스피어의 작품으로 계속 우리가 하려 애썼던 것 중의 일부는 사람들을 놀라게 만드는 것이라 생각합니다. 사람들로 하여금 어떤 것이 원래 자신들이 생각하던 그것이었다가 갑자기 그렇지 않다고 생각하게 만드는 것입니다. 스완 극장의 뒷벽 전체는 사실 가짜 벽이었습니다. 모두 스완 극장을 알았고, 그것은 스완 극장의 벽처럼 보였지만, 환영 장면에 이르면 환영들이 갑자기 벽을 뚫고 나타납니다. 그 벽은 벽돌처럼 색칠하고 질감이 나게 만든 부분이 있었지만, 실제로는 잠수복 재질로 되어 있어서 배우들이 얼굴을 그 속으로 밀어 넣으면 벽을 통해 나오게 됩니다. 단단하던 어떤 것이 갑자기 유동체가 되는 것이죠. 그리고 연회 장면의 마지막 부분에서 맥베스 부인이 초를 들고 막 떠날 무렵에, 식탁 위에 있던 다른 초들이 갑자기 마술처럼 모두 꺼져버립니다. 사실 그 장면 내내 식탁 아래에 숨어 있던 마녀들이 식탁 사이로 심지를 끌어당겼던 겁니다. 그런 다음 그들은 식탁을 뒤엎고 관객들에게 나타납니다. 그것은 관객들에게 충격을 줘서 아연실색하게 만듭니다. 의자가 날아다니고 연회 식탁이 갑자기 공중으로 날아가기 때문이지요. 그런 다음 우리는 맥베스가 마녀들을 찾아가는 장면으로 곧장 넘어갔습니다.

우리는 이 모든 순간을 가지고 어떻게 관객들을 놀라게 할 것인지, 회의적인 현대의 관객들을 위해서 셰익스피어가 제안하는 것과 대등한 효과를 어떻게 만들어낼 것인지 고안하느라 애썼습니다.

굴드 항상 저는 초자연적인 요소에 대한 열쇠는 현대의 상관물을 찾는 것보다는 그 극이 작동하는 정치적 세계를 강조하는 데에 있다고 느꼈습니다. 유령, 마녀, 그리고 비전은 그 자체로 두려운 것이지만, 그것이 공포스러워지는 건 권력을 지닌 정치적 인물들의 마음을 갉아먹을 때입니다. 그것은 비정상적인 세계관일 뿐 아니라 정치적 위기의 현현입니다. 그래서 우리는 작품에서 점점 비정상적인 경찰국가로 향해 가는 스코틀랜드의 밑그림을 그리고 세세하게 제시하려 항상 애썼고, 그것이 초자연적인 것을 훨씬 더 충격적이게 만드는 것 같습니다.

좀 더 구체적으로 기괴한 또는 "변덕스러운" 자매들이 노파들, 고전적인 운명의 여신들, 유혹하는 요정들, 그리고 그 중간자적 존재로 해석되어 다양하게 연기되어왔습니다. 당신과 배우들은 그것들을 실현시키기 위해 어떤 시도를 하셨습니까?

넌   우리 공연에서는 "마녀들"이 맥베스에게만이 아니라 객석에 있는 모두에게 전적으로 믿을 만한 존재라는 것이 매우 중요했습니다. 이 공연은 연기하는 배우들의 삼면에 배치된 대략 2백 명 정도의 관객을 대상으로 하는, 처음으로 시도한 소규모의 친밀한 공연이었다고 생각합니다. 또한 중간 휴식 없이 공연했는데(예전에도 그런 적이 있었는지는 잘 모르겠습니다만), 그래서 극의 초반부에 세 마녀가 꼼꼼하게 따르는 악마 숭배 의식은 극의 마지막에 이르러서야 처음으로 마치 흐릿한 새벽처럼 도착하는 기독교의 어스름이 다가올 때까지 탈출구차 없는 불안한 분위기를 만들어놓습니다. 자매들은 나이가 다양했는데, 한 마녀는 그 절차를 잘 통제하는 나이 많은 백발의 마녀였습니다. 두 번째 마녀는 그녀의 딸쯤 되는 나이로, 연장자로부터 지시를 받았지요. 하지만 이 둘은 모두 세 번째 마녀에게 의존했는데, 세 번째 세대가 되기에 충분할 만큼 나이가 어렸습니다. 몽환 상태에 빠져서 매번 환영의 예언을 전달하는 것도 다름 아닌 그녀였습니다. 우리는 이절판에서 첫 번째, 두 번째, 세 번째 마녀에게 배정한 행들을 다시 배정해서 각 자매들이 구체적이고, 성격에 맞게 기여할 수 있게 했습니다. 그럼으로써 우리는 일반화된 기괴함이나 코러스의 모습을 취하는 것을 피했습니다. 그들은 개인들이었고 믿을 수 있는 존재였습니다.

도란 마녀로부터 시작하려 하는 것은 〈맥베스〉에는 맞지 않는 길이라고 우리는 판단했습니다. 그것은 마녀들에 의해 테러를 당한 사회가 아닙니다. 그것은 마녀를 만들어내었고 그들을 희생양으로 만든 사회입니다. 흥미롭게도, 예를 들어 남북전쟁처럼 사회적 위기가 있던 시절에 마녀들에 대한 박해가 가장 극심했습니다. 그런 시절에는 우리의 국가적 두려움을 표출할 목표가 필요하다는 생각이 있습니다. 변덕스러운 자매들은 우리에게는 사회를 두렵게 만드는 어떤 것이라기보다는 사회에 이미 존재하는 두려움의 산물이 되었습니다. 우리는 변덕스러운 자매들을 그들의 시각에서 보려고 애썼습니다. 저는 그들을 그 극의 다른 부분과는 별도로 연습시켰습니다. 그래서 그들의 장면을 연습할 때마다 먼저 변덕스러운 자매들과 함께 작업하면서 그 장면을 어떻게 연기할 것인지 결정했습니다. 그러나 다른 배우들에게는 말해주지 않았습니다. 마녀들은 질문을 받기 전까지는 말을 할 수 없기에 우리는 맥베스가 그런 질문을 해야만 했다는 생각을 한번 시도해보았습니다. 그래서 그가 그들에게 말을 걸었을 때 그들은 그에게 미래에 대해 자기들이 알고 있는 것을 드러낼 수 있었습니다. 문제는 뱅쿠오가 그때 질문을 했다는 것인데, 그들은 그에게도 미래에 관해 말해야만 했고, 그것이 그들의 계획을 망쳐버렸던 겁니다. 다른 날에 우리는 마녀들이 지닌 다른 측면을 시도했습니다. 그들의 복수심, 혹은 아마도 그들의 커져버린 성적 관심, 혹은 그들이 마약에 취해 있다는 생각을 탐험해보기도 했습니다. 그러나 다른 배우들은 마녀들이 택한 길을 전혀 알지 못했습니다. 그들에게 분명한 것이라고는 마녀들이 기괴한 방식으로 연기했다는 것이 전부였습니다. 그것은 그들이 이러한 소외된 집단에 남아 있음을 의미했습니다. 연습 때 우리는 그들을 절대로 마녀들이라고 부르지 않았습니다. 다른 사람들은 그랬지만, 그들은 스스로를 변덕스러운 자매들이라고 칭했습니다. 우리는 그들 나름의 개인적 의제를 매우 진지하게 여겼고, 그래서 그들은 진짜 식욕을 지닌 실제 사람들이었던 겁니다.

물론 마녀들의 이상한 모습은 이처럼 끔찍한 두려움이라는 저류로 인해 그 극을 계속 움직이게 만듭니다. 우리는 그들이 한두 번 더 등장하게 만들었습니다. 뱅쿠오와 플리언스가 말을 타고 나섰다가 강도들에 의해 공격을 받는 순간에, 우리는 마녀들이 조용히 지켜보게 했지요. 그 극의 바로 끝부분에서 우리는 맬컴이 왕이 되는 것을 봅니다. 그러나 물론 마녀들은 뱅쿠오에게 그의 자손이 왕이 될 것이라고 말합니다. 그래서 우리는 플리언스가 마녀들에게서 찾은 장신구 중의 하나를 들고 분명히 "나의 시대가 올 것이다"라고 생각하며 도착하는 것으로 그 극을 끝냈습니다. 그래서 폭력과 보복의 영원한 사이클에 대한 느낌이 존재하는 것입니다.

굴드 자매들은 그 극에서 올바르게 이해하기가 가장 어렵습니다. 그것은 그들이 시작 장면을 지배하기 때문이 아니라, 항해사와 그의 아내에 관한 이야기가 나오는 그들의 두 번째 장면이 이해할 수 없고, 아무 관련이 없고, (아마 미들턴에 의해) 서투르게 쓰였기 때문입니다. 저는 그것을 잘라내고 싶었지만, 공명을 지니려면 마녀들도 자리를 잡아야 했기에 해결책을 찾아야만 했습니다. 저는 웨스 크레이븐으로부터 영감을 얻었습니다. 그는 사람들이 가장 안전하게 느끼는 것을 생각하고(영화 〈나이트메어〉의 경우에는 잠), 그런 다음 바로 그것을 위협함으로써 프레디 크루거를 떠올릴 수 있었다고 말했지요. 대부분의 감수성에는 무표정한 노른[북유럽 신화에서 운명을 관장하는 세 명의 여신]의 중립적이며 경계하는 코러스가 매혹적이지만, 마녀에게 있어서 문제는 그들이 그저 악하고 하찮고, 사악해야 한다는 것입니다. 텍스트는 그러한 해석만 뒷받침할 뿐이지요. 여러 가지 이유로 저는 간호사로서의 마녀를 생각해냈습니다. 우리가 필요할 때 믿고 의지하는 사람, 그리고 대다수 사람들의 생명에 있어 삶과 죽음의 위탁자이기에 그들이 사악하면 더 큰 문제가 생기기 때문이지요. 첫 번째 막의 전쟁에서 간호사들이 필요할 테니 전쟁터 주위에서 눈에 띄지 않고 잘 어울릴 터였습니다. 그건 제게 무척 중요한 것이었습니다. 저는 항상 그 극의 1막은 공연할 때 무척 단편적이어야 한다고 느껴왔습니다. 튀는 공간적 배경, 복잡한 내전의 뒷이야기, 그리고 시작 장면에서의 언어가 지니는 온전한 어려움 등은 그 극을 파악하기 어렵게 만들 수 있습니다. 하나는 야전 병원에서, 그다음은 글램즈 성의 부엌에서 벌어지는 두 개의 긴 시작 장면을 만드는 것은 그 작품에 좀 더 느리지만 상당히 큰 진전을 줘서, 그 극의 액션을 3막 이후로 가속화할 것이라는 예감이 들었습니다. 저는 또한 마녀들이 항상 그 자리에 있게 하는 것은 실수라 생각했습니다. 마녀 역을 맡은 배우들이 플리언스부터 여러 의사들까지 온갖 인물로 겹치기 출연을 해야 하는 변두리나 지역 극단의 공연을 괴롭게 만드는 일이지요. 이것이 겉으로 보기에 통찰력이 있는 것 같은 순간을 만들 수도 있겠지만, 대부분의 경우 관심을 다른 데로 돌리고 마녀들로부터 그들이 지닌 힘의 일부를 빼앗습니다. 그래서 우리는 그들을 정말 드물게 만나고, 그들은 매번 볼 때마다 무척 강렬한 힘을 지니는 것이지요. 우리 공연 이야기로 돌아가자면, 저는 마녀들의 첫 장면을 피투성이 병사가 의사를 찾는 장면에 끼워 넣었습니다. 상처를 치료하려 애쓰는 세 명의 간호사들에 의해 계속 시중을 받았던 그 병사는 축복이 아닌 죽음의 천사들과 함께 있는 자신을 발견하게 됩니다. 그들은 그를 죽이고, 그의 역할은 그들의 이야기에서 사용되고, 그런 다음 자신들의 수술용 마스크를 벗어 던지고 언제 다시 만날 것인지를 묻습니다. 조작적으로 개작한 것이지만, 〈맥베스〉는 너무도 잘 알려진 극인 데다가 시작 장면은 너무도 익숙한 상투적 장면이어서 저는 우리의 깜짝 재배치가 관객들로 하여금 편히 앉아서 익숙한 천둥소리와 깔깔거리는 소리를 듣는 대신 열심히 귀 기울이게 만들기를 바랐습니다. 간호사 아이디어의 마지막 보너스는 바로 잉글랜드적인 욕망의 측면에서, 병원의 자매들을 성적으로 도발하는 존재로 보게 하는 것이었습니다. 그리고 저는 셰익스피어가 변덕스러운

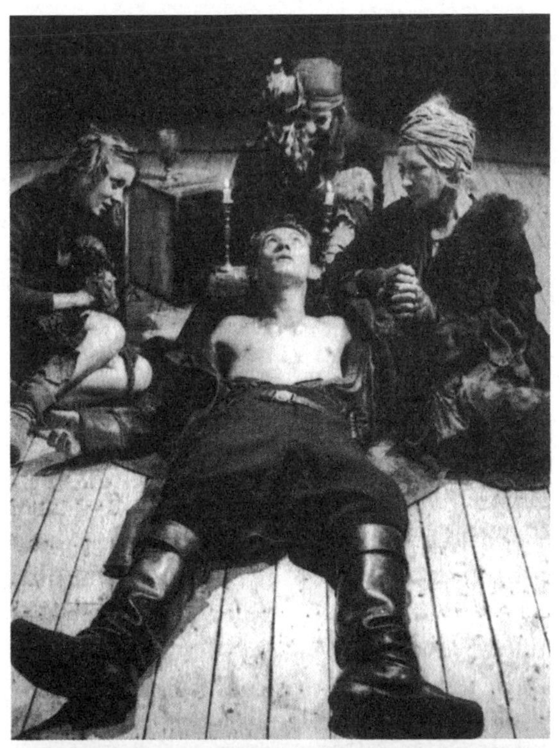

변덕스러운 자매들에 대한 대조적인 접근. 트레버 넌이 연출한 1976년 공연에서 이언 맥켈런을 제어하는 모습(위), 그리고 루퍼트 굴드의 2007년 공연에서 패트릭 스튜어트와 함께 있는 불길한 간호사들(아래).

자매들을 썼을 때 분명 그 점을 염두에 두고 있었을 것이라 생각합니다.

던컨의 살해가 드러난 직후, 맥베스는 거의 자신을 연루시키는 실수를 저지르지만, "부인을 돌보시오"라는 대사에 의해 관심이 돌려집니다. 무슨 일인지요? 맥베스 부인은 기절하는 것인가요, 기절하는 척하는 것인가요? (관객들은 그 차이를 어떻게 알지요?) 아니면 구토를 하거나 다른 것을 할 수는 없나요?

넌 의문의 여지 없이, 맥베스 부인은 살해 직후의 일을 처리함에 있어 두 사람 중에서 더 뛰어납니다. 그래서 우리는 그녀의 남편에 대한 질문이 더 이상 진행되지 못하게 막기 위해 그녀의 "기절"이 꼭 필요한 장치임을 분명히 했습니다. 그러나 전혀 예견치 못한 어떤 것이 그러한 상황을 다루는 그녀의 능력을 앗아가고 말지요. 그녀의 남편은 자신의 생각과 계획에서 그녀를 제외시키기 시작했고, 그래서 서로 가장 필요하다고 생각한 바로 그 순간에 그는 그녀를 거부하지요. 그들의 강렬한 결혼 생활에서 처음으로 그렇게 느낍니다. 그래서 그 극의 중간 부분에서 우리가 지켜보는 것은 차근차근 폭군 같은 독재자가 만들어지는 과정이 아니라, 몹시 혼란스럽게도, 결혼의 붕괴인 것입니다.

도란 저는 맥베스 부인이 기절했다고 믿습니다. 저는 그것이 남편으로부터 주의를 분산시키려는 계략이 아니라고 생각합니다. 여전히 의혹은 명백히 그를 향해 초점을 맞추고 있기 때문에 그녀는 실수로부터 그를 진정으로 구출하지는 못합니다. 맥베스 부인이 저지른 일의 실체가 갑자기 그녀에게 닥치자 그 순간에 그녀는 기절하는 겁니다. 저는 맥베스가 그녀를 믿지 못하고 그녀를 이용하기 시작하는 것이 바로 그 순간이라고 생각합니다. 그래서 그것은 결정적인 순간이 됩니다. 묘사된 그대로의 흉악한 범죄는 돌아가신 자기 아버지의 이미지를 불러오고, 그녀는 그것 혹은 자신을 둘러싼 사건들로부터 생겨나서 쌓여가는 압력을 감당할 수가 없는 것입니다.

굴드　말씀하신 대로, 관객들로서는 그 차이를 구별하기가 불가능하지만, 우리는 진짜 기절한 것으로 공연했습니다. 우리는 군인으로서의 맥베스가 던컨 왕을 죽이는 방법, 즉 치명적인 장기를 한두 차례 찌르면 된다는 것을 알고 있었으며, 그가 묘사하는 "헤쳐진 자상들"은 잔혹한 맥베스 부인이 단검을 되돌려놓으려고 갔을 때 가한 것이라 생각합니다. 그래서 우리 공연에서는 그가 살해 현장에서 돌아올 때 그의 손에 적은 양의 피만 묻어 있을 뿐이지만, 그녀가 돌아올 때에는 도살장에서 목욕을 한 듯한 모습입니다. 기절을 재촉하는 맥베스의 대사는 그가 방금 레녹스와 함께 목격했던 그녀의 난폭함에 대한 부분적인 비난으로서의 역할을 합니다. 그것은 그녀로부터 그가 적극적으로 분리되는 시점이 되고, 맥베스 부인이 그의 묘사를 통해 그 살해 사건을 다시 보도록 강요당하는 것과 더불어 기절이 촉진되는 것이지요. 우리는 또한 뱅쿠오의 "부인을 돌보시오"라는 두 번째 말을 방백이자 맥더프에 대한 경고로 연기했습니다. 그는 파이프의 영주에게 맥베스 부인이 범죄의 뿌리일 수 있다고 의심하는 말을 하려던 것입니다.

텍스트는 맥베스 부인이 과거에 아이를 잃었다는 견해를 뒷받침하는 것처럼 보입니다. 동의하시는지, 그리고 이것은 그녀의 성격과 맥베스 부부 사이의 관계에 대해 공연에서 어떤 의미를 담고 있습니까? 아이와 아이가 없다는 사실은 극에서 계속 반복됩니다. 그렇지 않은가요?

넌   던컨 왕은 왕관을 물려줄 아이가 있습니다. 뱅쿠오는 왕조의 조상이 될 아이가 있습니다. 맥더프는 아이가 있는데, 그 아이는 아버지의 불충에 대한 궁극적인 고통을 초래하는 데에 사용될 수 있지요. 맥베스는 셰익스피어의 계획에 필수적이지만 아이가 없습니다. 아이가 없다는 사실이 아마도 다음 세대에 대한 미래의 투자 대신에 맥베스가 권력을 갈망하는 일차적인 원인일 수 있다는 깨달음에 따라, "젖을 빨려봤다"는 지나가는 언급 속에서 맥베스 부부의 기쁘고 황홀했던 지난 시간을 우리가 흘긋 보게 한 것은, 말로는 표현되지 않는 커다란 반향을 불러일으킵니다. 분명히 잃은 아이에 대한 뒷이야기는 맥베스 부인의 성격을 발전시키는 데에 필수적입니다. 그리고 남편에게 행동할 것을 요구하면서 젖을 물고 있는 아이의 이미지를 사용하는 것은, 그것이 그들이 공유하는 결혼 생활사의 너무도 고통스러운 일부이기에, 그녀가 얼마나 철저히 준비되어 있는지를 보여줍니다. 그러나 무대 바깥의 모든 사건들과 더불어 텍스트에서 전혀 언급되지 않은 그런 조각의 이야기를 두드러지게 하는 것은 실수라고 생각합니다. 셰익스피어는 우리에게 암시를 했습니다. 그래서 저는 그가 원했던 것은 빙산이 아니라 드러난 조각이라고 말할 수 있습니다.

도란   맥베스 부인이 "젖을 빨려봐서 알지요. 내 젖을 빠는 아이가 얼마나 사랑스러운지"라고 말하기 때문에, 그녀는 분명히 전에 아이가 있었을 것입니다. 이는 그녀가 상상한 것이나 다른 결혼에서 생긴 아이라기보다는 바로 맥베스 부부가 가졌다가 죽은 아이라고 결론을 내리는 것이 더 효율적일 것으로 보입니다. 또한 나중에 맥베스가 맥더프의 전 가족을 몰살한 후 맥더프는 "그놈에게는 자식이 없습니다"라고 말합니다. 우리는 [맥베스 부부를 연기한] 안토니 쉐, 해리엇 월터와 이 말이 무슨 뜻인지 논의하느라 오랜 시간을 보냈습니다. 그 결과 이것은 그들이 꾹꾹 묻어둔 금기사항이며, 결코 그 일에 관해 이야기하지 않았다는 결론을 내렸습니다. 그것이 바로 왕이 연회를 열고 있을 때 그를 살해하려는 계획을 더 이상 계속하지 못하겠다고 맥베스가 결심하는 결정적인 순간에 그녀가 그 주제를 끄집어내는 이유인 것입니다. 그것은 그의 마음에 초점을 맞추고, 그녀가 얼마나 진지한지를 깨닫게 합니다. 그 장면을

맥베스 부부에게 남은 건 서로 자신들뿐. 그레고리 도란의 1999년 공연에서 안토니 쉐와 해리엇 월터.

연기하는 데 결정적인 대목이지요. 그들이 아이를 가질 수 없었기 때문에 맥베스 부부는 자신들의 에너지를 쏟아부을 다른 어떤 것이 필요했고, 그들은 그것이 왕관일 수 있다고 생각했습니다. 죽은 아이는 그들이 그 계획을 계속 진행하도록 결정하는 데 촉매가 됩니다. 그런 관점에서 그 사실은 매우 중요합니다.

또한 우리는 그 생각을 확장시켰습니다. 맥베스 부인이 던시네인에 온 던컨 왕을 환영할 때, 우리는 아내와 아이를 대동한 맥더프가 그 자리에 있도록 했습니다. 다산의 여인인 맥더프 부인이 그녀의 예쁜 아이들 모두와 함께 맥베스 부인을 지나칠 때, 해리엇은 그녀에게 매우 힘없는 미소를 보냅니다. 우

284

리는 그녀가 아이를 몹시 원하지만, 그녀의 죽은 아이 때문에 이제는 가질 수가 없음을 알 수 있습니다. 이것이 우리가 영화 버전에서 특히 초점을 둘 수 있었던 순간이었습니다. 그래서 맥베스 부인의 세계에서 아이가 없는 것은 우리에게는 매우 중요합니다. 그녀는 그것을 어떤 다른 야망으로 대체할 필요가 있는 것이지요.

굴드 그 아이가 맥베스의 아이이긴 할까요? 이 작품의 여러 출처에서는 그녀가 전에 결혼한 적이 있고 맥베스는 그녀의 전남편을 정복한 것으로 암시되어 있습니다. 우리는 연습 때에 그 문제에 관해 많은 이야기를 나누었지만, 공연할 때에는 그 사실을 다시 언급하지 않은 것으로 보아 최소한 맥베스 부인에게는 별로 중요하지 않았던 것 같습니다. 몽유병 증세를 보일 때 그녀는 맥더프에 대한 범죄 사실을 인정하는데, 그의 아이들보다는 아내를 해친 것에 대해서 더 강한 감정을 드러냅니다. 제 생각에 그것은 아이가 없는 맥베스를 더 괴롭히는데, 저는 "내 아들이 왕위를 잇지 못할 것"이고 뱅쿠오가 왕위를 차지하게 될 거라는 그의 두려움이 매우 마음에 와 닿았습니다. 우리가 했던 공연에서는 맥베스와 맥베스 부인 사이에 상당한 나이 차이를 두었고 아이보다는 성관계가 더 중요했습니다. 하지만 아동 살해자들은 플리언스에 대한 살해 시도로부터 맥더프 가족을 거쳐 "새끼 아홉 마리를 먹어치운" 암퇘지에 이르기까지, 계속 반복되는 주제입니다. 우리는 맥더프 부인 장면 전에 그

들의 가족을 전경에 내세우기 위해 맥더프와 그의 아내 그리고
가족이 던컨 왕이 시해되는 날 저녁에 도착하게 함으로써 아이
들의 연약함을 강화하려 했습니다.

맥베스가 자신만이 볼 수 있는 뱅쿠오의 유령과 마주치는 연회 장면은 어
떻게 무대에 올리셨는지요?

넌 우리의 작은 공간에서 모든 것이 전적으로 납득이 가야 한
다는 원칙을 충실히 따라야 했기에, 저는 그가 눈앞에서 보았
던 단검과 마찬가지로 뱅쿠오의 유령은 연회에서 그저 맥베스
의 마음에만 존재할 뿐이라고 결론을 내리게 되었습니다. 뱅쿠
오를 그 자리에서 없애기 전에 그가 자리에 있는 채로 그 장면
을 연습했던 것이 기억납니다. 그래서 이언 맥켈런은 만약 식
탁에서 자신을 비난하는 시체를 발견하면 어떻게 해야 할지 정
확히 계산할 수 있었죠. 공연할 때의 효과는 정말로 소란스러
웠습니다. 아마 역겨웠다고 말할 수도 있을 겁니다. 제 생각에
는 어떤 조명 효과나 귀신 분장도 그렇지 못할 것입니다.

도란 맥베스는 건배를 하기 위해서 모든 사람들의 술잔을 채
울 와인을 가져오라고 하인을 보냈습니다. 하인이 돌아오는 것
을 보려고 몸을 돌렸을 때, 그것은 실제로는 뱅쿠오였고, 그런
다음 그는 손님들 사이로 사라지죠. 그건 관객들에게는 상당히
기괴했을 겁니다. 그들은 돌아오는 사람이 하인이라고 생각했

지만 그들이 바라보았을 때 갑자기 그가 뱅쿠오로 변해 있었던 것입니다. 그건 상당한 충격을 자아냈습니다.

굴드 오랫동안 저는 두 가지의 학문적 견해와 씨름했습니다. 유령을 목격함으로써 맥베스를 위한 그 장면의 완전한 공포를 느껴야 할 필요가 있다는 것과, 다른 한편으로 맥베스의 마음 속에 있는 전갈에 초점을 맞추기 위해 결코 보지 말아야 한다는 것이 그것입니다. 그런 다음 저는 다시 그 장면을 보았고, 만약 있어야 한다면 보통 (이 장면의 끝에서) 중간 휴식이 필요하다는 것을 깨달았습니다. 이 사실이 저로 하여금 그 장면을 한 번은 우리가 유령을 보고 그런 다음에는 우리가 보지 못하는, 그러니까 두 번 연기할 생각을 하게 되었습니다. 그래서 우리는 피로 범벅이 된 뱅쿠오가 벽 전체에서 피가 흘러내리는 승강기를 타고 내려온(영화 〈샤이닝〉에서 뻔뻔스레 빌려왔습니다만) 왕에 대항하기 위해 식탁을 걸어 내려오는 엄청나게 강렬한 순간에 중간 휴식을 넣었습니다. 그런 다음 다시 돌아가서, 약간의 사소한 변화를 주고는 처음부터 다시 그 장면을 공연했습니다(맥베스와 암살자 사이의 대화가 두 번째에는 들리지 않아서 우리는 관객들과 소외된 맥베스 부인에게 초점을 맞출 수 있었지요). 그런 다음 유령이 도착하는 순간에 우리는 아무것도 보지 못합니다. 그러면 나중에 그 장면에서 예상치 못한 순간에 갑작스레 충격적으로 유령이 도착하는 또 다른 순간을 발견할 때까지 우리는 맥베스의 세계에 머물러 있는 것입니다.

문지기는 어떻습니까?

넌 우리는 젊은 이언 맥디어미드를 문지기로 기용할 수 있었지요. 무척 운이 좋았습니다. 우리는 그가 지닌 스코틀랜드인의 특징을 최대한 활용했습니다. 그의 현란한 희극적인 기교는 말할 것도 없었어요. 그는 아주 사실적이고, 숙취에 절어 있고, 빙퉁그러진 문지기입니다. 그러나 그는 관객들에게 직접 이야기해서, 그들을 끌어들여서는 방금 목격한 괴로움과 슬픔의 와중에도 웃도록 만듭니다. 많은 극에서 그러듯이—독사를 클레오파트라에게 가져오는 광대처럼—셰익스피어는 실제보다 더 깊이 어두워지기 전에 분위기를 가볍게 만듭니다.

도란 문지기는 무척 중요합니다. 드라마, 비극, 긴장의 바로 정점에 갑자기 이렇게 예상치 못한 우스운 장면이 있습니다. 그것은 멋진 장치입니다. 그것을 우습게 만드는 것이 어려웠는데, 헨리 가닛과 예수회에 관한 농담은 몹시 시사적이었기 때문입니다. 우리는 스티븐 누난이라는 이름의 멋진 배우가 있었는데, 공교롭게도 흉내를 아주 잘 내어서 자유를 좀 주었지요. 그는 텍스트를 충실히 활용했지만 관객에게 말을 걸곤 했습니다. "당신은 누구요?"라는 대사에 이르면 가끔 어떤 사람들은 대답하곤 했습니다. 예를 들어 "저는 선생입니다"라고 말이죠. 그 대답은 그가 "음, 당신은 분명 지옥에 가겠군" 등의 말을 할 여유를 주었지요. 어느 날 밤에 그가 "당신은 누구요?"라고 앞줄에 앉은 숙녀에게 말한 멋진 순간이 있었습니다. 그녀는 "공연 중인가요?"라고 되물었고, 스티브는 "음, 저는 공연 중입니다"라고 말했답니다. 그것은 멋지고, 일종의 기괴한, 피란델로적인 순간이었지요!* 그는 또한 모호한 인물로 토니 블레어를 형상화했는데, 어떤 정치인이건 흰 것은 검고 검은 것은 희다고 말하기 때문에, 그 시도는 물론 그 순간에 아주 적절해 보였습니다. 그것이 문지기 장면의 분위기를 장악했지요. 잘 들으세요. 우리의 공연 시간은 한 시간 58분이었지만, 문지기가 얼마나 오래 계속하느냐에 따라 두 시간 7분까지 늘어질 수 있었습니다. 그는 뚜껑문을 열고 무대 위에 등장했는데, 위협적이면서도 명랑하게 웃기는, 몹시 폭력적이고 역겨운 존재입니다. 우리는 이를 위해 텍스트를 가능한 한 많이 활용하면서도 시사적인 이유와 그러한 기지의 기괴한 신선함을 옮기려고 애썼습니다. 제 생각에 영화에서 그는 원래 텍스트를 거의 모두 사용하고 있습니다.

굴드 사람들이 재미있으리라고 기대하기 때문에 첫 대사가 이해하기 어렵고 짓궂습니다. 우리는 세이턴과 꼭 닮은 인물로

*이탈리아의 극작가 루이지 피란델로의 대표작인 《작가를 찾는 6인의 등장인물》에서처럼 배우가 자신이 맡은 역할로부터 분리되지 않는, 연극과 실재가 구별되지 않는 그런 상황을 가리킨다. (옮긴이)

만들었고, 그를 최대한 무섭고 위협적인 인물로 표현하려고 애썼습니다. 균형이 잘 잡힌 사회에서는 감옥에 가는 것으로 끝나지만 고난과 혼동의 시대에는 가스실 작동자가 되는, 섬뜩한 흉악범과 같은 인물 말입니다. 그것은 맥베스가 그런 인물, 아마 노병 같은 사람을 고용했음을 드러냅니다. 그 희극적 장면은 원래 말을 모호하게 했던 가닛 신부의 처형을 둘러싼 널리 알려진 사건 이후인 1606년에는 틀림없이 자극적이었을 것입니다. 그러나 우리가 노력하지만 결코 제대로 해내지 못하는 그런 것은 배우에게 즉흥적으로 연기하도록 허용하지 않으면 무척 어렵습니다. 저는 극의 분위기를 가볍게 하거나 바꾸기 위해서가 아니라, 5막에서 허무주의적으로 아이러니한 맥베스를 결국에는 소진시킬 골치 아프고 쓸쓸한 유머를 도입하기 위해서 그 희극 장면이 필요했다는 생각을 했습니다.

셰익스피어의 다른 비극보다 텍스트가 훨씬 짧아서, 너무 많이 잘라낼 필요가 없었을 겁니다. 어떤 공연에서는 중간 휴식을 없앰으로써 엄청난 강렬함을 이루어내기도 했습니다. 같은 의미에서 몇몇 가장 성공적인 공연들은 침실 혹은 블랙박스 공연의 친밀감을 지니기도 하는데요, 속도나 밀실 공포증은 당신들이 찾던 속성에 속합니까?

도란 당연히 그렇습니다. 정말로 우리는 그것을 트레버 넌의 1976년 공연에서 배웠습니다. 우리는 스완 극장에서 휴식 없이 매우 빠르게 공연할 수 있었습니다. 셰익스피어는 휴식 시간이 없었겠지만, 4막에서 무척 자주 주연 배우에게 큰 장면을 빼주었습니다. 맥베스는 휴식을 취할 수 있는 잉글랜드 장면이 있습니다. 우리가 유일하게 삭제한 것은 헤카테였습니다. 저는 그것이 미들턴의 것이라 확신합니다. 제 생각에는 좀 저급한 것 같아요.

〈맥베스〉에서 어느 누구든 생각할 시간이 있다면 그 사건들은 벌어지지 않을 것이라고 누군가 예전에 말했던 것 같습니다. 그 텍스트가 지닌 엄청난 속도는 결정적으로 중요합니다. 일은 이 끔찍한 돌풍 속에서 벌어집니다. 그 극의 밀실공포증은 셰익스피어의 조명 효과에 의해 강화됩니다. 그는 자신의 작품에서 멋지게 조명을 사용했습니다. 〈맥베스〉에서 낮에 벌어지는 장면은 단 하나도 없습니다. 잉글랜드 장면의 시작 부분에서 맬컴은 "사람 없는 그늘로 가서 우리의 슬픈 마음을 털어놓읍시다"라고 말합니다. 노인과 로스 사이에도 "시계로는 낮이지만 / 컴컴한 밤이 지나가는 태양의 목을 조르는군요"라고 말하는 장면이 하나 있습니다. 항상 어둡고 음울하지요. 우리는 셰익스피어가 만들어내는 그늘을 우리 자신의 두려움으로 채웁니다. 그래서 그 극의 밀실공포증과 어둠은 필수적입니다. 그렇게 상상이 공모를 하기 때문에 극장에서 보는 것보다는 읽는 편이 훨씬 더 나은 희곡으로 유명하지요. 공연에서 관객들에게 자신들의 두려움을 끌어들이도록 제안하고 허락할 수 있다면, 그들은 그러한 그늘을 자신들의 어두운 상상으로 채울 것입니다. 그러한 기여, 관객 반응의 강렬함이 그 극의 긴장을 증가시키지요.

굴드 밀실공포증은 필수적입니다. 최소한 1, 2, 5막에서는 그렇습니다. 우리 공연은 치체스터에 있는 삼면으로 이루어진 미네르바 극장에서 초연되었고, 처음부터 우리는 하나의 세트에 그 극을 효율적으로 올려야만 한다는 것을 알고 있었습니다. 우리의 경우에 일부는 병원, 일부는 부엌, 일부는 시체 보관소인 공간이었죠. 그러나 밀실공포증은 특이해야 했고, 많은 공연(그리고 배우들)이 어스름의 음울함으로 인해 길을 잃고 마는데, 하워드 해리슨이 그 극 내내 밝고 강한 조명을 비추어서 이를 멈추게 만든 것이 우리의 가장 큰 성공 요소 중의 하나였습니다. 큐브릭의 〈2001〉은 리들리 스콧의 〈에일리언〉처럼 무척 밀실공포증을 불러일으켰지만 타는 듯이 밝습니다. 속도는 제가 더욱 양면적으로 느꼈던 것입니다. 〈맥베스〉를 황급히 공연하는 것이 널리 인정받는 지혜는 걸 알지만, 저는 관객들이 배우들에게 반응을 보여야만 한다고 생각합니다. 다른 많은 맥베스들보다 더 나이 들고 줄곧 생명의 유한성에 대한 견해를 탐험하는 패트릭 스튜어트는 맥베스 부인으로서의 케이트 플릿우드의 재빠른 분노와 대비되는 자기 나름의 사려 깊고 강렬한 카리스마를 그 역에 가져옵니다. 저는 우리가 항상 너무 침착하다면 그 극이 되받아칠 거라고 느껴왔습니다. 종종 그랬습니다. 3막과 5막에서는 항상 그랬죠. 하지만 먼저 말을 내뱉지 않고서 속도를 높이기 시작해서는 안 된다고 느꼈습니다. 결국, 우리는 항상 흥미롭고 속도감 있는 살인 이야기를 보게 됩니다. 〈맥베스〉를 오로지 《죄와 벌》과 같은 범주로 두드러지게 만드는 요소는 내적 심리의 깊이입니다. 이러한 것들은 항상 성급하게 서두르지 말아야 합니다.

속도가 늦춰지는 한 장면은 잉글랜드 궁정에서인 것 같습니다. 그러나 이러한 삽입 장면은 맬컴과 맥더프의 발전을 위해서는 특히 중요하지요, 그렇지 않습니까?

넌 제 연출 계획에서 잉글랜드 장면을 몹시 중요하게 취급하는 것은 필수적이었습니다. 그곳에서는 신앙심이 돈독한 국왕이 선대로부터 물려받은 능력의 영향으로 인해, 맥베스가 반복되는 독백을 통해 우리에게 생각하도록 자극하는 그런 것들과는 상반된 가치체계가 발달되고 있습니다. 그럼에도 불구하고, 저는 그 장면의 일부 요소를 잘라내라고 제안했지만, 맥더프 역을 맡은 밥 펙과 맬컴 역의 로저 리스의 주장에 무척 감동받아 제가 제안했던 삭제분 중에서 많은 부분을 되살렸지요. 저는 맬컴이 맥더프를 시험하는 분량을 줄였습니다만, 현재 스트랫퍼드에서 셰익스피어의 언어를 암송하기보다는 즉각 만들어내는 방향으로 이끈 단 한 명의 개인이 있다면, 그는 바로 깊은 애도를 받은 고(故) 밥 펙일 것입니다. 그 장면이 중심적 위치를 갖도록 이끈 것은 바로 그의 본보기 때문이었고, 이는 텔레비전 편집을 위한 필요에 의해서만 타협할 수 있는 일이었습니다.

도란 잉글랜드 장면에서 저는 셰익스피어가 우리의 통치자들이 어떤 사람이 되어야 할 것인지에 대해 논의할 수 있게 해준다고 생각합니다. 극의 초반부에서 어려운 것 중의 하나는 맥베스의 시대에 스코틀랜드는 왕권이 장자상속에 의해 계승되던 국가가 아니라는 점입니다. 그래서 비록 맬컴이 컴벌랜드 공이 되지만 던컨이 그나 그의 아들을 차기 왕으로 선택하는 것은 기계적인 선택이 아니었습니다. 사실 맥베스가 그렇게 비범한 방식으로 적을 무찌르면서 활약한 그 순간에 사람들은 모두 그가 보상을 받을 것이고, 아마 다음 왕으로 지명되리라 기대했을 것입니다. 그래서 어떤 면에서는 그가 왕관을 빼앗겼다는 느낌이 약간 있었을 터이고, 그는 정상적이지 않은 방법으로 그것을 움켜쥡니다. 그러나 우리는 맬컴 자신이 그 국가의 지도자가 되기에 적절한지 생각해보라는 요구를 받게 됩니다. 맬컴이 맥더프에게 자신이 깊은 결함을 지닌 인물인 체하는 속임수는 맥더프로 하여금 그렇게 저급한 도덕성을 지닌 사람이 진정으로 왕위를 수락해야 할 것인지 판단하게 만듭니다. 관점의 이동은 관객들이 더 큰 화폭을 보기 위해서는 중요합니다. 그저 어떻게 맥베스가 방해물을 해치우며 왕위로 나아가는가에 몰두하는 것만이 아니라 우리의 군주, 통치자가 어떤 사람이기를 원하는지 묻는 것입니다. 그 장면은 좋은 정부에 관한 것이지요.

굴드 멋진 장면이고, 다른 극에서라면 덜 화려한 극장성을 보여주게 연출하면 좋을 것입니다. 저는 항상 이류 배우를 캐스팅하는 것이 문제라고 생각해왔습니다. 특히 맬컴 역을 연기하는 배우가 경험이 없다면 문제입니다. 패트릭은 나이가 많은 맥베스였기 때문에 우리는 대개의 경우보다 단원들의 나이가 많았습니다. 그래서 고전 극장에서 엄청난 경험과 재능을 쌓은 스콧 핸디라는 배우가 있었어요. 이 장면은 제 생각에는 극의 주제 면에서의 핵심이고, 남자가 되는 것이 무엇인지에 초점을 맞추는 장면입니다. 남성성의 문제는 그 극에 계속 등장합니다. 맥베스 부인은 자신이 남자이기를 바라고, 남편에게서 남성다움이 결여된 것을 비웃습니다. 그는 "나는 남자로서 걸맞은 일은 모두 하겠소 / 도가 지나치게 하면 인간이 아니지"라고 말합니다. 여기, 극에서 가장 긴 맬컴과 맥더프의 대화 장면에서 맬컴은 역할극을 통해 자신의 남성성이 무엇인지, 왕으로서 그것이 어떻게 노출될 것이며, 실제로는 얼마나 경험이 없고 남성답지 못한지를 자신을 위해 탐험합니다. 그런 다음 맥더프가 가족의 살해 소식을 듣는, 셰익스피어 극에서 가장 슬픈 순간에 맬컴은 그에게 "남자답게 맞서시오"(얼마나 용감하고 잉글랜드적인 감성인지! 남자답지 못하게 측은한 마음으로 흘리는 눈물에 대한 두려움이라니!) 하고 부추기고 맥더프가 "그래야지요. / 허나 또한 남자로서 그걸 느껴야 합니다"라고 선언할 때, 그는 이렇듯 잔인하고, 성적 특색이 부여되어 있고, 격렬한 작품의 가장자리에 진정한 남성다움이 놓여 있음을 우리에게 상기시킵니다. 그것은 대단한 장면입니다. 순전히 극장

성의 측면에서라면 환영의 선정성과 맥더프 부인의 살해 이후 인지라 항상 힘겹게 나아가야 하겠지만, 좋은 배우들과 속도 조절에 있어서 과감해지면 그 장면을 풍부하고 심오한 경험으로 만들 겁니다. 제 생각에는 우리 공연에서 두 번의 특별한 순간이 있습니다. 하나는 맬컴의 왕재로서의 덕목에 대한 탐색인데, 그것은 처음에는 말대꾸로 연기했지만 자신의 잠재적인 부적합성에 대한 느리고도 끔찍한 탐험이 되었습니다. 다른 하나는 맥더프가 자신의 가족이 몰살당했다는 소식을 듣고 맬컴이 "자비로운 하느님이시여!"라고 말한 후에 우리가 과감하게 취한 거의 2분간의 휴지 시간이었습니다. 이렇게 고통스럽고 어색한 충돌이 끝난 후, 맬컴은 "이런, 모자를 눈썹 위로 눌러쓰지 마시오. / 슬픔을 표현하시오. 말하지 않는 슬픔은 / 꽉 눌린 가슴에 속삭여서 찢어지게 만드는 법입니다"라고 속삭입니다. 그의 가장 위대한 극 한가운데의 초월적인 장면 속에 아름답고 초월적인 대사가 있는 것이지요.

제목을 언급하지 않는다거나 하는 것들처럼 이 극과 연관된 연극적인 미신은 어떻게 다루셨습니까? 미신을 둘러싼 그런 의식이 있는 유일한 셰익스피어의 극인 이유는 무엇일까요?

넌 〈맥베스〉의 "불운"에 관한 미신은 배우들과 연출가들 사이에 강력하게 남아 있고, 분명히 처음에는 어떤 것이건 흑주술을 다루는 것을 둘러싼 불편함에서 생겨납니다. "맥베스"라는 단어 혹은 그 극을 공연하는 도중이 아니라면 그 극에서의 어떠한 인용문도 극장에서는 내뱉지 말아야 했어요. 저는 대안으로 제시된 이야기가 마음에 듭니다. 이 미신이 레퍼토리 극단의 배우이자 매니저가 이끄는 대로 시골로 순회공연을 다녔던 시절에 유래했다는 것이지요. 만약 흥행 실적이 정말 안 좋아서 모두 곧 일자리를 잃게 될 것이라는 절망적인 사실을 알게 되면, 그 배우 겸 매니저는 가장 군중을 즐겁게 할 작품인……〈맥베스〉를 상연하는 데 의존해야만 했습니다. 그래서 "여기서 그 단어를 말하지 마!"라고 했던 것이 이해가 갑니다. 이언 맥켈런과 주디 덴치와 함께 그 극을 공연했던 제 경험은 완전히 정반대였습니다. 연습은 항상 그리고 흥분될 만큼 즐거웠습니다. 스트랫퍼드에 있는 디아더플레이스, 그다음에 주공연장, 뉴캐슬, 웨어하우스, 영빅, 그런 다음 텔레비전 스튜디오를 거치면서도 우리는 모두 한바탕 웃음을 터트리면서 서로를 챙기는 가까운 친구로 남아 있었습니다. 그것이 영원히 저에게서 그 미신을 치유해주었을 겁니다. 하지만 저는 여전히 극장에서 부주의하게 "M"으로 시작하는 단어를 말하면 무척 불편합니다.

도란. 아주 직접적으로 말씀드리지요. 연습 첫날에 저는 "우리는 〈맥베스〉, 〈맥베스〉, 〈맥베스〉, 〈맥베스〉라 불리는 작품을 공연할 겁니다"라고 말했습니다. 저는 모든 미신은 완전히 말도 안 되는 소리라고 생각합니다. 〈맥베스〉를 공연하는 동안 생겨났던 끔찍한 일에 대한 흥미로운 이야기가 있는 것은 사실입니다. 만약 한 무리의 배우들과 함께 1년 동안이나 〈십이야〉를 공연하다 보면 분명 끔찍한 일들이 생겨나겠지만, 우리는 그 작품을 "일리리아 극"이라 부르지는 않거든요!* 분명 그것은 칼싸움이 있는 작품입니다. 배우들은 가끔 지칠 테고 칼싸움은 잘못될 수도 있어서 위험하기도 하죠. 저는 그것의 역사가 매혹적이라 생각하지만 실제 공연의 관점에서는 터무니없는 일이라 생각합니다. 저는 그것이 환원주의적이라고 느낍니다. 그래서 우리는 첫날에 단호하게 그런 미신을 추방하고 그것을 〈맥베스〉로 언급하기로 결정했습니다. 우리가 매우 성공적인 공연을 했으니 그게 효과가 있었던 게 틀림없겠죠!

굴드 제 생각에 그것들은 그 극보다는 연극계에 더 관련된 것 같습니다. 그것은 어려운 극이지요. 더 힘든 극으로는 아마 〈로미오와 줄리엣〉이 유일할 겁니다. 왜냐하면 연인들의 사랑을 믿지 않는다면 〈로미오와 줄리엣〉이라는 극이 생겨날 수 없듯이, 〈맥베스〉도 무시무시해야 하는데, 만약 그것이 소름끼치게 무섭지 않다면 그것은 결코 날아오르지 못할 것이기 때문입니다. 아마 공포를 무대 위에서 제대로 구현하는 어려움이 그 작품을 그렇게 저주받게 만들었을 겁니다. 제가 말할 수 있는 것은 우리가 그것을 똑바로 쳐다보았고, 그것이 저와 제 가족의

---

*〈맥베스〉를 직접 말하는 것이 불운을 불러온다는 미신 때문에 공연 도중에는 〈맥베스〉를 다른 이름으로 불렀던 것처럼 〈십이야〉를 그 작품 배경인 '일리리아'를 따서 〈일리리아 극〉이라 부르지 않는다는 뜻이다. (옮긴이)

삶에서 가장 운 좋게 경력을 바꾸는 순간이었다는 것입니다.
우리는 분명히 그 작품과는 운이 좋았지만, 그럼에도 저는 우
리의 여행이 시작된 지 1년 후에 토니 상을 받으며 다시 착륙
했고 안전하게 땅을 밟았다는 사실에 무척 큰 안도감을 느꼈던
기억이 납니다. 저는 언젠가는 그 극이 반격을 가해올 거라고
계속 생각했던 것 같습니다!

초기

윌리엄 셰익스피어는 영국 중부지방의 평범한 상업도시에서 태어나 세상을 떠난, 대단히 명민한 사람이었다. 1564년 4월에 존 셰익스피어의 장남으로 태어난 그는, 파란만장한 시대에 평탄한 삶을 살았다. 장갑 제조업자였던 존 셰익스피어는 재정적인 어려움에 빠져들기 전까지는 시의회에서 중요한 인물이었다. 어린 윌리엄은 워릭셔의 스트랫퍼드어폰에이번에 있는 지방 문법학교에서 교육을 받았으며 이곳에서 라틴어, 수사법, 고전 시에 대한 탄탄한 기초 지식을 얻었다. 앤 해서웨이와 결혼하여 당시로서는 이례적으로 이른 나이인 스물한 번째 생일이 되기 전에 세 아이(수잔나, 쌍둥이인 햄넷과 주디스)를 두었다. 1580년대 중반에 그가 어떻게 가족을 부양했는지에 대해서는 알려진 바가 없다.

많은 영리한 시골 청년들처럼 그도 출세하기 위해 도시로 갔고, 많은 창조적인 사람들처럼 연예계에서 직업을 찾았다. 수입을 시장에 의존하는 대중 극장과 전문 직업 극단이 셰익스피어의 유년기에 생겨났던 것이다. 1580년대 후반 무렵, 그가 성인이 되어 런던에 도착했을 때에는 새로운 현상, 즉 배우가 너무도 성공적이어서 "스타"가 되는 그런 현상이 생겨나고 있었다. 현대적인 의미에서의 그 단어는 존재하지 않았지만, 그 경향은 눈에 띌 정도였다. 관객들은 특정한 연극을 보기 위해서라기보다는 희극배우 리처드 탈턴이나 연극배우 에드워드 앨린을 보기 위해 극장에 갔다.

셰익스피어는 작가이기 이전에 배우였다. 그런데 자신이 위대한 희극배우 탈턴이나 비극배우 앨린처럼 될 수 없으리라는 것을 깨닫는 데에는 그리 오랜 시간이 걸리지 않았던 것으로 보인다. 대신, 그는 오래된 극을 땜질해서 고치고, 진부한 고정 공연 작품에 새 생명을 불어넣고, 새로이 예상 밖의 극적 전환을 집어넣는 사람으로서 극단 내에서 새 역할을 찾아냈다. 그는 대학 교육을 받은 극작가들의 작품에 큰 관심을 보였다. 그들은 대중 극장에서 공연할, 이전의 어떤 것보다 더 야심차고 총체적이며 시적으로 웅장한 스타일의 역사극과 비극을 쓰던 사람들이었다. 그러나 그는 또한, 친구이자 경쟁자였던 벤 존슨의 표현에 따르면 "말로의 힘찬 시행(詩行)"이라고 불리는 것이 가끔 희극 양식에서는 힘을 발휘하지 못한다는 사실도 알아차렸을지 모른다. 크리스토퍼 말로가 그랬듯이 대학을 다니는 것은 수사적 정교성과 고전적 인유의 기술을 연마하는 데에는 도움이 되었으나, 이는 대중성의 상실로 이어질 수 있었다. 대중 극장의 대다수 잠재적 관객에게 가까이 머물러 있기 위해서는 왕뿐 아니라 촌부를 위해서도 글을 써야 했고, 고양된 시구에 선술집과 화장실, 사창가의 유머를 흩뿌려놓을 필요가 있었다. 셰익스피어는 자신의 극작 경력 초기에 비극, 희극, 사극에서 모두 거장으로 자리매김한 첫 번째 작가였다. 그는 방대한 역사서를 읽을 여력이 있는 엘리트들보다 더 폭넓은 관객들에게 극장이 국가의 과거를 알려주는 수단이 될 수 있음을 알고 있었다. 그의 특징을 잘 보여주는 초기작에는 고전적 비극인 〈타이터스 앤드러니커스〉뿐 아니라, 장미전쟁에 관한 영국 역사극 연작도 포함된다.

또한 그는 자신이 맡을 새로운 역할을 만들어냈는데, 바로 극단의 전임 극작가로서의 역할이었다. 동료와 선배들이 극단 경영자에게 자신들의 작품을 팔고 작업량 기준으로 빈약한 보수를 받았던 반면, 셰익스피어는 흥행 수입의 일정 비율을 받았다. 로드 체임벌린 극단은 1594년에 주식회사로 설립되었는데, 주주로 투자한 핵심 배우들이 이윤을 나누었다. 셰익스피어도 직접 연기를 했다. 그는 자신의 작품집 앞에 나오는 출연배우 명단뿐 아니라 벤 존슨 작품 몇 편의 출연배우 명단에도 등장한다. 그러나 그의 주된 역할은 극단을 위해 매년 두세 작품을 집필하는 것이었다. 지분을 보유함으로써 사실상 그는 자신의 작품에 대한 저작권료를 벌어들이는 셈이었는데, 이는 그

때까지 영국에서 어떤 작가도 하지 못한 일이었다. 로드 체임벌린 극단이 1594년 크리스마스 시즌에 궁정에서 했던 공연의 수고비를 수령할 때 세 사람이 함께 왕실 재무관에게 갔는데, 거기에는 비극배우 리처드 버비지와 광대 윌 켐프뿐 아니라 극작가 셰익스피어도 포함되어 있었다. 그것은 새로운 일이었다.

1596년에 열한 살 된 외아들 햄넷의 사망으로 그늘이 드리우기도 했지만, 그 후 4년은 셰익스피어의 경력에서 황금기였다. 30대 초반에 이미 시와 연극 매체를 모두 완벽히 구사한 그는 희극의 극작술을 완성시켰으며, 또한 비극과 역사극을 새로운 방식으로 발전시키고 있었다. 1598년에는 케임브리지 대학 졸업생인 프랜시스 미어스가 런던 문학계의 맥박을 짚어보고는 장르를 뛰어넘는 셰익스피어의 우수함에 대해 다음과 같은 찬사를 보냈다.

라틴 사람들 중에는 플라우투스와 세네카가 희극과 비극에서 최고로 간주되듯이, 영국인들 중에는 셰익스피어가 두 분야에서 모두 가장 뛰어나다. 희극으로는 《베로나의 두 신사》, 《실수 연발》, 《사랑의 헛수고》, 《사랑의 노고의 승리》, 《한여름 밤의 꿈》, 《베니스의 상인》을 보라. 비극으로는 《리처드 2세》, 《리처드 3세》, 《헨리 4세》, 《존 왕》, 《타이터스 앤드러니커스》, 《로미오와 줄리엣》을 보라.

흑사병으로 인해 극장이 폐쇄되었던 1593년과 1594년 사이에 썼던 설화시 〈비너스와 아도니스〉와 〈루크리스의 능욕〉의 "꿀

이 흐르는 혈관"에 많은 작가들이 찬사를 보냈던 것처럼, 미어스 역시 셰익스피어의 언어 구사력과 우아한 시구를 다듬어내는 재능에 주목하며 그를 가장 훌륭한 시인으로 평가했다.

공연장

엘리자베스 시대의 공연장은 "돌출 무대" 혹은 "단일 공간"으로 이루어진 극장이었다. 셰익스피어가 극장에서 보낸 본래의 생활을 이해하기 위해서는, 각 막이 시작될 때 열리고 끝날 때 닫히는 커튼과 프로시니엄 아치*가 있는 후대의 실내 극장에 관해서는 잊어야 한다. 프로시니엄 아치 극장에서 무대와 객석은 효율적으로 분리된 두 개의 공간이다. 즉 관객은 프로시니엄 아치로 틀이 짜인 가상의 "제4의 벽"을 통해서 지켜보듯이, 한 세상에서 다른 세상을 들여다본다. 정교한 무대효과와 그 뒤의 배경과 더불어 액자 무대는 그 자체로 독립된 세상이라는 환상을 만들어냈다. 특히 19세기에 인공조명을 조절하는 기술이 발전하게 되자 객석을 어둡게 할 수 있었고, 관객들은 불이 켜진 무대에 집중할 수 있게 되었다. 이와는 대조적으로 셰익스피어는 관객이 주위에 둘러서 있고 한낮의 햇빛이 가득한 마당의 텅 빈 단상을 무대로 작품을 썼다. 관객들은 항상 자신과 주변 관객들을 의식하고 있었고, 이들은 배우들과 같은 "공간"을 사용했다. 바로 곁에 존재한다는 느낌과 관객들과의 동질감

*객석을 구분하는 액자 모양의 건축 구조.(옮긴이)

형성은 무척 중요했다. 배우는 자신이 닫힌 세계에 있고, 어둠 속에서 관객들이 말없이 자신을 열심히 지켜보고 있다는 상상을 할 여지가 없었다.

셰익스피어의 연극 경력은 서더크에 있는 로즈 극장에서 시작되었다. 무대는 넓고 얕았으며, 마름모 모양 사탕처럼 사다리꼴이었다. 이런 무대 디자인에서는 영화의 분할 스크린 효과와 동일한 것을 연극에서 구현할 수 있었다. 즉 한 무리의 등장인물들이 무대 뒤의 분장실 벽 한쪽 끝에 있는 문에서 등장하고, 다른 무리는 다른 쪽 끝에 있는 문으로 등장하게 함으로써 두 라이벌이 대치하는 장면을 만들 수 있는 것이다. 로즈 극장에서 초연되었던, 싸움 장면의 비중이 높고 패거리들이 많이 나오는 연극에 바로 이런 식의 장면이 들어 있다.

로즈 극장 무대의 뒤쪽에는 널찍한 출구가 세 개 있었는데, 각각 너비가 3미터 이상이었다. 1989년에 글로브 극장 터가 일부 매우 제한적으로 발굴되었지만, 불행히도 무대에 관해서는 아무것도 드러나지 않았다. 최초의 글로브 극장은 1599년에 세워졌는데, 또 다른 극장인 포춘 극장과 유사한 비율로 건설되었다. 전자는 다각형이어서 원형으로 보인 반면, 후자는 직사각형이었다. 현존하는 포춘 극장의 건축 계약서를 통해, 글로브 극장 무대는 깊이보다 폭이 상당히 넓었으리라고 추측할 수 있다(아마 폭 13미터에 깊이는 8.2미터였을 것이다). 글로브 극장은 로즈 극장처럼 앞부분에서 점점 좁아졌을 것이다.

글로브 극장의 수용 인원은 상당했던 것으로 알려져 있는

306

데, 아마 3천 명을 넘었을 것으로 보인다. 약 8백 명 정도가 마당에 서 있고, 2천 명 정도는 지붕이 덮인 3단으로 된 관람석에 있었을 것으로 추측된다. 다른 대중 극장들도 수용 인원수가 컸다. 그런데 수도원의 식당을 개조해 1608년부터 셰익스피어 극단이 사용하기 시작한 실내 극장 블랙프라이어스는, 전체 실내 면적이 가로 14, 세로 18.3미터 정도에 불과했다. 수용 인원 수가 약 6백 명에 불과했을 이 극장에서는, 훨씬 친밀한 관극 체험을 할 수 있었다. 일인당 최소한 6펜스를 지불했을 것이므로 블랙프라이어스 극장은 상류층 혹은 "사적인" 관객을 끌어 들였을 것이다. 분위기는 화이트홀 궁의 왕과 조신들 앞에서 한 공연이나 리치몬드에서의 실내 공연에 더 가까웠을 것이다. 셰익스피어가 항상 대중 극장에서의 실외 공연뿐 아니라 궁궐에서 행해지는 실내 공연을 위해서도 작품을 썼다는 사실을 감안하면, 일부 학자들이 추측한 것처럼, 블랙프라이어스 극장의 근접성이 제공하는 기회가 후기극에서 "실내" 양식을 향한 중요한 변화로 이어졌다고 추론을 하는 데에 신중해야 한다. 후기극들은 글로브 극장과 블랙프라이어스 극장에서 모두 공연되었기 때문이다. 블랙프라이어스 극장에 자리 잡은 이후, 5막 구조는 셰익스피어에게 더욱 중요해졌다. 그것은 바로 인공조명 때문이었다. 막 사이에는 막간 간주가 있었고, 그동안 초를 손질하고 바꾸었던 것이다. 그가 극작가로 활동하는 내내 행해졌던 궁궐에서의 실내 공연을 위해서도 뭔가 유사한 방식이 필요했음이 분명하다.

극장 앞에는 관객들로부터 돈을 걷는 "입장료 수금원"이 있었는데, 옥외 마당의 입석은 1페니를, 지붕이 설치된 자리는 1페니를 더 받았고, 무대의 측면에 돌출해 있는 "귀빈석"은 6펜스를 받았다. 실내 "사설" 극장에서는 관객들 중에서 스스로 구경거리가 되기를 원하는 한량들이 무대 가장자리에 있는 걸상에 앉았다. 글로브 극장 같은 대중 극장에서 이런 일이 얼마나 흔했는지에 관해서는 학자들 사이에 논란이 있다. 일단 관객들이 자리를 잡고 입장료 수입 계산이 끝나면, 입장료 수금원들을 공연의 보조출연자로 활용할 수 있었다. 그것이 셰익스피어극에서 전투와 군중 장면이 초반이 아닌 후반에 자주 등장하는한 가지 이유였다. 여성들의 공연 참여에 대한 공식적인 금지는 없었으며, 입장료 수금원 중에 여성이 있었던 것도 분명했으므로, 여성 군중 역할을 여성이 담당했을 가능성이 전혀 없는 것은 아니다.

공연은 오후 2시에 시작했고, 5시에는 극장을 비워야 했다. 본 공연이 끝난 후에는 춤판이 벌어졌다. 춤뿐만 아니라 시끌벅적한 희극으로 이루어진 행사였는데, 이것이 18세기 극장에서의 소극(笑劇)적인 막후 촌극의 기원이다. 그래서 셰익스피어의 작품에 쓸 수 있는 시간은 두 시간 반 정도였다. 이는 〈로미오와 줄리엣〉의 프롤로그에 언급된 "두 시간 분량"과 보먼트와 플레처의 1647년 작품집 서문에 언급된 "세 시간의 구경거리" 중간 어디쯤에 해당했다. 토머스 미들턴의 작품에 대한 프롤로그에서는 천 행을 "한 시간 분량의 단어들"로 언급하고 있으므로 공연 원고는 2천 5백 행에서 최대 3천 행 정도로 이루어졌을 가능성이 높다. 사실 셰익스피어의 희극 대부분은 길이가 이 정도였다. 한편 그의 많은 비극과 역사극은 훨씬 더 길었다. 이는 공연 대본이 심하게 잘릴 것을 충분히 알고 있었던 그가 최종적으로 출판될 것을 염두에 두고 완전한 대본을 썼을 가능성을 암시한다. 셰익스피어 생전에 출판된 짧은 사절판은 "불량 사절판"이라 불려왔는데, 어떤 종류의 편집이 행해졌을지에 대해 흥미로운 증거를 제시한다. 예를 들면, 《햄릿》 제1사절판은 햄릿의 말을 몰래 엿듣는 두 개의 사건인 "생선 장수" 장면과 "수녀원" 장면을 깔끔하게 결합시키고 있다.

관객의 사회적 신분 구성은 뒤섞여 있었다. 시인 존 데이비스 경은 대중 극장에 "함께 몰려든" "수많은 시민들과 신사들과 창녀들 / 짐꾼들과 하인들"에 관해 쓴 적이 있다. 도덕주의자들은 여성들이 극장에 출입하는 것을 간통이나 성매매와 연관시키긴 했지만, 상당히 지체 높은 많은 시민의 아내들도 정기적으로 극장에 갔다. 일부는 분명 현대의 극성팬들과 비슷했다. 별도의 두 가지 출전에서 확인된 한 이야기에서, 어떤 시민의 아내는 리처드 버비지와 공연이 끝난 후에 밀회를 약속했지만 결국 셰익스피어와 잠자리에 드는 것으로 끝났다. 아마 이 일화에서 셰익스피어는 리처드 3세보다 정복왕 윌리엄이 먼저 왔다는 명언을 했던 것으로 보인다. 연극을 옹호하는 사람들은 무대 위에서 악한들이 인과응보를 받는 것을 목격함으로써 관객들이 자신들의 잘못을 참회한다고 말하고 싶어 하지만, 실제로는 당시의 사람들 대부분이 지금과 마찬가지로 도덕적 교화보다 여흥을 위해 극장에 갔다. 더군다나 관객들이 모두 동일한 방식으로 행동했으리라 생각하는 것은 어리석은 일이다. 1630년대의 팸플릿에 의하면, 두 사람이 〈페리클레스〉를 보러 갔는데, 한 사람은 웃고 다른 사람은 울었다고 한다. 존 홀 주교는 사람들이 극장에 가는 것과 같은 이유로, 즉 "사교를 위해, 관례상, 여흥을 위해…… 눈과 귀를 즐겁게 하기 위해…… 또는 아마도 잠을 자기 위해" 교회에 간다고 불만을 터뜨리기도 했다.

한량들과 영리한 젊은 변호사들은 연극을 보기 위해서뿐 아니라 자신을 보여주기 위해서 극장에 갔다. 〈셰익스피어 인 러브〉와 로렌스 올리비에의 영화 〈헨리 5세〉의 시작 장면 때문에 요즘 사람들에게 널리 퍼지게 된 착각이 하나 있는데, 페니를 지불한 입석 관객들은 마당에서 배우를 향해 욕을 하거나 격려를 하고, 개암이나 오렌지 껍질을 던지고, 지붕이 덮인 좌석의 세련된 관객들은 셰익스피어의 고양된 시구를 감상한다는 것이다. 그러나 사실은 아마 정반대였을 것이다. "입석 관객"은 일종의 물고기였는데, 그 별명이 암시하듯 페니를 지불한 관객들은 무대 높이보다 낮은 곳에서, 머리 위에서 벌어지는 장관에 놀라 조용히 입을 벌린 채 응시하고 있었을 것이다. 공연에 대해 재치 있는 말로 계속해서 논평을 하고 때때로 배우들과 말싸움을 하는 좀 더 까다로운 관객들은 바로 한량들이었다. 현대의 할리우드 영화처럼 엘리자베스 시대와 제임스 시대의

공연 중인 엘리자베스 시대 극장 내부의 가상적인 재구성.

연극은 젊은이들의 패션과 행동에 강력한 영향을 미쳤다. 존 마스턴은 여성에게 구애하는 변호사들 입에서는 "순전히 줄리엣과 로미오"라는 말이 흘러나올 뿐이라고 비웃은 적이 있다.

공연장에서의 앙상블

타자기와 복사기가 없었으므로 극단 단원들이 새로운 희곡을 알게 되는 방법은 큰 소리로 읽어주는 것이었다. 모여 있는 극단 단원들에게 극작가가 자신이 만든 완전한 대본을 읽어주는 전통은 여러 세대 동안 지속되었다. 대본 한 부는 공연 허가를 받기 위해 연희 책임자에게 가져갔을 것이다. 극장의 대본 담당 혹은 프롬프터는 배우들에게 나누어줄 부분을 필사하곤 했을 것이다. 파트북은 각 배우의 대사로 이루어져 있었는데, 대사에 앞서 소위 "큐 신호"인 이전 대사 서너 단어가 먼저 제시되었다. 파트북은 가져가서 익히거나 "암기"했을 것이다. 이렇게 역할 대본을 익히는 동안, 어떤 배우는 극작가나 예전에 같은 역할을 맡았던 중견 배우로부터, 수습 배우의 경우에는 숙련 배우로부터 일대일 교육을 받았을 수도 있다. 데스데모나의 대사 중 높은 비율은 오셀로, 맥베스 부인의 대사는 맥베스, 클레오파트라의 대사는 안토니, 볼럼니아의 대사는 코리올레이너스와의 대화에서 나온다. 대개 버비지가 담당했던 주연 배우가 대부분의 "큐 신호"를 말했으므로, 그런 역할은 주연 배우의 수습 배우가 맡았을 것이 거의 확실하다. 그러한 수습 배우들이 숙련 배우와 함께 기거했다면, 개인 교습을 받을 기회가 상당히 많았을 것이며, 이로 인해 젊은 나이에도 그토록 부담스러운 역할을 연기할 수 있었을 것이다.

본인이 맡은 역할을 익히고 난 후, 첫 번째 공연 전까지는 단 한 차례의 리허설밖에 할 수 없었을 것이다. 매주 각기 다른 여섯 개의 작품을 무대에 올려야 했으므로 더 이상의 시간은 없었다. 그래서 배우들은 작품 전체를 매우 제한적으로 파악한 채 공연에 돌입했을 것이다. 배우들로서는 작품을 파악하는 과정이기도 한 단체 연습 개념은 전적으로 현대의 것이고 셰익스피어와 그의 원래 극단은 알지도 못했을 것이다. 배우 한 명이 기억하고 있어야 했던 역할의 수를 감안하면, 대사를 잊어버리는 것은 현대의 공연에 비해 훨씬 빈번했을 것이다. 그래서 대본 담당은 대사를 알려주기 위해 준비하고 있었다.

무대 뒤에 있는 단원으로는 소품 담당, 의상을 관리했던 의상 담당, 호출 담당, 안내원, 그리고 주 무대, 위쪽 관람석, 분장실 등에서 다양한 때에 연주했던 악사들이 포함되어 있었다. 대본 작가들은 이따금 무대 뒤에서 성가신 존재가 되기도 했다. 극단이 대본을 구입한 자유계약 작가와 극단 사이에는 종종 긴장 관계가 빚어지기도 했다. 셰익스피어와 로드 체임벌린 극단의 입장에서는 집필 과정을 극단 내로 끌어들인 것이 현명한 처사였다.

가끔 꽃밭, 침대, 지옥 입구 등 무대 도구가 도입되기도 했지만, 무대장치는 제한되어 있었다. 무대 밑의 뚜껑 문, 위쪽의 갤러리 무대, 그리고 무대 뒤쪽의 커튼이 쳐진 숨겨놓은 공간으로 인해 귀신과 환영의 등장, 신들의 하강, 창가에 있는 인물과 지상에 있는 사람과의 대화, 체스를 하는 한 쌍의 연인이나 동상이 드러나게 하는 등의 특수 효과를 배치할 수 있었다. 〈한여름 밤의 꿈〉에서의 당나귀 머리처럼 소품을 기발하게 사용하기도 했다. 일상생활의 자질구레한 물품들이 산만하게 무대를 어지럽히지 않는 극장에서는, 샤일록이 한 손에 저울, 다른 한 손에 칼을 들고 있음으로써 전통적으로 칼과 저울을 지닌 정의의 여신의 모습을 패러디할 때처럼, 소품들이 강력한 상징적 중요성을 지닐 수 있다. 셰익스피어 극단의 소품 보관 벽장에 있는 더욱 의미 있는 물품 중에는 옥좌, 조립식 의자, 책, 병,

동전, 지갑, 편지(전체 작품에서 무대 위로 가져오고, 읽거나 언급되는 것이 대략 80차례 정도 된다), 지도, 장갑, 차꼬(〈리어 왕〉에서 켄트에게 채우는), 반지, 양날 칼, 단검, 날이 넓은 칼, 말뚝, 피스톨, 가면과 복면, 수급(首級)과 해골, 낮 동안의 무대 위에서 밤 장면임을 알려주는 횃불과 촛불과 등불, 사슴 머리, 당나귀 머리, 동물 의상 등이 있었을 것이다. 살아 있는 짐승들도 등장했는데, 〈베로나의 두 신사〉에서는 '크랩'이라는 개가 등장한 것이 확실하고, 〈겨울 이야기〉에서는 어린 북극곰이 등장했을 가능성이 있다.

극의 시각적 차원에서 가장 중요한 것은 의상이었다. 극작가들은 대본당 2파운드에서 6파운드를 받았던 반면, 앨린은 "온통 금과 은으로 수놓은 검정색 벨벳 외투"에 20파운드를 지불하기를 꺼려하지 않았다. 작품의 시대가 언제이건, 배우들은 항상 동시대의 의상을 입었다. 관객들이 열광했던 것은 역사적 정확성에 감명받았기 때문은 전혀 아니었고, 화려한 의상, 그리고 아마도 실생활에서는 반드시 자신들의 사회적 지위에 어울리는 옷을 입어야 하는 엄격한 사치 규제의 법을 사실상 무시한 채, 그들과 같은 평민들이 이곳에서 궁정인의 의상을 입고 거들먹거리며 걷고 있음을 알 때 생기는 일탈적인 흥분 때문이었다.

의상은 소품보다 훨씬 더 큰 상징적 중요성을 지닐 수 있었다. 인종적 특징을 제시할 수도 있었다. 흉갑과 투구로 로마 병사를, 터번으로 오스만인을, 긴 예복으로 무어인 같은 이국적 특성을,

개버딘으로는 유대인을 나타냈다. 〈겨울 이야기〉에서처럼 시간으로 나오는 인물은 모래시계, 낫, 날개로 표현되었다. 〈헨리 4세 2부〉의 프롤로그를 말하는 '루머'는 천 개의 혀로 장식된 의상을 입었다. 글로브 극장의 분장실 옷장에는 경쟁 관계였던 로즈 극장의 경영자 필립 헨슬로가 보유하고 있던 것이 대부분 들어 있었을 것이다. 무법자와 삼림관리원이 입었을 초록색 가운, 〈끝이 좋으면 모두 좋다〉에서의 백작 부인처럼 애도하는 사람들과 자크처럼 슬픔에 잠긴 사람들이 입었을 검은색 옷(〈햄릿〉의 시작 부분에서 다른 사람들은 새로운 왕의 결혼식을 위해 모두 축제 의상을 입고 있지만 왕자는 여전히 애도를 뜻하는 검은색 옷을 입고 있다), 가톨릭 수사(혹은 〈자에는 자로〉에서의 공작처럼 가짜 수사)를 위한 가운과 후드, 경쟁 관계에 있는 패거리의 추종자들을 구별하기 위한 푸른색 코트와 황갈색 옷, 목수를 나타내기 위한 가죽 앞치마와 자(〈줄리어스 시저〉의 시작 장면에 나온다. 그리고 〈한여름 밤의 꿈〉에서는 피터 퀸스가 목수라는 것을 알려주는 유일한 표시이다), 청교도나 순례자를 나타내기 위한 주름진 모자와 지팡이 그리고 샌들 한 켤레(〈끝이 좋으면 모두 좋다〉에서 헬렌은 이렇게 변장했다), 소녀처럼 차려입어야 하는 소년들을 나타내기 위해 밑에 속버팀틀과 함께 입는 가운과 보디스 등이 그것이다. 로잘린드나 제시카의 경우처럼 성별 바꾸기는 50행 내지 80행 사이의 대사에서 이루어지는 것처럼 보인다. 그러나 〈십이야〉에서 바이올라는 다시 "처녀의 옷"을 입지 않고, 끝까지 소년 의상을 입은 채로 남아 있는데, 절정으로 치닫는 바로 그 순간에 옷을 바꿔 입으면 액션이 지연될 것이기 때문이었다. 헨슬로의 목록에는 "보이지 않게 하기 위해 입는 옷"도 포함되어 있었다. 오베론, 펙, 에이리얼도 비슷한 것을 입었을 게 분명하다.

의상이 눈에 호소하였듯이 귀를 위해서는 음악이 있었다. 희극에는 노래가 많이 포함되어 있었다. 추후에 원고에 덧붙인 것으로 보이는 데스데모나의 버드나무 노래는 비극에서는 드물었기에 특별히 애절한 예라 할 수 있다. 트럼펫과 팡파르는 격식을 갖춘 등장을 위해 불었고, 드럼은 군대의 행군을 나타냈다. 〈십이야〉의 시작 부분, 〈베니스의 상인〉의 끝이 임박했을 무렵 연인들의 대화 도중에, 〈겨울 이야기〉에서 동상이 살아나는 것처럼 보일 때, 페리클레스와 리어가 되살아날 때(이절판에는 없지만, 사절판에는 있다)처럼 배경 음악은 분위기를 만들어냈다. 헤라클레스 신이 마크 안토니를 저버린다고 상상할 때처럼 계속해서 들려오는 오보에 소리는 인간 세상을 넘어선 영역을 상징한다. 비록 기쁨과 슬픔이 뒤섞인 셰익스피어 세계에서는 대개 누군가가 그 무리에서 벗어나 있긴 하지만 춤은 희극의 결말에서 조화를 상징한다.

물론 가장 중요한 수단은 배우 자신이다. 그들에게는 많은 기술이 필요했는데, 동시대의 한 평론가에 따르면 "춤, 움직임, 음악, 노래, 웅변술, 신체 능력, 기억력, 무기 사용술, 풍부한 기지" 등이 그것이었다. 그들의 몸은 목소리만큼이나 중요했다. 햄릿은 배우들에게 "연기는 대사에, 대사는 연기에 맞추어야 한다"고 말한다. "열정"이라고 알려진 강렬한 감정의 순간들은 목소리의 조절뿐 아니라 일련의 극적인 몸짓에 의존하는 것이다. 타이터스 앤드러니커스가 손을 잘렸을 때, 그는 "몸짓으로 옮길 손이 없으니 / 어떻게 내 말을 아름답게 꾸미겠소?"라고 묻는다. 극작가 존 웹스터가 글로 묘사한 "뛰어난 배우의 모습"이라는 초상화는 셰익스피어 극의 주인공인 리처드 버비지에게서 받은 인상에 기반을 두고 있음이 거의 분명하다. "온전히 의미 있는 몸동작으로 그는 우리의 주의를 사로잡는다. 객석이 가득 찬 극장에 앉으면, 수많은 귀로 이루어진 원주에서 이끌어낸 수많은 선이 보인다고 생각하리라. 한편 중심은 바로 그 배우이다……."

비록 다른 모든 배우들보다 버비지가 찬사를 받았지만, 여성의 역할에 어울렸던 알토 목소리를 지닌 수습 배우들도 칭찬을 받았다. 1610년 옥스퍼드에서 한 관객은 데스데모나의 죽음에 대한 연민으로 관객들이 어떻게 눈물을 흘리게 됐는지를 기록하고 있다. 성인 남성이 무대 위의 십대 소년에게 키스를 하는 모습이 남색을 조장한다거나, 복장도착이 성서에서 금지하는 것이라며 노발대발했던 청교도들은 소수에 불과했다. 그러나 셰익스피어 극단에서 활동했던 주요 수습 배우들의 특징에 관해서는 알려진 것이 거의 없다. 아마도 한 사람이 다른 사람에 비해서 훨씬 키가 컸으리라고 짐작할 수는 있을 것이다. 셰익스피어는 종종 한 사람은 키가 크고 피부가 희고, 다른 사람은 작고 까무잡잡한 한 쌍의 여성 친구들에 관해 썼기 때문이다(헬레나와 허미아, 로잘린드와 실리아, 베아트리체와 히어로).

세익스피어 자신이 연기했던 역할에 대해서도 거의 알 길이 없다. 초창기에 에둘러 암시된 바에 따르면 그는 종종 왕 역할을 맡았던 것으로 짐작되며, 오래된 전통에 따라 〈좋으실 대로〉에서의 노인 아담과 선왕 햄릿의 유령 역을 맡았을 것이다. 버비지의 주연 역할과 광대라는 일반적 역할을 제외하면 그러한 배역은 모두 그저 추측에 불과할 뿐이다. 심지어 원래 폴스태프 역할을 맡았던 배우가 월 켐프인지 아니면, 희극적 역할을 전문으로 맡았던 토머스 포프였는지도 정확히 알 길이 없다.

켐프는 1599년 초반에 극단을 떠났다. 일설에 의하면 지나친 즉흥연기 문제로 세익스피어와 불화가 있었다고 한다. 그를 대체한 사람은 광대라기보다는 지적인 재사에 가까웠던 로버트 아민이었다. 이는 켐프를 위해 썼던 랜슬릿 고보와 도그베리 역, 그리고 아민을 위해 쓴 훨씬 언어적으로 현학적인 페스티와 리어의 광대 바보 역 사이의 차이를 설명해준다.

현존하는 "플롯"이나 그 시기 희곡의 스토리보드로부터 분명히 알 수 있는 것은 어느 정도의 겹치기 출연이 필요했을 것이라는 점이다. 〈헨리 6세 2부〉는 대사가 있는 역할이 60개가 넘지만 등장인물의 절반 이상은 한 장면에만 등장할 뿐이고, 대부분의 장면에서 화자는 여섯에서 여덟 명에 불과하다. 전체적으로 그 극은 열세 명의 배우만 있으면 공연할 수 있다. 토머스 플래터가 1599년에 글로브 극장에서 〈줄리어스 시저〉를 보았을 때, 대략 열다섯 명 정도가 있었다고 기록하고 있다. 〈로미오와 줄리엣〉에서 왜 파리스가 캐퓰렛가의 무도회에 가지 않았을까? 아마 그가 무도회에 참석하는 머큐시오와 1인 2역을 맡고 있었기 때문일 것이다. 〈겨울 이야기〉에서 마밀리어스는 퍼디타 역으로 돌아왔을 것이며, 카밀로와 동일한 인물이 안티고너스 역을 맡음으로써 마지막 부분에서 폴리나와 동료 관계를 맺는 것이 무척 자연스러운 마무리가 되었을 것이다. 티타니아와 오베론은 종종 히폴리타와 테세우스 역을 맡은 같은 배우들에 의해 연기됨으로써 밤의 세계와 낮의 세계의 통치자들을 일치시키는 상징적 효과를 가져왔다. 그러나 의상을 갈아입는 데 필요한 시간이 충분했을지는 의문이다. 너무도 흔한 일이지만, 이것은 감질나는 추측의 영역에 남아 있다.

국왕 극단

잉글랜드의 새로운 왕 제임스 1세는(어릴 때는 스코틀랜드의 왕으로서 제임스 6세로 불렸다) 즉시 로드 체임벌린 극단을 자신의 직접적인 후원 하에 두었다. 그때부터 그들은 국왕 극단이 되었으며 셰익스피어의 남은 활동 기간 내내 어느 경쟁자들보다 훨씬 많은 궁정 공연을 하는 혜택을 누렸다. 심지어 즉위 초기에는 셰익스피어와 버비지에게 기사 작위 수여를 고려하고 있다는 소문이 있었을 정도였는데, 이는 순수 배우들에게는 전례가 없는 일이었다. 결국 빅토리아 여왕 재위 기간에 탁월한 셰익스피어 배우였던 헨리 어빙에게 그 작위가 수여될 때까지,

그 직업에 속한 사람에게는 거의 3백 년가량 작위가 수여되지 않았다.

셰익스피어의 창작 속도는 제임스 1세 시대에 더뎌졌는데, 이는 나이나 어떤 개인적인 트라우마 때문이 아니라, 역병이 자주 발생해서 오랜 기간 극장이 폐쇄되었기 때문이었다. 국왕 극단은 몇 개월간이나 순회공연을 다니지 않을 수 없었다. 1603년 11월과 1608년 사이에 극단은 남부와 중부의 여러 도시에 나타났지만, 그때쯤 셰익스피어는 그들과 함께 순회공연을 다니지는 않은 것으로 보인다. 그는 스트랫퍼드에 있는 고향에 큰 집을 샀고, 다른 부동산도 모으고 있었다. 사실 그는 새 왕이 즉위한 후 곧 연기를 그만두었을지도 모른다. 런던의 극장들이 그 시기에 상당히 오랫동안 폐쇄되었고 많은 공연 작품을 비축하고 있었기에, 셰익스피어는 궁정에서 요구가 있을 시에 공연할 수 있는 길고 복잡한 비극 몇 편을 쓰는 데 자신의 에너지를 집중하고 있었을 것으로 보인다. 《오셀로》, 《리어 왕》, 《안토니와 클레오파트라》, 《코리올레이너스》, 그리고 《심벌린》 등은 그의 가장 길고 시적으로 웅장한 희곡들에 속한다. 《맥베스》만이 유일하게 짧은 원고로 남아 있는데, 셰익스피어의 사후에 개작된 흔적을 보여준다. 토머스 미들턴과 공동 집필한 것이 분명하며 흥행에는 실패했을, 통렬하게 풍자적인 《아테네의 티몬》도 이 시기의 작품이다. 희극에서도 그는 엘리자베스 시대에 썼던 것보다도 더 길고 도덕적으로는 더 암울한 작품을 썼고, 《자에는 자로》와 《끝이 좋으면 모두 좋다》에서 희극 형식의 경계를 넓혔다.

1608년 이후 국왕 극단이 실내 극장인 블랙프라이어스를 사용하게 되면서(겨울 극장으로 사용했다는 것은 여름에는 실외 극장인 글로브만 이용했다는 뜻일까?), 셰익스피어는 더욱 낭만적인 스타일로 바뀌었다. 그의 극단은 오래된 목가극인 〈뮤세도러스〉의 재공연 개작 판본으로 큰 성공을 거두었다. 심지어 곰을 출연시키기도 했다. 한편, 가끔 프랜시스 보먼트와 공동 집필했던 좀 더 젊은 극작가인 존 플레처는 계략과 목가적 여행이 가미된 희비극이라는, 로맨스와 왕당주의가 혼합된 새로운 스타일을 개척하고 있었다. 셰익스피어는《심벌린》에서 이 표현 양식에 관해 실험을 했고, 결국 플레처는 셰익스피어의 축복을 받으며 국왕 극단의 작가 자리를 물려받았을 것이다. 두 작가는 1612년과 1614년 사이에 세 작품을 공동 집필한 것이 분명해 보인다.《카르데니오》라 불리는 잃어버린 로맨스(세르반테스의《돈키호테》에 등장하는 인물의 상사병에 기반을 둔 작품),《헨리 8세》(원래 "모든 것이 사실"이라는 제목으로 공연되었다), 초서의 〈기사 이야기〉를 극화한《두 귀족 친척》이 그것이다. 이 작품들은 셰익스피어가 마지막으로 단독 집필했던 희곡 두 편《겨울 이야기》와《템페스트》이후에 쓰여졌다.《겨울 이야기》는 자신의 오랜 적인 로버트 그린의 목가적 로맨스를 극화한 옛날 방식의 자의식적인 작품이며,《템페스트》는 다양한 극적 전통, 다양한 독서와 신세계로 가는 도중에 난파당한 배의 운명에 관한 동시대의 관심을 한꺼번에 합쳐놓은 작품이었다.

　19세기 낭만주의 비평가들이《템페스트》에서 프로스페로의 에필로그를 극작에 대한 셰익스피어의 개인적 작별 인사로 읽고 갑작스럽게 은퇴했다고 추측했던 것과는 달리, 플레처와의 공동 저작은 셰익스피어의 경력이 서서히 바래가며 끝났음을 암시한다. 삶의 마지막 몇 년간 셰익스피어는 분명 스트랫퍼드에서 많은 시간을 보냈으며, 거기서 부동산 거래와 송사에 깊이 연루되기도 했다. 그러나 그의 런던 생활 또한 계속되었다. 1613년에 그는 처음으로 런던에 꽤 큰 규모의 부동산을 구입했다. 극단의 실내 극장과 가까이 있는 블랙프라이어스 지역에 있는 종신 보유 주택이었다.《두 귀족 친척》은 1614년에 이르러서야 쓰여졌을 것이며, 셰익스피어는 1616년 아마도 그의 52세 생일날 스트랫퍼드에 있는 집에서 알려지지 않은 원인으로 사망하기 전에 사업차 런던에 1년을 좀 넘게 머무르기도 했다.

　그의 작품 중 절반 정도는 그의 생전에 다양한 품질의 텍스트로 출판되었다. 그가 사망하고 몇 년이 지난 후, 그의 동료 배우들은 그의《희극, 역사극 그리고 비극》전집의 공인 판본을 취합했다. 그것은 1623년에 대형 "이절판"의 형태로 등장했다. 36편을 모은 이 희곡집은 셰익스피어에게 불후의 명성을 안겨주었다. 이절판의 권두에 두 편의 찬양시를 기고한 그의 동료 극작가인 벤 존슨의 시구 속에서 그의 작품 자체는 "무덤 없는 기념비"를 그에게 만들어주었다.

그대의 책이 살아 있는 동안 예술은 여전히 살아 있고,
우리에겐 읽을 지혜와 바칠 수 있는 찬사가 있으니……
그는 한 시대가 아닌 모든 시대의 시인이로다!

1589~1591	《패버섬의 아든(Arden of Faversham)》(일부 집필 가능성 있음)
1589~1592	《말괄량이 길들이기(The Taming of the Shrew)》 《에드워드 3세(Edward the Third)》(일부 집필 가능성 있음)
1591	《헨리 6세 2부(The Second Part of Henry the Sixth)》, 원래 제목은 《두 명문가인 요크가와 랭커스터가의 분쟁 1부》였음(공저 가능성 있음) 《헨리 6세 3부(The Third Part of Henry the Sixth)》, 원래 제목은 《요크 공 리처드의 비극》이었음(공저 가능성 있음)
1591~1592	《베로나의 두 신사(The Two Gentlemen of Verona)》 《타이터스 앤드러니커스(The Lamentable Tragedy of

Titus Andronicus)》(조지 필과 공동 집필 혹은 조지 필
의 예전 판본 개작, 1594년 개작되었을 수 있음)

1592 《헨리 6세 1부(The First Part of Henry the Sixth)》(토머스
내시를 비롯한 다른 작가들과 공동 집필)

1592/1594 《리처드 3세(King Richard the Third)》

1593 〈비너스와 아도니스(Venus and Adonis)〉(시)

1593~1594 〈루크리스의 능욕(The Rape of Lucrece)〉(시)

1593~1608 《소네트(Sonnets)》(154편, 저자 논란이 있는 〈연인의
불평(A Lover's Complaint)〉과 함께 1609년 출판됨)

1592~1594/ 《토머스 모어 경(Sir Thomas More)》(앤서니 먼데이

1600~1603 원작의 희곡을 위해 한 장면 집필, 헨리 체틀, 토
머스·데커, 토머스 헤이우드가 개작한 것으로 알
려져 있음)

1594 《실수 연발(The Comedy of Errors)》

1595 《사랑의 헛수고(Love's Labour's Lost)》

1595~1597 《사랑의 노고의 승리(Love's Labour's Won)》(다른 희극
의 원래 제목이 아니라면 소실된 작품임)

1595~1596 《한여름 밤의 꿈(A Midsummer Night's Dream)》
《로미오와 줄리엣(The Tragedy of Romeo and Juliet)》
《리처드 2세(King Richard the Second)》

1595~1597 《존 왕(The Life and Death of King John)》(이전에 집필했
을 가능성 있음)
《베니스의 상인(The Merchant of Venice)》

《헨리 4세 1부(The First Part of Henry the Fourth)》

1595~1598 　　《헨리 4세 2부(The Second Part of Henry the Fourth)》

1598 　　《헛소동(Much Ado About Nothing)》

1598~1599 　　《열정적인 순례자(The Passionate Pilgrim)》(20편의 시,
일부는 셰익스피어의 작품이 아님)

1599 　　《헨리 5세(The Life of Henry the Fifth)》

〈여왕 전하에게(To the Queen)〉(궁정 공연의 에필로그)

《좋으실 대로(As You Like It)》

《줄리어스 시저(The Tragedy of Julius Caesar)》

1600~1601 　　《햄릿(The Tragedy of Hamlet, Prince of Denmark)》(예전 판
본의 개작으로 보임)

《윈저의 즐거운 아낙네들(The Merry Wives of Windsor)》
(1597~1599년 판본의 개작으로 보임)

1601 　　〈목소리 큰 새가 노래하게 하라(Let the Bird of Loudest
Lay)〉(1807년 이후 〈불사조와 거북〉으로 알려져
있음)

《십이야(Twelfth Night, or What You Will)》

1601~1602 　　《트로일러스와 크레시다(The Tragedy of Troilus and
Cressida)》

1604 　　《오셀로(The Tragedy of Othello, the Moor of Venice)》

《자에는 자로(Measure for Measure)》

1605 　　《끝이 좋으면 모두 좋다(All's Well That Ends Well)》

《아테네의 티몬(The Life of Timon of Athens)》, 토머스

미들턴과 공저

1605~1606   《리어 왕(The Tragedy of King Lear)》

1605~1608   《4편의 희곡 모음집》에 기여(대부분 토머스 미들
턴이 집필한 《요크셔 비극》 외에는 소실되었음)

1606   《맥베스(The Tragedy of Macbeth)》(현존하는 텍스트에
는 토머스 미들턴이 추가한 장면이 포함되어 있음)

1606~1607   《안토니와 클레오파트라(Antony and Cleopatra)》

1608   《코리올레이너스(The Tragedy of Coriolanus)》

《페리클레스(Pericles, Prince of Tyre)》, 조지 윌킨스와
공저

1610   《심벌린(The Tragedy of Cymbeline)》

1611   《겨울 이야기(The Winter's Tale)》

《템페스트(The Tempest)》

1612~1613   《카르데니오(Cardenio)》, 존 플레처와 공저(루이스
시어볼드의 《이중기만(Double Falsehood)》이라는 제
목으로 나중에 개작된 판본으로만 남아 있음)

1613   《헨리 8세(Henry VIII: All Is True)》, 존 플레처와 공저

1613~1614   《두 귀족 친척(The Two Noble Kinsmen)》, 존 플레처와
공저

참고 문헌

1) Francis Gentleman, "Macbeth," in his *The Dramatic Censor: or, Critical Companion* (1770, repr. 1975), pp. 79-113.

2) *The Universal Museum*, review of 9 January 1762, in Shakespeare: The Critical Heritage Vol. 4, 1753-1765, ed. Brian Vickers (1976), pp. 460-62.

3) Thomas Campbell, *Life of Mrs Siddons* (1834), pp. 10-11.

4) Roger Manvell, *Sarah Siddons: Portrait of an Actress* (1970), p. 119.

5) Manvell, *Sarah Siddons*, p. 122.

6) Fanny Kemble, *Journal*, 18 February 1833.

7) Macbeth, *Shakespeare in Production*, ed. John Wilders (2004), p. 27.

8) Macbeth, *Shakespeare in Production*, p. 27.

9) William Hazlitt, "Mr Kean's Macbeth" in his *Collected Works* (1903), vol. 8, pp. 204-7.

10) Review of Macbeth in *The Athenaeum*, 1 June 1844.

11) Review in *The Times* (London), 28 September 1847.

12) Review of *Macbeth in the Illustrated London News*, 23 March 1850.

13) George Henry Lewes, *Dramatic Essays* (1896), p. 238.

14) *See Macbeth*, Shakespeare in Production, p. 42.

15) *Macbeth: New Variorum Edition of Shakespeare*, ed. H. H. Furness (1873, repr. 1963), p. 470.

16) *The Athenaeum*, 5 January 1889.

17) Quoted in Sandra Richards, "Lady Macbeth in Performance," *The English Review*, 1 (1990), pp. 2-5.

18) *The Athenaeum*, 5 January 1889.

19) *Academy*, 15 April 1876, quoted in Macbeth, Shakespeare in Production, p. 47.

20) *The Times* (London), 5 July 1884.

21) *The Times* (London), 5 July 1884.

22) Review in *Blackwood's Edinburgh Magazine*, September 1911.

23) J. L. Styan, *The Shakespeare Revolution: Criticism and Performance in the Twentieth*

Century (1977), p. 150.

24) Michael Mullin, *Macbeth Onstage: An Annotated Facsimile of Glen Byam Shaw's 1955 Prompt-book* (1976), p. 184.

25) Mullin, *Macbeth Onstage*, p. 185.

26) James Agate, "Macbeth" in his *Brief Chronicles: A Survey of the Plays of Shakespeare and the Elizabethans in Actual Performance* (1943, repr. 1971), pp. 225-28.

27) Audrey Williamson, "Shakespeare and the Elizabethans," in her *Theatre of Two Decades* (1951), pp. 264-89.

28) J. C. Trewin , *Observer*, 15 June 1952.

29) Joseph Thorp, *Punch*, 10 May 1933.

30) *The Times* (London), 8 June 1955.

31) Irena R. Makaryk, "Shakespeare Right and Wrong," *Theatre Journal*, 50 (1998), pp. 153-63.

32) Stanley Wells, *Shakespeare: A Dramatic Life* (1994), p. 213.

33) Macbeth, Shakespeare in Production, p. 133.

34) Gareth Lloyd Evans, "Macbeth: 1946-80 at Stratford-upon-Avon," in *Focus on Macbeth*, ed. John Russell Brown (1982), p. 76.

35) Stephen Wall, *Times Literary Supplement*, 16 April 1982.

36) Roger Warren, *Shakespeare Quarterly*, 34 (1983).

37) Wall, *Times Literary Supplement*, 16 April 1982.

38) Warren, *Shakespeare Quarterly*, 34 (1983).

39) Suzanne Harris, "Macbeth," in *Shakespeare in Performance*, ed. Keith Parsons and Pamela Mason (1995).

40) *Macbeth*, Shakespeare in Production, p. 133.

41) Jonathan Pryce in interview with Matt Wolf, *City Limits*, 1-13 November 1986.

42) Sinead Cusack, "Lady Macbeth's Barren Sceptre," in Carol Rutter, *Clamorous Voices: Shakespeare's Women Today* (1988).

43) Michael Billington, *Guardian*, 13 November 1986.

44) Irving Wardle, *The Times* (London), 12 November 1986.

45) *Macbeth*, RSC Education Pack, 1993.

46) *Macbeth*, RSC Education Pack, 1993.

47) Charles Spencer, *Daily Telegraph*, 17 November 1999.

48) Susannah Clapp, *Observer*, 21 November 1999.

49) Fergal Keane, "Where violent sorrow seems a modern ecstasy," RSC program, *Macbeth*, 1999.

50) Gordon Williams, *Macbeth*, Text and Performance (1985), p. 77.

51) Quoted, Joanna Bourke, "Shell Shock during World War One," www.bbc.co.uk/history/worldwars/wwone/shellshock_03.shtml.

52) Jonathan Pryce in interview with Lesley Thornton, *Observer*, 9 November 1986.

53) Wardle, *The Times*, 12 November 1986.

54) Eric Shorter, *Daily Telegraph*, 13 November 1986.

55) Cusack, "Lady Macbeth's Barren Sceptre."

56) Billington, *Guardian*, 13 November 1986.

57) Wardle, *The Times*, 12 November 1986.

58) Cusack, "Lady Macbeth's Barren Sceptre."

59) Interview with Peter Lewis, *The Times* (London), 16 December 1993.

60) Derek Jacobi, "Macbeth," in *Players of Shakespeare* 4, ed. Robert Smallwood (1998).

61) Irving Wardle, *Independent on Sunday*, 19 December 1993.

62) Jacobi, "Macbeth."

63) Jacobi, "Macbeth."

64) Jacobi, "Macbeth."

65) Williams, *Macbeth*: Text and Performance (1985), p. 119.

66) Michael Billington, *Guardian*, 18 December 1993.

67) Cusack, "Lady Macbeth's Barren Sceptre."

68) Cusack, "Lady Macbeth's Barren Sceptre."

69) Paul Taylor, *Independent*, 18 December 1993.

70) John Gross, *Sunday Telegraph*, 21 November 1999.

71) Paul Taylor, *Independent*, 18 November 1999.

72) Michael Billington, *Guardian*, 17 November 1999.

사진 출처

30쪽 "Macbeth and Banquo" in private collection ⓒ Bardbiz Limited

229쪽 Ellen Terry (1888). Reproduced by permission of the Shakespeare Birthplace Trust

235쪽 Directed by Glen Byam Shaw (1955). Angus McBean ⓒ Royal Shakespeare Company

241쪽 Directed by Peter Hall (1967). Tom Holte ⓒ Shakespeare Birthplace Trust

251쪽 Directed by Adrian Noble (1986). Joe Cocks Studio ⓒ Shakespeare Birthplace Trust

279쪽 Directed by Trevor Nunn (1976). Joe Cocks Studio ⓒ Shakespeare Birthplace Trust

279쪽 Directed by Rupert Goold (2007). ⓒ Donald Cooper/Photostage

284쪽 Directed by Gregory Doran (1999). Jonathan Dockar Drysdale ⓒ Royal Shakespeare Company

311쪽 Reconstructed Elizabethan playhouse ⓒ Charcoalblue

옮긴이 **이원주**

서울대학교 사범대학 영어교육과를 졸업하고 인문대학 영문과 대학원에서 석사, 박사 학위를 받았다. 한국셰익스피어학회와 현대영미드라마학회의 편집이사와 총무이사를 역임했다. 현재 한국방송통신대학교 영문과 교수로 재직 중이다. 《트로일러스와 크리세이드》에 나타난 초서의 덧쓰기〉〈미국의 다문화주의와 오거스트 윌슨의 흑인문화민족주의〉 등의 논문을 썼다. 《영미희곡》《문학의 이해》《뉴밀레니엄 시대의 영미극작가 동향》《미국현대드라마》 등에 공저자로 참여했고, 로버트 밸런타인의 《산호섬》, 잭 런던의 《화이트팽》 등을 우리말로 옮겼다.

시공 RSC 셰익스피어 선집

맥베스

초판 1쇄 발행일 2012년 10월 26일
초판 3쇄 발행일 2022년 7월 28일

지은이 윌리엄 셰익스피어
옮긴이 이원주

발행인 윤호권
사업총괄 정유한

편집 김민지 **디자인** 박지은 **마케팅** 윤아림
발행처 ㈜시공사 **주소** 서울시 성동구 상원1길 22, 6-8층 (우편번호 04779)
대표전화 02-3486-6877 **팩스(주문)** 02-585-1755
홈페이지 www.sigongsa.com / www.sigongjunior.com

이 책의 출판권은 ㈜시공사에 있습니다. 저작권법에 의해
한국 내에서 보호받는 저작물이므로 무단 전재와 무단 복제를 금합니다.

ISBN 978-89-527-6671-7 04840
ISBN 978-89-527-6668-7 (세트)

*시공사는 시공간을 넘는 무한한 콘텐츠 세상을 만듭니다.
*시공사는 더 나은 내일을 함께 만들 여러분의 소중한 의견을 기다립니다.
*잘못 만들어진 책은 구입하신 곳에서 바꾸어 드립니다.